MOEWIG
SCIENCE FICTION

Frederik Pohl ·
Lester del Rey

DER WOHLFAHRTS KONZERN

Herausgegeben und mit einem Nachwort
von Hans Joachim Alpers

MOEWIG

Titel der Originalausgabe: Preferred Risk
Aus dem Amerikanischen von Fredy Köpsell

Umschlagillustration: Oliviero Berni
Umschlagentwurf und -gestaltung: Franz Wöllzenmüller, München
Redaktion: Hans Joachim Alpers
Verkaufspreis inkl. gesetzl. Mehrwertsteuer
Auslieferung in Österreich:
Pressegroßvertrieb Salzburg, Niederalm 300, A-5081 Anif
Printed in Germany 1981
Druck und Bindung: Mohndruck Graphische Betriebe GmbH, Gütersloh
ISBN 3-8118-3519-X

1

Das Linienflugzeug von Port Lyautey war bequem und elegant, aber ich beugte mich in meinem Sitz vor, als wir über Neapel einflogen. Ich war bereits während des ganzen Fluges über den Atlantik gereizt gewesen. Als jetzt der Steward durch die Abteile ging, um unsere Blauer-Teller-Kupons einzusammeln, ärgerte ich mich unwillkürlich darüber, daß ich die angebotene Mahlzeit nicht gegessen hatte. Die Gesellschaft wollte, daß jeder den größtmöglichen Nutzen aus seinen Policen ziehen sollte – nicht nur aus den Nahrungspolicen, sondern auch aus dem Blauen Riegel, dem Blauen Generalschirm und all den anderen.

Wir landeten auf dem Carmody-Platz, knapp außerhalb von Neapel. Mein Gepäck hatte ich aufgegeben, und ich erwartete daher nicht, daß es irgendwelche Schwierigkeiten geben würde, an den Zollinspektoren der Waffenstillstandskommission vorbeizukommen. Ich würde nur meine Gepäckscheine abgeben müssen und in den *Rapido* einsteigen, der mich nach Neapel bringen würde.

Aber es kam anders. Der Mann vor mir war ein Wichtigtuer, der darauf bestand, sein Gepäck selbst zu tragen, und ich mußte eine Viertelstunde lang hinter ihm stehen, während die Waffenstillstandskommissare seine Socken und Pyjamas durchgeigerten. Obwohl ich ungeduldig herumzappelte, bemerkte ich doch, daß sich hoch oben an einer Wand des Zollschuppens eine überlebensgroße Büste von Millen Carmody befand. Es hob schon meine Stimmung, nur unter dem wohlwollenden Lächeln dieses Mannes zu stehen. Es gelang mir sogar, dem Reisenden vor mir freundlich zuzulächeln, als er durch das Gatter trat. Ich übergab dem uniformierten Expedienten der Gesellschaft meine Gepäckscheine.

Und er bescherte mir ein unerwartetes Erlebnis: Nachdem er meine Papiere durchgesehen hatte, trat er zurück und bedachte mich mit einem strammen militärischen Gruß. „Sie können passieren, Anspruchsregler Wills“, sagte er und gab mir meine Reiseorder zurück. Das hatte es am Umsteigehafen in Port Lyautey nicht gegeben, nicht einmal im New Yorker Hauptbüro. Aber wir waren hier in Neapel, und der kleine Krieg war noch nicht vergessen. Hier herrschte das Gesetz der Gesellschaft, und ich war einer ihrer Vertreter. Das reichte, um meine innere Ruhe wiederherzustellen.

Aber sie blieb mir nicht lange erhalten.

Der *Rapido* trug uns durch die liebliche italienische Landschaft, beeilte sich allerdings nicht dabei. Wir kamen mit Verspätung in der Stadt an, und ich flog förmlich aus dem kleinen Zug in den großen Wartesaal, wo mein Fahrer am Schalter der Gesellschaft auf mich warten sollte. Ich konnte den Neapolitanern nicht wirklich die Schuld für die Verspätung geben. Sie konnten nichts dafür, daß die Sizilianer ihren Hauptflughafen Capodichino während des Krieges in seine Atome aufgelöst hatten, und der *Rapido* war nicht dafür konzipiert, das entsprechende Verkehrsaufkommen vom Carmody-Feld zu bewältigen. Aber Mr. Gogarty würde bestimmt schon auf mich warten, und ich war nicht der Mann, der einen Regional-Direktor warten lassen durfte. Ich kam bis zum Ausgang des Bahnsteigs. Und dann plötzlich: ein schrilles, hohes Pfeifen, ein Umherhasten, und aus dem Wirrwarr der durcheinanderquirlenden Menschen wurde Ordnung: An jedem Ausgang standen drei uniformierte Expedienten der Gesellschaft, andere verteilten sich in Gruppen über den gesamten Bahnsteig; und je einer bezog Position an jedem Gleisende und Treppenaufgang. Es war ein Triumph der Organisation. In nicht mehr als zehn Stunden hatte man die pulsierende Menschenmenge unter Kontrolle gebracht. Aber warum?

Von den umhereilenden Gruppen stieg überraschtes Gemurmel auf; sie waren genauso erstaunt wie ich. Es war natürlich klar, daß das Oberkommando der Expedienten von Zeit zu Zeit eine solche Razzia anordnen würde, logisch. Die Gesellschaft schuldete das ihren Police-Eignern. Dadurch, daß sie sie durch den Planungskomplex Blauer Riegel gegen das Risiko eines Krieges versicherte, hatte sie die Verantwortung dafür übernommen einen Krieg, wenn möglich, zu verhindern. Und das war meist problemlos zu bewerkstelligen. Wie konnten die Menschen ohne Waffen Krieg führen? Und wie sollten sie Waffen kaufen, insbesondere Atomwaffen, wenn die Gesellschaft über sämtliche Rohstoffe verfügte und nur verkaufte, an wen sie wollte, wenn sie überhaupt wollte und wie sie wollte. Es gab zwar immer noch gelegentliche Ausbrüche – wie eben jenen Zwist zwischen Sizilien und Neapel –, aber das Grundprinzip blieb bestehen. Auf jeden Fall war die Gesellschaft durchaus berechtigt, plötzliche Razzien durchzuführen. Aber was sie hier in Neapels Hauptbahnhof suchten, konnte ich mir einfach nicht vorstellen. Die Geigerkontrollen am Carmody-Flughafen und jedem anderen Grenzübertritt des Fürstentums Neapel sollten eigentlich ausreichen, um jedes spaltbare Atom abzufangen. Und es schien einfach nicht logisch, daß irgend jemand im Fürstentum in der Lage sein sollte, selbst nuklearen Brennstoff zur Herstellung einer Bombe zu produzieren.

Es sei denn, sie suchten nicht nach Bomben, sondern nach Leuten, die sie möglicherweise benutzen wollten. Aber das paßte nicht zu dem, was man mir als Kadetten im Hauptbüro beigebracht hatte.

Aus den öffentlichen Lautsprechern der Station kam ein Knacken, und ein unverständliches Dröhnen klang auf. Der Lärm der Menge erstarb. Die Leute hörten angespannt zu, und ich begann die Worte zu verstehen: „... wo Sie sind, bis die Untersuchung abgeschlossen ist. Sie werden nur einige Minuten belästigt werden. Versuchen Sie unter keinen Umständen, ich wiederhole, *unter keinen Umständen*, Ihre Plätze zu verlassen, bis dieser Mann gefaßt ist. Achtung! Achtung! An alle! Sie unterstehen dem Gesetz der Gesellschaft und werden hiermit aufgefordert, jedwede eigenmächtige Aktivität zu unterlassen und sofort stehenzubleiben.

In diesem Gebäude wird eine Untersuchung durchgeführt. Alle Personen bleiben ruhig stehen, wo sie sind, bis die Untersuchung abgeschlossen ist. Sie haben sich nicht zu . . ."

Der Lautsprecher wurde von dem neu aufkommenden Geraune übertönt, aber ich hatte genug gehört.

Ich mag damit zwar falsch gelegen haben, aber man hatte mir beigebracht, daß es meine Pflicht war, der Welt zu dienen, indem ich zu jeder Zeit und auf jede Weise der Gesellschaft diente. Rasch ging ich auf die nächststehende Abteilung von Expedienten zu, die sich gerade in Gruppen aufteilten und sich zwischen die herumstehenden Knäuel der Zivilisten mischten, in Gesichter starrten und Fragen stellten. Ich war aber kaum fünf Meter gegangen, als sich eine Hand schwer auf meine Schulter legte und eine rauhe Stimme in neapolitanischem Dialekt schnarrte: „Halt, Sie! Haben Sie nicht die Anweisungen gehört?"

Ich drehte mich leicht verblüfft um und sah mich einem bewaffneten Expedientenoffizier gegenüber. „Entschuldigung! Ich bin Anspruchsregler Wills", sagte ich. „Hab gedacht, ich könnte vielleicht behilflich sein."

Der Expedient starrte mich einen Moment lang an. Seine Wangen zuckten. Ich hatte den Eindruck, daß er unter anderen Umständen vor mir auf den Boden gespuckt hätte. „Papiere!" befahl er.

Ich zeigte ihm meine Reiseorder. Er überflog sie kurz, dann gab er sie mir zurück. Wie der Zollbeamte auf dem Carmody-Feld salutierte er militärisch exakt, aber irgendwie auch verächtlich. „Sie bleiben am besten, wo Sie sind“, sagte er, und sein Ton machte es zu einem Befehl. „Das Ganze wird in einem Moment vorbei sein.“

Dann war er zurück bei seinem Posten. Aber den Befehl zu hören war leichter, als ihn zu befolgen. Die Neapolitaner schienen sich nicht gut in die Disziplin fügen zu können. Obwohl sie den Untersuchungsabteilungen keinen offenen Widerstand entgegensetzten, gab es eine Art Molekularbewegung der einzelnen Individuen in der Menge, die mich immer weiter von der Stelle abdrängte, an der ich gestanden hatte. Mir wurde unbehaglich; ich stand am Rande des Bahnsteigs, und eine große Tafel kündigte an, daß der Mailand-Expreß jeden Moment auf diesem Gleis eintreffen mußte. Und tatsächlich hörte ich schon das dünne Singen der Diesellok hinter dem Bahnsteigende. Ich versuchte mich von der Kante wegzuschieben. Dabei drückte ich mich um einen elektrischen Gepäckwagen herum und trat jemandem heftig auf den Fuß.

„Entschuldigen Sie“, sagte ich schnell und blickte den Mann an. Er starrte beinahe haßerfüllt zurück. Ein helles Funkeln lag in seinen Augen. Seine Gesichtszüge konnte ich nicht genau erkennen, da er – sonderbarerweise, in diesem Land der glattgeschorenen Gesichter – einen wilden, grob gestutzten Bart trug. Er trug die Uniform eines Gepäckträgers und murmelte etwas, das ich nicht verstehen konnte, und machte eine Bewegung, als ob er mich wegstoßen wollte. Ich muß wohl meinen Arm gehoben haben, und meine Papiere mit dem großen goldenen Siegel der Gesellschaft hielt ich noch immer in der Hand. Der bärtige Mann sah sie.

Wenn vorher Wut in seinem Blick gelegen hatte, so war es jetzt ungezügelter, wilder Haß. „Ungehcuer! Abschaum!“ stieß er schrill hervor. Dann gab er mir blindlings einen Stoß, sprang aus dem Schutz der Gepäckstücke an mir vorbei und wirbelte wild durch die Menschenmenge, rempelte die Männer und Frauen aus seinem Weg.

Ich hörte jemanden scharf brüllen: „Da läuft er! Zorchi! Zorchi!“ Und ich hörte, wie der Bärtige schrille Flüche ausstieß, als er den Bahnsteig hinauflief, dem einfahrenden Zug entgegen, auf die Kante zu – und vom Bahnsteig hinunter auf die Gleise!

Er fiel ungefähr einen Meter vor die Stromliniennase der Diesellok. Ich glaube nicht, daß der Zug schneller als sieben, acht Kilometer pro Stunde fuhr, aber der Lokomotivführer hatte nicht die geringste Chance, den Zug zum Halten zu bringen. Während ich zusah, wie alle anderen auf dem Bahnsteig zur Bewegungslosigkeit erstarrt, rollte die Maschine über die zusammengekauerte Gestalt weg. Die Bremsen kreischten, aber es war zu spät, viel zu spät. Sogar in diesem Moment dachte ich daran, daß er nicht sterben würde, nicht sofort jedenfalls, erst wenn der Blutverlust zu groß werden würde. Sein Rumpf lag sicher in der Mulde zwischen den Gleisen. Aber seine Beine waren über eine Schiene gestreckt; und das langsame *Klick-Klick* der Räder hörte erst auf, als sein uniformierter Körper schon lange nicht mehr zu sehen war.

Es war schockierend, übel, eklig, unglaublich.

Und es hörte damit noch nicht auf. Etwas Sonderbares geschah: Als sich der Mann dem Zug in den Weg warf, gab es ein plötzliches, erschrockenes Schweigen; es geschah zu schnell, als das irgend jemand auf dem Bahnsteig dazu gekommen wäre, aufzuschreien. Auf das Schweigen folgte ein nur kurzes, instinktives und entsetztes Atemholen. Dann kam ein schnelles, erstauntes Geraune – und dann lautstarker Beifall! Und Klatschen und aufbrandende *Bravorufe!*

Ich verstand überhaupt nichts.

Der Mann hatte sich mit voller Absicht vor den Zug geworfen, da war ich sicher.

War das etwas, was man beklatschen konnte?

Schließlich schaffte ich es doch dorthin, wo der Regional-Direktor auf mich wartete. Ich war um fast eine Stunde zu spät.

Es war ein Hotel mit Blick auf die Bucht, und das Bild, das sich mir bot, war so packend, daß ich die Tat des Wahnsinnigen, die ich gesehen hatte, für einen Moment aus meinem Geist verdrängen konnte. Es gab nichts auf der ganzen Welt, was so schön war, wie die Bucht von Neapel bei Sonnenuntergang, dachte ich. Das war nicht nur meine Meinung; ich hatte die vielen Beschreibungen in den Reiseprospekten gesehen, die ich überflogen hatte, während meine Frau mir sanft über die Schulter blickte, damals, zur Zeit unserer Heirat. *La prima vista del mondo,* hieß es in den Prospekten – der schönste Anblick der Welt. „Neapel sehen und sterben", hatte der unbekannte Texter geschrieben.

Ich hatte natürlich nicht gewußt, daß Marianna vorher sterben würde . . .

Aber das lag alles hinter mir. Nach Mariannas Tod geschah allerhand und alles innerhalb kurzer Zeit; viel davon war ziemlich schlimm. Aber gut oder schlecht, ich hatte mir eines zur Regel gemacht: Ich wollte nicht darüber brüten. Ich hatte ein neues Leben angefangen, und ich war dabei, die Vergangenheit in einem fest verschlossenen Abteil meines Gehirns zu begraben. Es mußte einfach so sein! Ich war nicht mehr länger ein gewöhnlicher Zivilist, der seine Blauer-Himmel-Prämien zusammenkratzte, um ein Dach über dem Kopf zu haben, seine Nahrungspolicen einteilte, tagaus, tagein seinem öden langweiligen Broterwerb nachging. Ich war ein Diener der menschlichen Rasse und ein Mitglied der letzten überlebenden Gruppe von Gentleman-Abenteurern der ganzen Welt: Ich war „Anspruchsregler des Schadensausgleichs" im Dienst der Gesellschaft!

Wie auch immer, einige der unangenehmen Dinge, die geschehen waren, als ich in den Speisesaal des Hotels gegangen war, um den Regional-Direktor zu treffen, konnte ich wirklich nicht vergessen . . .

Regional-Direktor Gogarty war ein bleicher und aufgeschwemmter Ballon von einem Mann. Er wartete auf mich an einem Tisch, der für vier Personen gedeckt war. Er begrüßte mich mit saurem Gesicht. „Erfreut, Sie kennenzulernen, Wills. Unangenehme Sache, das. Unangenehme Sache. Er hat es wieder mal geschafft."

Ich hüstelte. „Sir?" fragte ich.

„Zorchi!" schnappte er – und ich erinnerte mich an den Namen, den ich auf dem Bahnsteig gehört hatte. Der Verrückte!

„Zorchi, Luigi Zorchi, die menschliche Qualle. Wills, wissen Sie, daß dieser Mann gerade seine *zwölfte* Invaliditätspolice eingelöst hat? Und wir konnten rein gar nichts tun, um ihn aufzuhalten! Sie haben es gesehen, nicht wahr?"

Ich sagte: „Äh, ja, aber ..."

„Dachte ich mir. Die zwölfte. Und Ihr Fahrer sagte am Telefon, diesmal seien es beide Beine. Beide Beine – und über einen normalen Vertrag. Doppelte Auszahlungssumme!" Er schüttelte seinen enormen Schädel. „Und das bei einem vollen Korps Expedienten in Bereitschaft, um ihn aufzuhalten!"

Mit einiger Mühe gelang es mir zu sagen: „Sir, meinen Sie, daß der Mann, den ich gesehen habe, als der Zug ihn überfuhr ..."

„... Luigi Zorchi war. Das war er, jawohl. Jemals von ihm gehört, Wills?"

„Ich wüßte nicht."

Gogarty nickte mit seinem Ballonkopf. „Die Gesellschaft hat es ziemlich gut aus den Zeitungen herausgehalten. Aber es ist natürlich unmöglich, die Gerüchte hier vor Ort zu unterbinden. Dieser Zorchi wird in Neapel praktisch als Nationalheld gefeiert. Er ist verdammt dicht davor, zum Millionär zu werden, vermute ich, und jede Lira, die er besitzt, kommt direkt aus dem Invaliditätsfond der Gesellschaft. Und glauben Sie, wir könnten was dagegen unternehmen? Nichts, gar nichts! Nicht einmal, wenn wir vorher einen Tip bekommen haben – wann, was und wo! Er lacht einfach nur über uns. Ich bin sicher", sagte Gogarty bitter, „er wußte, daß wir herausgefunden hatten, daß er sich heute nacht vor den Expreß werfen wollte. Er hat uns herausgefordert. Wir hätten ihn aufhalten müssen! Wir hätten wissen müssen, daß er sich als Gepäckträger verkleiden würde. Wir hätten ..."

„Mr. Gogarty", unterbrach ich ihn, „wollen Sie mir erzählen, daß dieser Mann sich *vorsätzlich* verstümmelt, um in den Genuß der Unfallversicherung zu kommen?" Gogarty nickte mit saurem Gesicht. „Aber um Himmels willen!" Ich schrie fast. „Das ist illoyal!"

Gogarty lachte scharf und kurz – und ließ mich mit einem Ruck aufmerken. In seinem Lachen war ein Unterton, der mir nicht gefiel. Einen Moment lang glaubte ich, er würde an meine eigene kleine, nun ... Unüberlegtheit denken. Aber er sagte nur: „Es ist auch teuer." Vermutlich dachte er sich nichts dabei, aber in dieser Hinsicht war ich empfindlich.

Bevor ich noch weitere Fragen an ihn richten konnte, wurde sein massives Gesicht von einem Lächeln geglättet. Er erhob sich schwerfällig und grüßte jemanden. „Das sind sie, Wills", sagte er. „Die Mädchen!"

Der Oberkellner führte zwei junge Damen zu uns. Ich besann mich auf mein gutes Benehmen und stand auf, aber ich gebe zu, ich war überrascht. Ich hatte gehört, daß im Außendienst nicht dieselbe Disziplin herrschte wie im Hauptbüro, aber, hmm, schließlich war Gogarty ein Regional-Direktor! Es war schon ein wenig formlos und leger von ihm, unser erstes Treffen als Essen im besten Restaurant der Stadt zu arrangieren, aber daraus gleich eine gesellige Zusammenkunft zu machen, war nach den strengen und detaillierten

Bestimmungen und Regeln des Hauptbüros, in dem ich ausgebildet worden war, fast undenkbar.

Und es war offensichtlich, daß die Mädchen bloße Dekoration waren. Ich brannte darauf, Gogarty Hunderte von Fragen zu stellen – über diesen verrückten Zorchi, über meine Pflichten, über die Politik der Gesellschaft hier im Fürstentum Neapel –, aber es war absolut unmöglich, Angelegenheiten der Gesellschaft in Anwesenheit dieser beiden Frauen zur Sprache zu bringen. Ich blickte zwar finster drein und war irgendwie verschnupft, aber ich schaffte es doch, in verbindlichem Ton „Hallo" zu sagen.

Die Mädchen waren durchaus eine Zier, das mußte ich zugeben. Gogarty sagte in überschwenglichem Ton, seine Übellaunigkeit war spurlos verschwunden: „Das sind Signorina dell'Angela und Miss Susan Manchester. Rena und Susan."

„Erfreut", sagte ich steif.

Susan war die Blonde, ein kleines, pummeliges Mädchen mit dem künstlichen Lächeln eines professionellen Modells. Sie begrüßte Gogarty herzlich. Das andere Mädchen war dunkel und von lieblicher Schönheit, aber von einem beständigen tragischen Schatten umgeben, der fast in ihren Augen zu leuchten schien. Es hatte nicht den Anschein, als bereite es ihr Freude, hier bei uns zu sein.

Also nahmen wir einige Drinks. Und dann noch einige. Dann erschien der Oberkellner mit einer großen Speisekarte, und ich fand mich in einer peinlichen Lage. Denn Gogarty wischte die Karte mit einer Geste spöttischen Widerwillens beiseite. „Behalten Sie das für die Bauern", sagte er. „Wir wollen diesen Blauer-Teller-Fraß nicht. Wir fangen mit den kleinen Krabben an, die ich letzten Abend hatte, und dann ein Antipasto und . . ."

Entschuldigend sagte ich: „Mr. Gogarty, ich habe nur eine Police der Kategorie B."

Gogarty blinzelte mich an. „Was?"

Ich räusperte mich. „Meine Blauer-Teller-Police hat nur eine Kategorie-B-Deckung", wiederholte ich. „Ich . . . äh . . . ich habe mich nie sehr . . ."

Er sah mich direkt ungläubig an. „Junge", sagte er, „das geht auf Rechnung der Gesellschaft. Jetzt entspannen Sie sich, und lassen Sie mich bestellen. Blauer Teller ist was für Bauern. Ich möchte wie ein menschliches Wesen essen."

Das erschütterte mich doch ein wenig. Hier sprach ein Regional-Direktor von den Rationen, die unter der Deckung des Blauen Tellers angeboten wurden, als Fraß. Oh, ich war nicht so naiv zu glauben, daß niemand so denken würde. Es gab überall eine gewisse Zahl von Unzufriedenen. Ich hatte ähnliche Reden und sogar Schlimmeres zuweilen von den Fast-Unversicherbaren der Kategorie gehört, den Verbitterten mit einem Groll gegen die ganze Welt, die der Gesellschaft die Schuld für all ihre Schwierigkeiten gaben und ständig über die „guten alten Zeiten" räsonierten. Meist meckerten sie dann, wenn die Zeit für die Prämienzahlungen gekommen war, wie ich festgestellt hatte.

Aber von Gogarty hatte ich so etwas natürlich nie erwartet.

Indessen, es war seine Party, und er schien ansonsten

ein wirklich netter Kerl zu sein. Ich entschied mich, über seine Unzulänglichkeiten hinwegzusehen. Wenn er auch der Gesellschaft nicht den nötigen Respekt zollte, so war er schließlich freundlich und demokratisch. Er hatte mir schließlich mindestens zwanzig Dienstjahre voraus, und zu Haus im Hauptbüro hätte sich ein einfacher Anspruchsregler niemals an einen Tisch mit einem Regional-Direktor setzen dürfen.

Und hier bescherte er mir eine Mahlzeit, so gut, wie ich sie nie zuvor gegessen hatte, sprach mit mir wie mit seinesgleichen und – so erinnerte ich mich selbst – sorgte sogar für Damengesellschaft.

Wir saßen stundenlang beim Essen, Stunden um Stunden und ein endloser Strom von gefüllten Weingläsern, und wir redeten unaufhörlich. Die Unterhaltung näherte sich aber niemals wirklich offiziellen geschäftlichen Themen.

Mit dem Mädchen Rena zusammenzusein war wirklich angenehm, fand ich. Eine tiefe, endlose Traurigkeit lag in ihren Augen, und hin und wieder ließ dieser Blick mein Lachen plötzlich abbrechen. Aber sie hatte eine sanfte Stimme, war freundlich und unbestreitbar reizvoll. Marianna war zwar hübscher gewesen, dachte ich, aber ihre Stimme trug den harten Akzent des Mittelwestens, während Renas . . .

Ich gebot mir Einhalt.

Als wir bei den abschließenden Likören angelangt waren, entschuldigte sich Rena für einen Augenblick, und nach einigen Minuten entdeckte ich sie an einem Fenster mit seidenen Vorhängen; sie stand dort und blickte versonnen über den Balkon nach draußen.

Gogarty gab mir einen Wink und nickte. Ich stand auf und ging, etwas unsicher, zu ihr hinüber. „Wollen wir uns das nicht etwas näher ansehen?“ fragte ich sie. Sie lächelte, und wir gingen nach draußen. Wieder blickte ich hinunter auf die Bucht von Neapel – die Szene war diesmal in das Licht des Mondes getaucht anstatt in die orangenen Schattierungen des Sonnenuntergangs. Es war warm, aber der Mond hing in frostigem Weiß am Himmel. Sogar sein Spiegelbild in dem verschlackten Wasser war grau-weiß und nicht gelb. Ein fahler orangefarbener Schein hing über dem Vesuv zu unserer Linken, und weit unten an der Küste zeigte ein bläuliches Phosphoreszieren über dem Horizont an, wo Pompeji lag.

„Schön“, sagte ich.

Sie blickte mich seltsam an und erwiderte nur: „Gehen wir wieder hinein.“

Gogarty begrüßte uns. „Haben Sie sich die Trümmer angesehen?“ verlangte er jovial zu wissen. „Nicht viel zu sehen, nachts. Nur nicht verzagen, Tom. Die nächsten Tage werden Sie soviel an Trümmern zu sehen bekommen, wie Sie nur wollen.“

„Ich hoffe, Sir.“

Gogarty schüttelte mißbilligend den Kopf. „Nicht ‚Sir‘, Tom. Sparen Sie sich das für das Büro auf. Nennen Sie mich Sam.“ Er strahlte. „Wenn Sie wissen wollen, wie es hier während des Krieges war“, fuhr er fort, „brauchen Sie nur die Mädchen zu fragen. Sie waren die ganze Zeit hier. Besonders Susan. Sie war schon bei der Zweigstelle der Gesellschaft, bevor ich sie übernahm. Richtig, Susan?“

„Richtig, Sam", erwiderte sie gehorsam.

Gogarty nickte. „Nicht, daß Rena viel versäumt hätte, aber sie war irgendwo außerhalb der Stadt, als die Sizilianer herüberkamen, um uns anzugreifen. „Waren Sie doch, oder?" wollte er mit besonderem Nachdruck wissen. Rena nickte stumm. „Neapel hat wahrhaftig was auf den Hut bekommen. Eine Zeitlang war es hier ziemlich hart. Wußten Sie überhaupt, daß die Sizilianer es tatsächlich geschafft haben, bei Pompeji direkt an der Küste zu landen?"

„Ich sah die Radioaktivität", sagte ich.

„Das ist richtig. Sie haben ganz schön Prügel bezogen. Sobald die Landungsboote in Reichweite waren, haben die Neapolitaner es ihnen gegeben. Aber es hat sie einiges gekostet. Die Gesellschaft hatte beiden nur je fünf A-Bomben erlaubt, und sie mußten zwei mehr einsetzen, um Palermo zu erledigen. Und – nun, selbst geben sie es nicht gerne zu, aber eine von den anderen war ein Blindgänger. Vermutlich der einzige Blindgänger in der Geschichte der A-Bombe."

Er grinste Rena an. Erstaunlicherweise lächelte Rena zurück. Sie war, so dachte ich bei mir, ein Mädchen mit vielen erstaunlichen Aspekten. Ich hätte nicht gedacht, daß sie Gogartys schwerfälliges Witzchen amüsieren würde.

Gogarty redete und redete. Ich fand es ziemlich interessant – ich hatte den neapolitanisch-sizilianischen Krieg in den Zeitungen verfolgt und war auch im Hauptbüro instruiert worden –, die Mädchen aber waren sichtlich gelangweilt. Schließlich beendete er seinen Bericht, indem er mir von dem Versuch der

Sizilianer, den Vesuv durch den Abwurf einer A-Bombe zum Ausbruch zu bringen, erzählte. Rena zeigte ihr Desinteresse inzwischen offen, und sogar Susan gähnte hinter vorgehaltener Hand.

Schließlich landeten wir unter der Eingangsmarkise des Restaurants. Gogarty und die Blonde sagten höflich gute Nacht und verschwanden in einem Taxi. Offensichtlich war es an mir, Rena nach Haus zu bringen.

Ich rief ein Taxi. Als ich vor der Abreise im Hauptbüro meine neue Versicherungskombination zusammenstellte, trieb ich einen besonders großen Aufwand im Hinblick auf den Umfang der Transport- und Verkehrsdeckung. Möglicherweise versuchte ich den Reiseluxus nachzuholen, den mir das Leben mit Marianna nicht ermöglicht hatte. Jedenfalls zog ich eine AA-Police hervor, und als der Taxifahrer meine Kupons abschnitt, war er von ausgesuchter Höflichkeit.

Rena wohnte ziemlich weit vom Hotel entfernt. Ich versuchte mit ihr zu plaudern, aber sie schien an irgend etwas anderes zu denken. Ich war in der Mitte meiner Erzählung über den schrecklichen „Unfall", den ich am Abend im Bahnhof gesehen hatte – mit den erforderlichen Kürzungen natürlich –, als ich bemerkte, daß sie aus dem Fenster starrte.

Sie hatte nicht zugehört, während ich redete, aber ihr fiel die Stille auf, als ich aufhörte. Sie schüttelte leicht den Kopf und sah mich an. „Es tut mir leid, Mr. Wills", murmelte sie, „ich bin sehr unhöflich."

„Überhaupt nicht", sagte ich unehrlich.

„Doch." Sie nickte und lächelte, aber es war ein gedankenvolles, fast trauriges Lächeln. „Sie sind zu höflich, wie alle Gentleman der Gesellschaft. Ist das Teil Ihrer Ausbildung?"

„Es ist leicht, Ihnen gegenüber höflich zu sein", erwiderte ich mechanisch.

Ja, es war Teil unserer Ausbildung: *Ein Vertreter der Gesellschaft ist immer freundlich und zuvorkommend.* Aber was ich gesagt hatte, war letztendlich doch wahr. Sie war ein Mädchen, bei dem es mir Freude machte, höflich zu sein.

„Nein, mal ehrlich", beharrte sie. „Sie sind ein wichtiger Funktionär in der Gesellschaft und müssen sich lange auf den Posten vorbereitet haben. Was hat man Ihnen beigebracht?"

„Tjaa . . ." Ich zögerte. „Genau das, was Sie erwarten, nehme ich an. Ein bißchen statistisches Rechnen, gerade soviel, daß wir verstehen können, was unsere Mathematiker sagen. Unternehmenspolitik, Geschäftsmethoden, Verwaltung. Dann hatten wir natürlich eine Menge moralisch-ethischer Lektionen. Ein Anspruchsregler . . ." – ich räusperte mich, fühlte mich ein wenig befangen – „. . . ein Anspruchsregler soll so sein wie Cäsars Weib, verstehen Sie. Er soll immer ein Beispiel geben, sowohl für seinen Mitarbeiterstab als auch für die Öffentlichkeit. Ich glaube, daß hört sich ziemlich altmodisch an. Das will ich gar nicht sein, aber auf Tradition, Ehre und Disziplin wird eben großes Gewicht gelegt."

„Gibt es auch einen Kurs über Loyalität zur Gesellschaft?" fragte sie ziemlich eigenartig.

„Ja, natürlich, das könnte man schon sagen. Es gibt Zeremonien, wissen Sie, und es ist eine Frage der Kadettenehre, die Belange der Gesellschaft persönlichen Angelegenheiten vorzuziehen.“

„Leben wirklich alle Anspruchsregler nach diesem Kodex?“ fragte sie.

Einen Augenblick lang war ich unfähig, ihr zu antworten. Es war wie ein Schlag ins Gesicht. Ich drehte mich scharf zu ihr um, aber ihr Gesicht zeigte nur höfliche, milde Neugierde. „Worauf wollen sie hinaus, Miss dell'Angela?“ brachte ich schwerfällig heraus.

„Ach nichts“, antwortete sie, und ihr Gesicht war so engelhaft wie ihr Name.

„Ich weiß nicht, was Sie meinen oder was Sie über mich gehört haben, Miss dell'Angela, aber ich kann folgendes sagen, falls es Sie interessiert: Als meine Frau starb, ging ich ziemlich aus dem Leim, das gebe ich zu. Ich habe allerhand gesagt, was ich nicht hätte sagen sollen, und einiges davon ging gegen die Gesellschaft. Ich versuche das gar nicht zu leugnen, aber ich war damals völlig aus dem Gleichgewicht, verstehen Sie? Das ist jetzt nicht mehr der Fall.“ Ich holte tief Atem. „Für mich ist die Gesellschaft der Erretter der Menschheit und der Menschlichkeit schlechthin. Ich möchte nicht als Fanatiker erscheinen, aber meine Loyalität gegenüber der Gesellschaft geht so weit, daß ich sie über meine persönlichen Belange und zwar so weit, daß ich ausnahmslos jede Arbeit übernehme, die die Gesellschaft mir überträgt. Und, falls nötig, auch so weit, daß ich für sie zu sterben bereit bin. Ist das klar?“

Nun, das bremste natürlich unsere Konversation. Es

war eigentlich nicht meine Absicht gewesen, mich so zu erregen, aber feststellen zu müssen, daß es irgendwelchen Klatsch gegeben hatte, schmerzte ganz einfach. Rena dell'Angela sagte bloß: „Völlig klar."

Dann fuhren wir eine Zeitlang schweigend dahin. Ich war wohl etwas unsanft mit ihr umgegangen; sie starrte wieder aus dem Fenster. Und ich hatte in diesem Moment auch keine besondere Lust zum Reden. Vielleicht war ich zu empfindlich, aber in meinen Gedanken existierte nicht der kleinste Zweifel, daß die Gesellschaft *die* große Chance für die ganze Welt war, und es gefiel mir gar nicht, als Verräter gebrandmarkt zu werden, nur für das, was ich nach Mariannas Tod gesagte hatte. Gewissermaßen zahlte ich jetzt die Strafe dafür; man hatte mir sehr deutlich klargemacht, daß ich mich jetzt zu bewähren hätte. Das reichte mir.

Wie bereits erwähnt, lebte sie ziemlich weit von der Gran Reale entfernt. Ich hatte eine Menge Zeit für meinen Ausbruch, zum Grübeln und um darüber hinwegzukommen.

Aber zu vielem leeren Gerede kam es auf unserer kleinen Reise nicht. Als ich mich langsam wieder beruhigt hatte, überkamen mich beunruhigende Gedanken. Es wurde mir plötzlich bewußt, daß ich ein Mann war und sie ein Frau und daß wir zusammen in einem Taxi fuhren.

Ich weiß nicht, wie ich es sonst ausdrücken soll. Ich war mir nicht klar darüber, ob ich sie nur von einem Essen nach Haus brachte oder von einer Verabredung. Es hatte sich nichts geändert – bis auf die Art und Weise, wie ich es sah. Ich fühlte mich plötzlich, als ob ich wieder vierzehn Jahre alt sei. Es war schon ziemlich lange her, seit ich zum letzten Mal die Aufgabe gehabt hatte, ein hübsches Mädchen – und nun wurde mir klar, daß sie ein wirklich *schönes* Mädchen war – am Ende eines Abends nach Hause zu begleiten. Und nun sah ich mich einer Frage gegenüber, von der ich vor weniger als einem Jahrzehnt gedacht hatte, daß sie sich mir nie wieder stellen würde.

Sollte ich ihr einen Gutenachtkuß geben?

Es war ein Problem, und ich dachte darüber nach und fühlte mich ziemlich albern und ziemlich glücklich dabei. Aber mein ganzes Nachdenken führte zu nichts. Sie entschied für mich.

Das Taxi hielt vor einer weißen Stuckmauer. Wie bei vielen der besseren italienischen Häuser umgab die Mauer einen Garten, in dessen Mitte sich das Haus befand. Das Ganze war recht nett – mindestens Kategorie A, dachte ich, obwohl es durch das Mondlicht schlecht zu erkennen war. Ich räusperte mich und lehnte mich halbwegs zu ihr herüber.

Sie drehte sich um und blickte zu mir hoch. Das Mondlicht wurde hell von etwas in ihren Augen gebrochen, das nur Tränen sein konnten.

Ich starrte sie an.

Sie sagte kein Wort, schüttelte kurz den Kopf, öffnete die Tür und war hinter dem Gartentor verschwunden.

Ich war verwirrt und bestürzt. Warum hatte sie geweint? Was hatte ich getan?

Ich überdachte mein Verhalten auf der Rückfahrt zum Hotel, aber es kam nichts dabei heraus. Ich war vielleicht schroff gewesen – aber schroff genug, um sie in Tränen ausbrechen zu lassen? Das konnte ich nicht glauben.

Sonderbares neues Leben! Ich schlief ein, während der bleiche Mond durch das Fenster schien, dachte über das Leben nach, das ich gerade begann, sowie über das alte Leben, das hinter mir lag und zusammen mit Marianna begraben worden war.

2

Das neapolitanische Büro der Gesellschaft lag im Herzen der Stadt. Ich nahm ein Taxi, das mich zu einem von einer Art Kuppel überdachten Etwas, *Galleria* genannt, brachte und ging unter dem stählernen Dachskelett in mein neues Büro. Einst war die *Galleria* mit Glas bedeckt gewesen, aber die Erschütterung durch die Vesuv-Bombe oder die auf den Capodichino oder einer der anderen Hammerschläge, die die Sizilianer auf das Fürstentum Neapel während der ganzen Unstimmigkeiten niederregnen ließen, hatte es pulverisiert.

Ich betrat das Büro und sah mich um. Das blonde Mädchen namens Susan stellte sich als die Empfangsdame heraus. Sie nickte mir rasch zu und winkte mich zu einem abgeteilten Bereich herüber, wo sich Sam Gogarty ungestört hinter dem gewaltigen Schreibtisch breitmachte. Ich öffnete die Schwingtür.

Gogarty sah mich eisig an. „Sie kommen zu spät", sagte er.

Er hatte keinen Kater, das war klar. „Tut mir leid, ich . . ." brachte ich entschuldigend hervor.

„Schon gut, es darf nur nicht noch mal passieren." In diesem Büro war Geschäft Geschäft, das war offensichtlich, die Tatsache, daß wir am Abend zuvor miteinander getrunken hatten, entschuldigte keinerlei Freizügigkeiten am darauffolgenden Morgen. „Ihr Schreibtisch ist da drüben, Wills“, sagte Gogarty. „Sie sollten jetzt am besten gleich anfangen.“

Ich fühlte mich ziemlich zurechtgestutzt, als ich mich an meinen Tisch setzte, und starrte unglücklich auf die blauen und gelben Mappen, die in großen Stapeln vor mir lagen.

Die Gesellschaft hatte mich gut ausgebildet. Ich brauchte keine Anleitung, um die Arbeit zu bewältigen; ich mußte mich nur an die eingeführten Techniken und die entsprechenden Präzedenzfälle halten. Ich überprüfte die Deckung, kodierte den Anspruch auf ein Band und fütterte die Bänder in eine Maschine. War der Anspruch berechtigt, so berechnete der Computer die auszuzahlende Summe und warf einen Lochkartenscheck aus, stimmte irgend etwas nicht, so leuchtete eine rote Lampe auf, und die Maschine spuckte den Fehlanspruch in einen Auffangkorb.

Und es gab übergenug Ersatzansprüche. Jeder Erwachsene in Neapel hatte natürlich die konventionelle Kriegs- und Katastrophen-Police, die sogenannte Blauer-Generalschirm-Deckung. Da nur wenige von ihnen tatsächlich im Krieg verletzt worden waren, war die Zahl der direkten Ansprüche nur klein – bei den meisten handelte es sich um die Prämienzahlung für andere Policen, entsprechend den Benachteiligungsklauseln. (Falls ein Krieg einen Policeinhaber davon abhielt, zum Beispiel seine Blauer-Teller-Prämien zu zahlen, so tat dies die Gesellschaft unter dem Signum des Blauen Generalschirms für ihn, ebenso wie sie den Policeinhaber ernährte.

Aber es gab auch einige große Ersatzforderungen. Die neapolitanische Regierung hatte die normale Blauer-Generalschirm-Versicherung abgeschlossen, und obwohl diese vor dem Ausbruch der Feindseligkeiten durch die Gesellschaft aufgekündigt worden war und damit die Gesellschaft davon befreite, Schadensleistungen an das Fürstentum Neapel selbst zu zahlen, gab es noch die vielen parallel laufenden Zweitversicherungen der einzelnen Ministerien und Regierungsbüros, die fast alle nicht gekündigt werden konnten. Die Gesamtsumme belief sich auf Millionen und Abermillionen von Lire. Schon beim Betrachten der Beträge auf einigen der Gutschriften schwamm es mir vor den Augen. Und dasselbe würde natürlich auch auf Sizilien zutreffen. Das allerdings würde durch das sizilianische Büro abgewickelt werden, nicht durch unseres.

Aber die Kosten dieses einen kleinen, kurzen und unbedeutenden Krieges, der weniger als zehntausend Opfer gefordert und kaum mehr als eine Woche gedauert hatte, mußte die Reserven der Gesellschaft um mehrere hundert Millionen Dollar reduziert haben.

Und dann gab es tatsächlich doch noch Leute, die gegen die Gesellschaft waren. Dabei wäre ohne sie die gesamte italienische Halbinsel dem völligen finanziellen Ruin verfallen; die wirtschaftlich stärkeren Gebiete wären von den beiden ehemaligen Gegnern mit in den Abgrund gezogen worden!

Das Regionalbüro war diesem Arbeitsanfall natürlich nicht gewachsen. Deshalb waren ja auch zusätzliche Anspruchsregler wie ich eingeflogen worden.

Überrascht blickte ich auf. Susan stand mit einem Pappbecher voll Wasser und einem Aspirin vor mir. „Sie sehen aus, als ob Sie das gebrauchen könnten", flüsterte sie, zwinkerte mir zu und war wieder weg.

Dankbar schluckte ich die Tablette, aber mein Kater war eigentlich schon fast verschwunden.

In diesen trockenen Akten fand ich all die Romantik und Aufregung, deretwegen ich in den Außendienst der Gesellschaft eingetreten war. Hier vor mir lagen menschliche Leben, spielten sich Dramen, Tragödien und zuweilen auch kleine menschliche Komödien ab. Der größte Teil der Bevölkerung Neapels lebte nämlich von der Gesellschaft, und was auch immer im Leben der Neapolitaner eine Rolle spielte, in den Akten der Gesellschaft war es verzeichnet.

Es war eine saubere, eine *hingebungsvolle* Aufgabe, für die Gesellschaft zu arbeiten. Seit den Mönchen des Mittelalters, die ungefähr in dem gleichen positiven Bewußtsein – nämlich daß ihre Arbeit im Dienst des mächtigen kirchlichen Imperiums wahrhaftig und rechtschaffen war – gelebt haben mußten, hatte es das sicherlich nicht mehr gegeben.

Entschlossen stürzte ich mich auf den Aktenberg vor mir; zu wissen, daß die Gesellschaft mit jedem erledigten Vorgang einem Menschen half, bereitete mir eine tiefempfundene Freude.

Die geschichtliche Entwicklung war klar und für jedermann offensichtlich: Einstmals hatten Not und Leid die Welt beherrscht – und die Gesellschaft hatte sie durch ihr ausgleichendes Eingreifen fast vollständig beseitigt. Mit Feuer und Krankheit fing es an. Als die ersten primitiven Versicherungsgesellschaften – in der Gründerzeit gab es mehr als eine – anfingen, Schutz gegen das Risiko eines Brandes anzubieten, bemerkten sie bald, daß es klüger war, Feuer und Brände von vornherein möglichst zu verhindern. Es kam zu den Propagandakampagnen mit ihren wehmütig blickenden Bären, die die Raucher baten, ihre brennenden Zigaretten nicht in den trockenen Wald zu werfen ... technische Büros wie das Underwriter-Laboratorium testeten elektrische Geräte, entwickelten raffinierte Apparaturen für den Hausgebrauch ... die zahlreichen Feuerwehren, die bald nach den städtischen Brandschutzämtern entstanden ... die endlosen Informationsveranstaltungen in den Schulen ... Und die Brände nahmen ab.

Dann kam die Lebensversicherung. Jedesmal, wenn bei einem Todesfall die Versicherungssumme ausgezahlt wurde, veränderten sich die Zahlen auf der statistischen Anzeigetafel. Tuberkulose ist eine Haupttodesursache? Richtet mobile Röntgenstationen ein, warnt die Leute vor der möglichen Bedeutung chronischen Hustens. War es Herzschlag? Erklärt die Gefahren von Übergewicht und macht die Idiotie von übertriebenem Training über vierzig deutlich. Die Leute lebten länger, und die Gesellschaft konnte die Prämien einige Quartale länger einziehen.

Die Krankenversicherung lief nach dem gleichen Schema ab. Begonnen hatte es mit dem Zahlen fälliger Rechnungen während der Krankheit, und es endete mit dem Angebot umfassender Gesundheitsvorsorge und medizinischer Behandlung für alle. Sorgfältige und umfassende Forschungsprogramme reduzierten die Gefahr einer Erkrankung auf ein Minimum. Nur in einigen wenigen Fällen wie dem von Marianna . . .

Ich riß mich von meinen Grübeleien los.

Wie auch immer, es waren weder die Feuer- noch die Lebensversicherungen, die mich jetzt zu interessieren hatten, sondern es ging um den Anti-Kriegs-Komplex der Blauer-Riegel-Versicherungen, die die Gesellschaft anbot.

Es war nicht schwer zu erkennen, wie es dazu gekommen war: Nachdem sich die Probleme von Feuer, Unfall und Krankheit unter der starken, schützenden Hand der Gesellschaft gebessert hatten, war nur noch eine Hauptgefahr übriggeblieben: Krieg.

Und so hatte die Gesellschaft zwangsläufig und völlig folgerichtig entschieden, den Krieg auszutilgen . . .

Ich blickte von meiner Arbeit auf. Es war wieder Susan, diesmal mit einem Becher Kaffee.

„Sie sind ein Engel“, sagte ich. Sie stellte den Kaffee hin, zwinkerte und wollte wieder gehen. Ich sah mich schnell um und vergewisserte mich, daß Gogarty beschäftigt war. Dann hielt ich sie an.

„Wollen sie mir etwas verraten?“ fragte ich.

„Sicher.“

„Dieses Mädchen, Rena – arbeitet sie für die Gesellschaft?“

Susan kicherte. „Um Himmels willen, nein! Was für eine Idee!“

„Was ist daran so seltsam?“

Ihr Gesicht wurde wieder ernst. „Darüber erkundigen Sie sich am besten bei Sam – ich meine, Mr. Gogarty. Hatten Sie denn gestern abend keine Möglichkeit, mit ihr darüber zu sprechen? Oder waren Sie zu sehr mit anderen Dingen beschäftigt?“

„Ich wollte nur wissen, wie es kommt, daß sie mit Ihnen zusammen war.“

Susan zuckte die Achseln. „Ich vermute, daß Sam gedacht hat, Sie würden sie gerne kennenlernen. Aber wirklich, Sie sollten ihn fragen. Ich weiß eigentlich nur, daß sie ziemlich oft wegen irgendwelcher Ansprüche hier gewesen ist. Aber arbeiten tut sie hier nicht, das können Sie mir glauben. Sie kräuselte die Nase. „Und ich werde hier auch nicht mehr lange arbeiten, wenn ich nicht bald an meinen Tisch zurückkomme.“

Ich verstand die Anspielung. Bis zum Mittag hatte ich bereits die Hälfte des Papierhaufens auf meinem Tisch durchgearbeitet. Ich aß kurz und nicht allzu gut in einer nahegelegenen *Trattoria*, die ein B auf dem Blauer-Teller-Schild in ihrem Fenster hatte. Nach dieser Mahlzeit war ich mehr als geneigt, Gogartys Bemerkungen über Blauer-Teller-Menüs zuzustimmen.

Als ich wieder im Büro war, rief er mich zu sich herüber. „Ich hatte noch keine Gelegenheit, mit Ihnen über Luigi Zorchi zu sprechen“, sagte er.

Ich nickte eifrig, denn ich hatte auf einige Erklärungen gehofft. „Da Sie sowieso dabei waren, als er sich vor den Zug warf, können Sie auch gleich weiter am Ball bleiben. Sie können die Sache auf jeden Fall nicht schlechter machen als alle anderen.“

„Ja, den Unfall habe ich gesehen, wenn Sie das meinen“, erwiderte ich zweifelnd.

„Unfall! Was für ein Unfall? Das ist das zwölfte Mal, daß er so etwas macht, sage ich Ihnen.“ Er warf mir einen Aktendeckel zu. „Sehen Sie sich das an! Verlust von Gliedmaßen – viermal. Innere Verletzungen – sechsmal. Verlust der Sehkraft, beschädigtes Gehör, Krankenhausbehandlung und so weiter. Herrgott noch mal, ich kann die einzelnen Ersatzansprüche gar nicht mehr zählen – und in jedem dieser Fälle hat er kassiert. Nur zu, blättern Sie's durch.“

Ich überflog die Mappe. Das oberste Blatt war ein Bericht über den Unfall, den ich selbst gesehen hatte. Die Lokomotive des Mailandexpresses hatte Zorchi beide Beine abgetrennt. Das Blatt darunter berichtete über Verbrennungen bei der Explosion eines Ofens, die zum Verlust des rechten Unterarms fast bis zum Ellbogen geführt hatten. Komisch, dachte ich, als ich ihn auf dem Bahnsteig sah, war mir überhaupt nichts aufgefallen. Aber ich war ja auch nicht allzu aufmerksam gewesen, und die modernen Prothesen grenzten ans Wunderbare. Ich sah die rotumrandeten Blätter weiter durch. Vor etwa zwei Jahren, fünf Ansprüche zurück, da hatte er . . .

Ich stieß einen kurzen Schrei aus. „Mr. Gogarty, das ist ein Schwindel!“

„Was?“

„Bitte sehen Sie doch hier: *‚Der Versicherte erlitt diverse Verletzungen. Am 25. Oktober wurde er in einem Aufzug mit fehlerhaften Sicherheitseinrichtungen eingeklemmt, dabei wurden ihm beide Beine oberhalb der Knie* *abgetrennt.*‘ Er hat schon beide Beine verloren! Er kann sie doch nicht zweimal verlicren, oder?“

Gogarty lehnte sich in seinem Stuhl zurück und sah mich vorwurfsvoll an. „Sie haben mich ganz schön erschreckt, Wills“, beklagte er sich. „Was habe ich Ihnen denn die ganze Zeit zu erklären versucht? Das ist doch genau der Knackpunkt, Mensch! Nein, er hat seine Beine nicht zweimal verloren. Er hat sie *fünfmal* verloren!“

Ich starrte ihn an. „Aber . . .“

„Aber, aber. Aber er hat. Einen Augenblick.“ Er hob die Hand, um meinen Fragen Einhalt zu gebieten. „Lesen Sie erstmal zu Ende.“ Er wartete, während ich den Rest des Dossiers ungläubig überflog. Es stimmte. Sprachlos sah ich Gogarty an.

„Sehen Sie jetzt, womit Sie es zu tun haben?“ fragte er aufgebracht. „Und nichts von dem, was Sie jetzt sagen wollen, hilft uns in irgendeiner Weise weiter. Die Berichte stimmen hundertprozentig. Sie wurden zwei- und dreimal geprüft und gegengeprüft. Die Möglichkeit, daß ein anderer Mann oder andere Männer die Rolle von Zorchi gespielt haben könnten, ist gänzlich auszuschließen. Die Fingerabdrücke wurden jedesmal überprüft. In den drei Fällen, in denen er die Arme verlor, wurde das Retinamuster verglichen. Es ist ebenfalls auszuschließen, daß die Ärzte bestochen wurden oder daß er in jedem Unfall nur ein weiteres Stück seiner Gliedmaßen verlor. Die Teile wurden in allen Fällen gefunden, und sie waren immer vollständig. Wills, diesem Burschen wachsen neue Arme und Beine wie einer Krabbe!“

Ich sah ihn wie benommen an. „Was für eine phantastische wissenschaftliche Entdeckung“, sagte ich dann.

Er schnaubte. „Phantastisch! Phantastischer Ärger! Phantastische Scherereien! Ich nehme das persönlich, Wills. Zorchi kann so nicht weitermachen, die Gesellschaft geht noch bankrott. Wir können ihn einfach nicht daran hindern. Selbst wenn wir einen Tip bekommen und damit wissen, was er zu tun beabsichtigt und sogar wissen, wann und wo er es tun will – wir können ihn nicht aufhalten. Und eines kann ich Ihnen versichern, Wills: Dieser Bahnsteig war voll von unseren Leuten, als Zorchi vor die Lokomotive sprang. Sie waren nicht der einzige anwesende Anspruchsregler der Gesellschaft.“ Er nahm einen zusammengefalteten Zettel von seinem Schreibtisch. „Hier. Zorchi ist noch im Krankenhaus. Heute sind Besucher nicht zugelassen, aber ich möchte, daß Sie ihn morgen mit diesem Beglaubigungsschreiben aufsuchen. Sie sind mit ausgezeichneten Empfehlungen vom Hauptbüro herübergekommen, Wills . . .“

Ich sah ihn scharf an, aber er machte ein völlig unschuldiges Gesicht.

„Es heißt, Sie seien ein intelligenter und erfinderischer junger Mann. Versuchen Sie eine Methode zu finden, mit der Sie die Lage in den Griff bekommen. Ich würde mich ja persönlich damit befassen, aber ich habe mit . . .“ – er schnitt eine Grimasse – „. . . hm, sagen wir gewissen kleineren administrativen Schwierigkeiten zu kämpfen. Eigentlich nichts von Bedeutung, aber es schadet auch nichts, wenn Sie’s wissen –

es gibt hier einen verborgenen, aber weitverbreiteten Groll, ja Haß auf die Gesellschaft.“

„Unglaublich!“ rief ich aus.

Einen Augenblick lang betrachtete er mich gedankenvoll. „Nun, es ist Zeit für den Feierabend. Wir sehen uns morgen früh.“

In dem gleichen billigen Restaurant, in dem ich zu Mittag gegessen hatte, nahm ich auch mein Abendbrot allein zu mir und verbrachte anschließend ungefähr eine Stunde damit, in meinem Zimmer das *Handbuch für Anspruchsregler* durchzublättern. Ich konnte aber keinen Präzedenzfall finden, der auch nur das geringste mit einem Menschen zu tun hatte, dem neue Arme und Beine wuchsen. Ich hatte das natürlich auch gar nicht erwartet. Anschließend machte ich einen Spaziergang . . . aber auch danach war es noch lange nicht Zeit zum Schlafengehen.

Also machte ich das, woran ich im Geheimen schon längst gedacht hatte: Ich suchte im Telefonbuch nach Rena dell'Angelas Nummer. Unter derselben Adresse, die sie dem Taxifahrer angegeben hatte, gab es einen Benedetto dell'Angela. Aber das Telefon war abgeklemmt.

Also ging ich noch einmal spazieren und anschließend ins Bett. Ich träumte von Benedetto dell'Angela als einem ledergesichtigen, weißhaarigen und ehrenwerten alten Herrn. Renas Vater, versteht sich, vielleicht noch ihr älterer Bruder, aber niemals ihr Mann.

Das war ein ganz schön dämlicher Schluß für den ersten erfüllten Tag meines reichen und erregenden neuen Lebens . . .

Ich kam dann am nächsten Tag doch nicht dazu, Zorchi zu besuchen. Aus den „kleineren administrativen Schwierigkeiten“ waren große geworden.

Junior-Anspruchsregler Hammond – er war bestimmt schon sechzig, aber eben der initiativ- und antriebslose Typ, der sein Leben lang in einer stellvertretenden Position bleibt – kam wenige Minuten nach Beginn der Arbeitszeit ins Büro und verhandelte eine Viertelstunde mit Gogarty. Dann riefen sie mich herbei.

„Wir haben da ein paar Schwierigkeiten. Hammond braucht ein bißchen Unterstützung, und Sie wurden dazu auserwählt“, sagte Gogarty. „Nehmen Sie soviel Geld mit, wie Sie brauchen, und auch einige Experten, die Sie begleiten. Am Abend werden Sie mir dann Bericht erstatten.“

Hammond und ich gingen zur Kasse und nahmen drei Aktentaschen voll Lire-Scheinen mit. Draußen wartete ein Panzerwagen mit einer kompletten Abteilung aus sechs uniformierten Expedienten. Wir rasten mit heulenden Sirenen durch die engen Straßen, fuhren den langen Hügelweg hinauf und an den radioaktiven Überresten von Capodichino vorbei hinaus aufs flache Land.

Unterwegs erzählte mir Hammond verstört, worum es sich handelte. Er war diesen Morgen schon ziemlich früh zu seinem Zweigbüro gekommen, aber doch nicht so früh wie der erste einer langen Reihe von Versicherten. Wie sich herausstellte, war ein Gerücht im Umlauf, daß der Gesellschaft langsam das Geld ausginge. Das war selbstverständlich ein absolut lächerlicher

Gedanke – wer druckte denn schließlich das Geld? Aber mit hundert verängstigten Menschen kann man nicht gut diskutieren, und vor Beginn der Schalterstunde warteten bereits über hundert Leute vor der Tür.

Hammond war schnurstracks in das Büro in Neapel geeilt und hatte es seiner Crew überlassen, das beste aus der Situation zu machen. „Ich hoffe nur, wir *haben* noch ein Büro, wenn wir dort ankommen", sagte er, während wir aus den Sichtschlitzen auf die vorbeihuschenden Felder und Weinberge hinaussahen. „Caserta ist eine schlimme Gegend, Wills. Der Ort wurde richtiggehend weggebombt, wissen Sie – der Südteil der Stadt ist radioaktiv. Außerdem hat er eine lange Tradition, was Schwierigkeiten betrifft. Er war die königliche Sommerresidenz der italienischen Monarchie, dann haben ihn die Amerikaner als Hauptquartier des Oberkommandos in jenem Krieg, in den auch dieser Mussolini verwickelt war, benutzt – der erste Atomkrieg übrigens. Er wurde immer und immer wieder von Kämpfen überzogen."

„Aber wissen sie denn nicht, daß die Gesellschaft über alle Reichtümer und Hilfsquellen der Erde verfügt?" argumentierte ich. „Eigentlich müßte ihnen dies bekannt sein", fügte ich hinzu.

„Natürlich wissen sie das – wenn sie denken. Aber im Augenblick denken sie eben nicht. Sie haben es sich nun mal in den Kopf gesetzt, daß der Gesellschaft das Geld ausgeht. Sie haben Angst. Man kann nicht mit ihnen reden. Nicht einmal Schecks nehmen sie an, sie wollen nur Bargeld."

„Das ist ziemlich albern, nicht? Ich meine, wenn – puh!“ Ich würgte, als mich plötzlich der üble Hauch des unangenehmsten und penetrantesten Geruchs, den ich je wahrgenommen hatte, anwehte. Es war, als seien Tod und Zerstörung zu Gas geworden; ein süßlich-kranker, alles durchdringender, sich festsetzender Mief, der durch meine Poren zu sickern schien und meinen Magen zum Revoltieren brachte. „Pfui Teufel!“ sagte ich keuchend.

Hammond sah mich erstaunt an. Dann grinste er säuerlich. „Neu hier, wie?“ erkundigte er sich. „Das ist Hanf. Man pflanzt das Zeug wegen der Fasern an, und um an die Fasern zu kommen, läßt man es vergammeln und verfaulen. Sie werden sich daran gewöhnen“, versprach er.

Ich versuchte es. Ich versuchte wirklich, mich daran zu gewöhnen; ich nahm kaum ein Wort von dem, was er sagte, wirklich wahr, während wir den Rest des Weges nach Caserta zurücklegten, so sehr versuchte ich es. Aber mich daran zu gewöhnen, das schaffte ich nicht.

Ich wurde aber bald von meinen Problemen abgelenkt. Als wir eintrafen, arbeitete das Zweigbüro noch, aber es quirlten mindestens drei- bis vierhundert wütende und schreiende Versicherungsnehmer vor ihm herum. Als wir mit dem Panzerwagen angerast kamen, liefen sie vor uns auseinander. Wir hielten abrupt an, die Sirenen heulten auf, und die Expedienten sprangen mit schußbereiten Waffen aus dem Wagen.

Hammond und ich kletterten mit den geldgefüllten Taschen ebenfalls heraus. Eine spürbare Erregung verbreitete sich in der Menge, als die Nachricht von Mund zu Mund ging, daß die Gesellschaft ungeheure Mengen von Lire gebracht habe – mehr als ein Mensch je zu Gesicht bekommen hätte –, um die Ansprüche auszuzahlen. Wir hörten das Geschnattere vieler aufgeregter Stimmen, und man konnte fast fühlen, wie die Spannung nachließ.

Es hatte den Anschein, daß die Schwierigkeiten vorüber seien.

Dann ertönte ein schrilles Pfeifen. Es hörte sich an wie eine Expedienten-Alarmpfeife; aber im Nachhinein bin ich mir nie sicher gewesen. Vielleicht war es ein Expedient, der aus irgendeinem Grund nervös geworden war, vielleicht war es aber auch ein *Agent Provokateur* in der Menge. Aber, wer auch immer auf den Auslöser gedrückt hatte, die Explosion war da.

Aus der Menge kam ein erregter, rauher Schrei und schon zischten Steine durch die Luft. Die Friedfertigen in dem Mob liefen zu den Toreinfahrten und Seitenstraßen der Umgebung; Frauen schrien und kreischten, Männer riefen und brüllten, und einen Moment lang sah es so aus, als ob wir überrascht werden würden. Die meisten waren nicht friedfertig, und mindestens einhundert schreiende und gestikulierende Männer rasten auf uns zu. Ein Pflasterstein zerbrach neben meinem Kopf die angeblich unzerbrechliche Windschutzscheibe unseres Panzerwagens. Dann umringten uns die Expedienten mit feuernden Gasgewehren, um das Geld zu schützen.

Es war ein nur kurzer, aber heftiger und schlimmer Kampf. Als der erste Ansturm zurückgeschlagen war, lagen mindestens fünfzig Personen bewegungslos auf der Straße.

Diese Art von Gewalttätigkeiten hatte ich nie zuvor gesehen. Irgend etwas passierte in meinem Magen. Ich stand schwankend da und hielt mich am Panzerwagen fest, während die Expedienten den Bereich um das Bezirksbüro abschirmten und vereinzelte Schüsse hinter den flüchtenden Aufrührern herschickten. Hammond sah mich fragend an. „Dieser Geruch", sagte ich entschuldigend.

„Klar", antwortete er nur. Es stimmte, der widerwärtige Mief der Hanffelder hing über uns, aber er wußte so gut wie ich, daß es nicht der Gestank war, der mir zu schaffen machte.

Einige Augenblicke später, als wir das Geld ins Büro trugen und in den Safe schlossen, erschienen draußen auf der Straße Fahrzeuge mit einem roten Kreuz und den Insignien der Gesellschaft, und Ärzte fingen an, sich um die Opfer zu kümmern. Jeder von ihnen bekam irgendeine Injektion – ein Gegengift gegen das Schlafgas aus den Gewehren der Expedienten, wie ich vermutete – und wurde dann unsanft in die Krankenwagen geladen.

Hammond erschien neben mir. „Bereit zur Arbeit?" fragte er. „Sie können jeden Augenblick zurückkommen, diejenigen, die noch laufen können. Wie es aussieht, werden wir bis Mitternacht auszahlen."

„Natürlich", sagte ich. „Das . . . das Gas wird ihnen doch nicht schaden, oder? Ich, ich meine, nachdem sie im Hospital gewesen sind, geht's ihnen doch wieder gut, nicht?"

Hammond spielte mit einem Bleistift und starrte grübelnd auf den bewegungslosen Körper eines Versicherten. Es war ein etwa fünfzigjähriger, gutgekleideter Mann mit einem rötlichen, für diese Gegend ungewöhnlichen Schnurrbart und einer zerbrochenen randlosen Brille. Ganz und gar nicht der Typ, den man bei einem Straßenkampf erwartete; vielleicht, so dachte ich, der typische Fall eines unschuldigen Zuschauers. Hammond antwortete abwesend: „Na klar. Die kommen wieder in Ordnung. Werden gar nicht wissen, was überhaupt los war."

Es gab einen kleinen, scharfen *Knacks*, und sein Bleistift fiel in zwei Hälften zu Boden. Verwundert blickte er sie an, sagte dann aber nur: „Na los, Wills. Wir wollen uns an die Arbeit machen."

3

Natürlich, ich glaubte an die Gesellschaft. Trotzdem mußte ich mir zum ersten Mal, seit ich für sie arbeitete, diese Frage stellen.

Jener lange, lange Tag in Hammonds unbedeutendem kleinen Zweigbüro, in dem ich, im Duft der Hanffelder schwitzend, den verbissen blickenden Policehaltern Berge von Lire-Scheinen aushändigte, ließ mich ein bißchen weniger sicher zurück. Ungefähr das erste Hundert derjenigen, die an meinem Schalter vorbeidefilierten, war in der Menge gewesen, auf die die Expedienten gefeuert hatten. Einige von ihnen trugen frische Verbände, die zeigten, daß manche der Steine zwar die Expedienten verfehlt, aber trotzdem ein Ziel gefunden hatten.

Die meisten waren ausgesprochen feindselig, von den wenigsten kam ein *Grazie*, als sie ihr Geld in Empfang nahmen.

Schließlich ging der Tag doch zu Ende. Hammond schnappte einem der Angestellten einen kurzen Befehl zu, der schob sich durch die schrumpfende Schlange, schloß die Tür und ließ die Jalousien herunterrasseln. Ich bearbeitete die letzten paar Auszahlungsanträge, und wir waren fertig.

Draußen, in den Straßen von Neu-Caserta, war es heiß und schwül. Expedientengruppen, die von ihrer eigentlichen Aufgabe, der Aufrechterhaltung des Waffenstillstandes zwischen Neapel und Sizilien, abgezogen worden waren, sollten nun in Caserta für Ruhe und Ordnung sorgen.

Hammond schlug vor, etwas zu essen, und wir gingen in einen kleinen Blauen Teller im selben Gebäude.

Hammond hatte eine Nahrungspolice Kategorie A, aber er war die Höflichkeit selbst und steuerte freiwillig den Kategorie-B-Bereich an. Wir übergaben dem Kellner unsere Policekarten zur Entwertung und lehnten uns zurück, um die Segnungen der Klimaanlage zu genießen.

Die Gewalttätigkeiten beunruhigten und störten mich noch immer, und deswegen fragte ich Hammond: „Hat es hier öfter Unruhen gegeben?"

„Eine Menge", antwortete er bedauernd. „Überall in Europa, wenn Sie meine Meinung wissen wollen, obwohl man darüber nie etwas in den Zeitungen liest, aber ich habe genug von den Außendienstlern gehört. In der Sudetensache zwischen Wien und Prag wäre es fast zu einer Revolution gekommen." Als der Kellner ihm das Tagesgericht vorsetzte, blickte er ihn sauer an. „Zum Teufel damit, Wills", sagte er. „Muß was zum Trinken haben, um das Zeug runterzuspülen."

Wir bestellten Weinbrand, und Hammond schob dem Kellner seine A-Karte zu. Ich bin zwar nicht neugierig, aber es entging mir nicht, daß der größte Teil der entsprechenden Kupons schon aufgebraucht war. Wenn Hammond so weitermachte, waren sie bis zum Ausgang des Sommers verbraucht, und er würde seine Drinks dann bar bezahlen müssen.

Das Essen war ziemlich öde. Das war Hammonds Schuld, denn er war mehr am Trinken als an einem Gespräch interessiert. Obwohl ich selbst nie ein großer Trinker gewesen bin, hatte ich doch einige Erfahrung darin, wie sich andere vollaufen ließen. Hammond stufte ich als den griesgrämigen und stillen Typ ein. Er war zwar nicht direkt grob oder unhöflich, aber nach dem Weinbrand zum Kaffee und den vier Whisky pur, die darauf folgten, sprach er fast überhaupt nicht mehr mit mir.

Wir verließen das Lokal in gespannter Wortlosigkeit. Nach dem gekühlten Innern des Restaurants war die Hitze draußen schmerzhaft spürbar. Die Luft schien stillzustehen, und der Mief der Hanffelder drang in unsere Kleidung, als ob wir in einer Kloake baden würden. Über uns war es nun fast völlig dunkel, und niedrige schwarze Wolken zogen sich zusammen. „Wir machen uns am besten auf den Weg", erlaubte ich mir zu sagen. „Sieht nach Regen aus."

Hammond grunzte nur. Er ging mir voraus, auf die enge Gasse zu, die zum Zweigbüro führte, an dem unser Wagen auf uns wartete.

Die Entfernung betrug fast einen Kilometer. Ich kann nicht von mir behaupten, daß ich besonders faul bin, und sogar in dieser Hitze hatte ich nichts dagegen zu laufen, aber ich wollte mich nicht vom Regen erwischen lassen. Vielleicht war es nur eine abergläubische Furcht von mir – ich wußte, daß die Gefahr äußerst gering war –, aber ich konnte nicht vergessen, daß im

Gebiet von Caserta und Neapel erst vor wenigen Monaten drei Atomexplosionen stattgefunden hatten und daß mit jedem Tropfen Regen eine beträchtliche Menge radioaktiven Fallouts herunterkommen würde. Ich versuchte mit Hammond darüber zu sprechen, aber er gab nur einen Laut des Unwillens von sich und stapfte weiter.

Es war nicht so, daß wir unbedingt laufen mußten. Es gab zwar nicht viele Taxis in Caserta, aber doch einige. Und sowohl Hammond als auch ich rangierten so weit oben in der Hierarchie der Gesellschaft, daß es ohne weiteres möglich gewesen wäre, uns von einer der motorisierten Expedientenstreifen mitnehmen zu lassen.

Über den östlichen Bergen leuchtete ein Blitz auf, gleich darauf gefolgt von dem wuchtigen Rollen des Donners. Ein fetter Regentropfen zerplatzte auf meinem Gesicht.

„Hammond", sagte ich, „lassen Sie uns in einen Hauseingang gehen und warten, bis uns jemand mitnimmt." Zu meiner Überraschung kam er mit. Wenn er es nicht getan hätte, wäre ich glatt dazu bereit gewesen, ihn allein zurückzulassen.

Wir befanden uns in einer Straße mit Mietshäusern. Sie schien fast völlig unbewohnt zu sein; ich pochte an die nächstgelegene Tür. Keine Antwort, kein Laut drangen heraus. Ich pochte nochmals und versuchte, sie zu öffnen. Sie war abgeschlossen.

Die nächste Tür, genauso überaltert und morsch wie die erste, war ebenfalls verschlossen, und es antwortete wieder niemand. Auch bei der dritten Tür reagierte niemand, aber der Knauf drehte sich unter meinen Fingern, und wir gingen hinein. Es regnete inzwischen heftig.

Wir ließen die Tür für den Fall offen, daß eine Streife oder ein Taxi vorbeikommen sollte – und um Licht zu haben. Es war jetzt wirklich dunkel draußen, abgesehen vom Aufleuchten der Blitze, aber nichtsdestotrotz war es drinnen noch dunkler. In dem engen, miefigen Flur gab es überhaupt kein Licht, nicht einmal unter den Türen drang ein Schimmer hervor.

Im Leuchten der Blitze wirkte Hammonds Gesicht blaß. Er wurde langsam nüchtern und im gleichen Maße unsicher.

Vielleicht eine halbe Stunde standen wir da und beobachteten den herabfallenden Regen, die flackernden Blitze und lauschten dem Donner. Zwei- oder dreimal fuhren Streifenwagen vorbei, krochen langsam die überschwemmten Straßen hinauf; und obwohl Hammond ihnen sehnsüchtig nachblickte, hatte ich immer noch keine Lust, naß zu werden.

Dann ließ der Regen nach, und fast im gleichen Augenblick tauchte ein Taxi am anderen Ende des Häuserblocks auf. „Kommen Sie", sagte ich und faßte ihn am Arm.

Er sträubte sich. „Warten Sie auf einen Streifenwagen", murmelte er.

„Warum? Kommen Sie, Hammond! Es kann jede Minute wieder anfangen zu gießen."

„Nein!"

Sein Verhalten machte mich rasend. Es war offensichtlich nicht so, daß er zu kleinlich war, um das Geld für das Taxi zu bezahlen; es schien fast so, als wolle er die Rückkehr zum Zweigbüro aus irgendeinem verborgenen Grund verzögern. Aber das war natürlich lächerlich. „Hören Sie, wenn Sie wollen, dann können Sie hierbleiben", sagte ich, „aber ich gehe jetzt." Ich sprang aus dem Hauseingang, gerade noch rechtzeitig, um dem Taxi zu winken; es bremste ab, hielt an, und der Fahrer setzte zu mir zurück. Als ich einstieg, sah ich noch einmal zu der Stelle, wo Hammond gestanden hatte, konnte ihn aber nicht erkennen. Er mußte sich weiter in den Toreingang zurückgezogen haben. Ich sagte dem Fahrer, er solle mich zum Zweigbüro der Gesellschaft fahren.

Kurios. Aber die kuriosen Ereignisse waren in dieser Nacht noch nicht zu Ende. Am Zweigbüro wartete mein Wagen, um mich nach Neapel zurückzufahren. Ich händigte dem Taxifahrer meine Reisekupons aus und hüpfte von einem Fahrzeug ins andere. Aber noch bevor mein Fahrer starten konnte, erschien jemand am Fenster des Wagens, und eine scharfe Stimme sagte: *„Un momento, Signor 'Ammond!"*

Ich starrte den Mann, einen ziemlich schäbig gekleideten Neapolitaner, an und sagte ärgerlich: „Hammond ist nicht da!"

Der Gesichtsausdruck des Mannes änderte sich. War er vorher angriffslustig gewesen, so wurde er jetzt erstaunt und entschuldigend. „Ich bitte tausendmal um Vergebung", sagte er. „Der Signor 'Ammond . . . können Sie sagen, wo er ist?"

Ich zögerte, aber nur einen Moment lang. Mir gefiel der kleine Mann, der zum Fenster hereinspähte, überhaupt nicht, so bescheiden und versöhnlich er auch geworden war. „Nein“, sagte ich abrupt. Mein Fahrer fuhr los, und der Mann blieb zurück. Ich drehte mich um, um zu ihm zurückzuschauen.

Es war lächerlich, aber die Art und Weise, wie er dastand, als wir abfuhren, die eine Hand in der Tasche, die Augen fast geschlossen, nachdenklich, ließ mich unwillkürlich daran denken, daß er eine Waffe bei sich hatte.

Aber das war natürlich unmöglich: Die Gesellschaft erlaubte keine tödlichen Waffen, und wer in aller Welt würde es wagen, eine Verordnung der Gesellschaft zu mißachten?

Als ich am nächsten Morgen in Neapel ins Büro kam, hatte Susan schon Kaffee gekocht und wartete auf mich. „Gott möge Sie segnen“, sagte ich. Sie kicherte und erwiderte: „Das ist noch nicht alles. Hier ist noch etwas, daß Sie vielleicht interessiert. Aber denken Sie daran: Wenn Sie jemand fragt, dann haben Sie es selbst herausgesucht.“

Mit diesen Worten schob sie einen Aktendeckel unter den Stapel, der bereits auf meinem Tisch lag, drehte sich um und ging. Ich zog die Mappe wieder hervor und las neugierig: „Police BNT-3KT-890 776, Blauer Generalschirm, Volldeckung. Versicherungsnehmer: Rena L. N. dell'Angela“. Ich hätte auch nicht dankbarer sein können, wenn sie mir das Münzamt geschenkt hätte.

Aber ich hatte keine Chance, sie näher durchzusehen. Gogarty rief nach mir. Ich schluckte schnell meinen Kaffee herunter und fragte nach seinen Anordnungen. Sie waren kurz und bündig: Die Verabredung mit Zorchi, die ich am Tag zuvor nicht hatte wahrnehmen können, war für heute festgesetzt worden. Ich war schon zu spät und mußte gehen, ohne einen weiteren Blick auf Renas Mappe werfen zu können.

Das Krankenhaus, das von Zorchi mit seiner Anwesenheit beehrt wurde, war ein marmorverkleideter Palast auf den Klippen am südlichen Rand der Bucht von Neapel. Es war ein luxuriöses Reiche-Leute-Hospital von schwüler Üppigkeit, das Allerüppigste aber war die plüschüberladene Drei-Zimmer-Suite, die Zorchi belegt hatte. Eine Schwester in weißer Robe, die irgendeinem religiösen Orden angehörte, brachte mich zu einem Aufzug und führte mich dann durch eine von Statuen flankierte Halle zu den Zimmern Zorchis. Ein junger Mann mit aufgewecktem Gesicht und Brille, der sich als Zorchis Sekretär vorstellte, nahm mich in Empfang. Ich erklärte ihm mein Anliegen. Er wies mir mit einer geringschätzigen Geste einen Brokatstuhl zu und ließ mich dann eine gute halbe Stunde warten.

Als Zorchi endlich bereit war, mich zu empfangen, kochte ich. Niemand hatte das Recht, einen Repräsentanten der Gesellschaft wie einen Botenjungen zu behandeln. Ich gab mir große Mühe, den Umstand zu berücksichtigen, daß er gerade eine schwere Operation hinter sich hatte – eigentlich zwei, einmal unter den Rädern der Lokomotive und ein zweites Mal unter dem Messer von drei der besten Chirurgen Neapels. So freundlich ich konnte, sagte ich nur: „Ich freue mich, Sie endlich zu sehen.“

Das dunkle Gesicht auf dem rosa bestickten Kissen wandte sich mir kalt zu. „*Che volete?*“ verlangte er zu wissen.

Der Sekretär öffnete den Mund, um zu übersetzen, aber ich sagte schnell: „*Scusi. Parlo un po' la lingua. Non bisogno un traduttore.*“

Zorchi sagte mit träger Stimme auf italienisch: „Unter diesen Umständen kannst du gehen, Mario. Was wollen Sie von mir, Wiehls?“

Ich erklärte meine Pflichten als Anspruchsregler und betonte, daß es meine Aufgabe, ja mein Privileg sei, für die Abfindung von Verletzungen zu sorgen, die von den Policen der Gesellschaft gedeckt wurden. Er hörte mir herablassend zu. Ich beobachtete ihn vorsichtig, während ich sprach, und versuchte dabei abzuschätzen, auf welche Weise ich sein Vertrauen am besten gewinnen könnte. Er war weit davon entfernt, ein attraktiver junger Mann zu sein, dachte ich; obwohl er die schäbige Gepäckträgeruniform nicht mehr trug, die er auf dem Bahnsteig angehabt hatte, wirkte er immer noch schlampig und unordentlich – trotz des schweren seidenen Schlafrocks, den er trug, und der unübersehbaren Kostspieligkeit seines Zimmers. Er trug immer noch den Bart – der war also letztlich keine Verkleidung gewesen. Es war kein schöner Bart. Es mußte Wochen her sein, seit man ihn zum letzten Mal gestutzt hatte, und seine Haare waren genauso struppig.

Zorchi zeigte sich von meinen freundlichen Worten nicht beeindruckt. Als ich mit meinen Erklärungen fertig war, sagte er kühl: „Das ist nicht das erste Mal, daß ich Ansprüche gegen die Gesellschaft geltend mache, Wiehls. Warum kommen Sie diesmal und halten mir Reden?"

„Nun, Sie müssen zugeben, daß Sie ein ziemlich ungewöhnlicher Fall sind", antwortete ich vorsichtig.

„Fall?" Er warf mir einen wilden Blick zu. „Ich bin kein Fall, Wiehls. Ich bin Zorchi, falls Sie nichts dagegen haben."

„Natürlich, natürlich. Ich wollte damit nur sagen, daß . . ."

„Daß ich eine Statistik bin, wie?" Er nickte mit dem Kopf. „Sicher, ich verstehe. Aber ich bin keine Statistik, wissen Sie. Und wenn, dann eine, die nicht in Ihre elektronischen Maschinen paßt. Stimmt's?"

Das gab ich zu. „Wie ich bereits sagte, Sie sind ein ziemlich ungewöhnlicher Fa . . ., eine ziemlich ungewöhnliche Person, Mr. Zorchi."

Er grinste kühl. „Gut, wir sind uns einig. Und nun, da wir zu dieser Übereinkunft gekommen sind, ist das Interview wohl beendet, nicht wahr?"

Ich hüstelte. „Mr. Zorchi", sagte ich, „ich will ganz offen zu Ihnen sein." Er schnaubte, aber ich fuhr fort. „Nach den Akten, die mir vorliegen, braucht dieser Anspruch nicht bezahlt zu werden. Ihre Ansprüche wegen völliger Invalidität sind nämlich schon befriedigt worden. Sie erhielten eine Abfindung, und außerdem wird Ihnen eine Rente ausgezahlt. Sie müssen verstehen, daß ein zweimaliger Anspruch wegen des Verlustes Ihrer Beine nicht möglich ist."

Er blickte mich mit einem Hauch von Belustigung an. „Ich muß?" fragte er. „Das ist sonderbar. Verstehen Sie, ich habe das mit vielen Anwälten durchgesprochen. Die Prämien wurden bezahlt, oder nicht? Die Police spricht eine klare Sprache, nicht wahr? Meine Beine – möchten Sie die Stümpfe selbst in Augenschein nehmen?“

Er warf die seidenen Decken zur Seite. Ich wandte meine Augen von der weiß bandagierten unteren Hälfte seines Torsos ab, der haarig und dürr und auf schreckliche Weise *weniger* war, als die Beine eines Menschen sein sollten.

„Vielleicht war ich zu offen“, sagte ich entmutigt. „Ich wollte damit nicht sagen, Mr. Zorchi, daß wir ihren Anspruch nicht auszahlen werden. Die Gesellschaft hat ihre Kontrakte *immer* buchstabengetreu erfüllt.“

Er deckte sich beiläufig wieder zu. „Sehr gut. Geben Sie den Scheck meinem Sekretär. Ist das damit abgeschlossen?“

„Nicht ganz.“ Ich schluckte und ging aufs Ganze. „Mr. Zorchi, was, zum Teufel, haben Sie eigentlich vor? Wie machen Sie es? Ich gebe zu, daß es kein Schwindel ist. Sie haben wirklich Ihre Beine verloren – mehr als einmal. Es wachsen Ihnen neue. Aber wie? Ist Ihnen denn nicht klar, wie wichtig das ist? Wenn es bei Ihnen möglich ist, warum nicht auch bei anderen? Wenn Sie in irgendeiner Weise entar . . ., das heißt, wenn sich die Struktur Ihres Körpers irgendwie von anderen unterscheidet, wollen Sie uns dann nicht helfen herauszufinden, wie, damit wir daraus lernen können? Es ist doch gar nicht nötig, daß Sie ein Leben führen wie jetzt.“

Seine eng zusammenstehenden, düsteren Augen blickten mich nun mit leichtem Interesse an. Ich fuhr fort: „Auch wenn Ihnen neue Beine nachwachsen – *mögen* Sie den Schmerz, wenn sie abgehackt werden? Machen Sie sich keine Gedanken darüber, daß Sie eines Tages die Distanz oder den Zeitpunkt falsch abschätzen könnten und daß der Zug oder der Lastwagen, oder was immer Sie sonst verwenden, Ihre Beine verfehlen und Ihrem Leben ein Ende bereiten könnte? Das ist doch kein Leben für einen Menschen, Mr. Zorchi. Warum nicht offen mit mir reden, mich Ihnen helfen lassen; warum nicht die Gesellschaft ins Vertrauen ziehen, anstatt durch Schwindel und Betrug zu leben und . . .“

Ich war zu weit gegangen. „Schwachkopf! Scheißkerl!“ fauchte er mich wie rasend an. „Das wird Ihre Gesellschaft teuer zu stehen kommen. Darauf können Sie Gift nehmen. Ist es ein Schwindel, daß ich so leide wie jetzt? Sie fragen, ob ich es mag? Sehen sie her, Schwachkopf!“ Er warf die Decken wieder zurück und riß mit beiden Händen an den weißen Bandagen. Blut sprudelte hervor. Dann streckte er mir die rohen, unbedeckten Stümpfe entgegen. Ich glaube, kein Anblick in meinem Leben hat mich mehr erschüttert. Es war schlimmer als die Hanffelder von Caserte, schlimmer als der schreckliche Anblick des *Vorbei*, als Marianna starb, schlimmer als alles, was ich mir vorstellen konnte. Er raste. „Sehen Sie sich diesen Schwindel an, sehen Sie ihn sich genau an!“ schrie er. „Mir wachsen neue Beine, aber ist es deshalb leichter, die alten zu verlieren? Ja, mir wachsen Beine und Arme und Augen; ich werde niemals sterben. Ich werde weiterleben, wie ein Reptil oder ein Fisch." Seine Augen blickten wild. Er ignorierte das Blut, das aus den Stümpfen floß, ebenso wie meine Versuche, etwas zu sagen, schlug sich auf den Leib und sagte: „Zwölfmal bin ich schon aufgeschnitten worden – sehen Sie irgendeine Narbe? Mein Blinddarm. Er ist nicht in Ordnung. Er fängt Schmutz auf, und der Schmutz macht mich krank. Und ich muß ihn herausschneiden lassen, und er wächst wieder nach, und ich muß ihn wieder herausschneiden lassen, und er wächst wieder. Und die Schmerzen, Wiehls, die Schmerzen hören niemals auf." Er schlug seinen Morgenmantel auf, klatschte mit der flachen Hand auf seinen schmalen, haarigen Brustkasten. Ich keuchte. Unter dem dürren Haar war ein Gekröse aus Beulen, Blasen und Geschwüren, die aufbrachen und das Haar verschmierten, als er sich in wilder Raserei Schläge versetzte. „Bedauern Sie mich, Wiehls!" schrie er. „Bedauern Sie den Mann, dessen Körper sich selbst vor allem und jedem beschützt! Ich werde ewig leben, das verspreche ich – und ich werde immer Schmerzen haben –, und irgend jemand wird für jeden schrecklichen Augenblick, den ich erlebe, bezahlen. Und jetzt hinaus, hinaus!"

Ich ging unter den haßerfüllten Augen des spitzgesichtigen Sekretärs, der mich schweigend zur Tür brachte.

Ich hatte Zorchi in Wut gebracht und selbst die vielleicht unangenehmsten Augenblicke meines Lebens durchgemacht, aber erreicht, erreicht hatte ich nichts.

Ich wußte das selbst sehr gut; aber wenn ich es nicht selbst gewußt hätte, so wäre es mir bald klar geworden. Gogarty wies mich mit aller Deutlichkeit und en détail darauf hin.

„Sie sind meine größte Enttäuschung seit meiner ersten Frau“, stöhnte er mit saurem Gesicht. „Ach, zur Hölle. Was wollten Sie eigentlich erreichen?“

„Ich dachte, ich könnte an seine Uneigennützigkeit appellieren“, verteidigte ich mich. „Sie haben mir ja schließlich keine genauen Anweisungen gegeben.“

„Ich habe Ihnen auch nicht gesagt, daß Sie nicht vergessen sollen, Ihre Nase zu putzen“, erwiderte er bitter. Dann schüttelte er den Kopf, sein Zorn war verraucht. „Na ja, ich glaube, wir sind nicht schlechter dran als vorher. Ich glaube, ich werde mich selbst darum kümmern müssen.“ Er mußte einen hoffnungs- und erwartungsvollen Schimmer in meinen Augen entdeckt haben, denn er sagte schnell: „Nicht jetzt sofort, Wills. Das haben Sie absolut unmöglich gemacht. Ich muß abwarten, bis er sich abgekühlt hat.“

Ich sagte nichts, stand nur dort, wartete darauf, daß er mich gehen ließ. Es tat mir leid, daß die Sache nicht geklappt hatte, aber letzten Endes gab es nicht viel, worüber er sich beklagen konnte. Nebenbei wollte ich auch zu meinem Schreibtisch und der Akte von Rena dell'Angela zurückkehren. Ich war nicht so sehr an ihr als Person interessiert, ermahnte ich mich, ich war nur neugierig . . .

Und wieder blieb mir nichts anderes übrig, als noch eine Weile neugierig zu bleiben. Gogarty hatte andere Pläne mit mir. Bevor ich noch recht wußte, wie mir geschah, war ich schon wieder auf dem Weg in ein anderes neapolitanisches Krankenhaus, wo einige der Schwerverletzten des zurückliegenden Kriegs auf die endgültige Abwicklung ihrer Ansprüche warteten. Es war eine Angelegenheit, die keinen Aufschub mehr duldete, das war schon zu oft geschehen; das Krankenhaus wartete dringend auf die Bestätigung dieser Ansprüche, damit die notwendige Behandlung der Verletzten schnellstens durchgeführt werden konnte.

Diesmal war es ganz und gar kein Marmorpalast. Es sah aus wie eine stuckverzierte Mietskaserne, und die Patienten waren alle in Sälen untergebracht. Es überraschte mich ein wenig, daß der Eingang von Expedienten bewacht wurde. „Stimmt irgendwas nicht?" fragte ich einen.

Er sah mich mit einem Anflug von Erstaunen an, als er meine zweireihige Uniform erkannte; es überraschte ihn, vermute ich, daß ich ihm eine Frage stellte. „Nicht solange wir hier sind, Sir", antwortete er.

„Ich meine, ich frage mich, warum Sie hier sind?"

Jetzt war er wirklich überrascht. „Gewölbe", antwortete er lakonisch. Ich drang nicht weiter in ihn, denn ich wußte natürlich, was er mit Gewölben meinte. Es war Bestandteil des Wohlfahrtsplans der Gesellschaft zur Abmilderung der Auswirkungen selbst so kleiner Kriege wie dem zwischen Neapel und Sizilien, daß denjenigen, die radioaktive Verbrennungen erlitten hatten, die bestmögliche Behandlung zuteil wurde. Und die beste Behandlung war natürlich die Suspendierte Animation, die zeitweilig unterbrochene Lebensfunktion. Die tödliche Gefahr radioaktiver Vergiftung lag in ihrem kumulativen Effekt; die ersten Symptome waren nicht schlimm, dem Betroffenen ging es gut, und er war durchaus noch in der Lage, herumzulaufen. Dann aber setzte die Degeneration des gesamten Systems ein, das Knochenmark stellte die Produktion weißer Blutkörperchen ein, die Blutsenkung ergab ein immer schlechteres Bild, die winzigen radioaktiven Isotope und Gifte breiteten sich im Körper aus und vollzogen ihr Zerstörungswerk. Falls es gelang, den Patienten durch die degenerative Periode zu bringen, lebte er vielleicht. Aber obwohl er lebte, würde er doch sterben – das heißt die radioaktive Vergiftung würde ihn langsam, aber sicher töten, wenn seine Lebensfunktionen weiterliefen. Die Antwort darauf war, die Lebensfunktionen zeitweilig durch eine Injektion und anschließendes Tiefgefrieren in den Gewölben anzuhalten. Das wurde natürlich nicht nur bei radioaktiver Vergiftung angewandt; Marianna zum Beispiel . . .

Nun, auf jeden Fall war das der Sinn und Zweck der Gewölbe. Diese hier waren zweifellos nur eine Art Verteilerstelle, wo die örtlichen Fälle entgegengenommen und so lange behalten wurden, bis man sie zu den Hauptgewölben der Gesellschaft zur Küste nach Anzio senden konnte. Ich bezweifelte nicht, daß es hier Gewölbe gab, aber es interessierte mich, warum die Gesellschaft sie besonders bewachen ließ.

Dann vergaß ich diese Gedanken. Ich fand mich plötzlich vollauf beschäftigt. Viele der Fälle in diesem schäbigen Krankenhaus bedurften wirklich der Hilfe der Gesellschaft. Aber viele andere waren ganz offensichtlich Betrugsversuche. Da war zum Beispiel eine Frau in der Entbindungsstation. Während des Krieges, nach der Bombardierung von Capodichino, hatte sie nach außerhalb fliehen müssen und nirgends medizinische Hilfe bekommen können. So kam es, daß ihr drittes Kind ein Mädchen wurde; jetzt verlangte sie eine Entschädigung entsprechend der Geschlechts-Garantieklausel. Aber sie hatte nur eine Deckung Kategorie C, und ihre ersten beiden Kinder waren Jungen gewesen. Während der ersten vier Schwangerschaften war unter dieser Deckung aber eine Tochter tolerabel. Noch bevor ich damit fertig war, ihr diese einfachen Fakten zu erklären, stieß sie wilde Flüche gegen mich aus. Kurz vor dem Explodieren verließ ich die Wöchnerinnenabteilung. Konnten diese Leute denn nicht begreifen, daß wir ihnen halfen? Es hatte nicht den Anschein. Nur die Schwerverletzten, die radioaktiv Verseuchten, die Amputierten und jene, die unter Narkose waren, versuchten nicht mit mir zu streiten, meistens deshalb, weil sie gar nicht dazu in der Lage waren.

Die meisten von ihnen waren auf dem Weg in die Gewölbe, wie ich feststellte. Meine Arbeit bestand darin, ihre Policen durchzusehen und für die Desaktivierung bereitzustellen. Es gibt unausweichlich immer wieder einige Leute, die versuchen, aus allem einen Vorteil zu ziehen. Hier war die Ruhestandsklausel des Grundkontrakts die Hintertür. In Anbetracht der Tatsache, daß das legale Rentenalter der umfassenden Blauer-Himmel-Police fünfundsiebzig Jahre – Kalenderjahre, nicht physiologische – betrug, gab es eine

Menge von Kranken, die für einige Jahre in die Gewölbe wollten – aus Gründen, die nichts mit ihrer Gesundheit zu tun hatten. Sie könnten – so dachten sie – zwei oder drei Jahrzehnte in den Gewölben verschlafen, um dann in einem physischen Alter von etwa vierzig Jahren wieder zum Vorschein zu kommen und den Rest ihres Lebens munter und fröhlich auf Kosten der Gesellschaft zu verbringen. Sie machten sich natürlich keine Gedanken darüber, daß die Gesellschaft ganz einfach nicht in der Lage sein würde, ihre Renten zu zahlen, falls solche Praktiken überhandnahmen. Und sie bedachten selbstverständlich auch nicht – oder es kümmerte sie zumindest nicht –, daß die Welt, so wie wir sie kannten, am Ende war, falls die Gesellschaft bankrott ging.

Es war ein heikles Problem. Wir konnten ihnen einerseits medizinische Hilfe nicht verweigern, es ihnen aber andererseits auch nicht gestatten, in die Gewölbe zu gehen, solange es sich nicht entweder um eindeutig dringende Fälle handelte, oder sie bereit waren, einen Prolongations- und Verzichtsanspruch zu ihren Policen zu unterschreiben.

Davon sah ich an jenem Nachmittag eine Menge. Die Fälle mit radioaktiver Vergiftung waren die schlimmsten, weil sie immer noch reden und diskutieren konnten.

Und sie hörten nicht auf zu jammern, selbst dann nicht, als sie mit den Verlangsamern und den anderen Drogen vollgepumpt wurden, selbst dann nicht, als sie mit eigenen Augen sehen konnten, wie die Anzeige der Blutsenkung weiter und weiter abfiel, sie jammerten immer noch darüber, daß man ihnen die Verzichtserklärung vorgelegt hatte. Manche hatten sogar Angst vor den Gewölben selbst, obwohl doch sicher jeder Mensch den Aufklärungsfilm der Gesellschaft gesehen hatte, in dem gezeigt wurde, wie die injizierten Drogen die Lebensprozesse allmählich verlangsamten und die zerstörerischen Enzyme des Körpers selbst hemmten, wie der scheinbar leblose Körper, bis zur Temperatur der ihn umgebenden Luft abgekühlt, in einen hermetisch schließenden Plastiksack gesteckt und, Reihe an Reihe, tief unter der Erde aufbewahrt wurde, wo er dann über die Monate, Jahre oder sogar, falls nötig, Jahrzehnte hinweg schlafen konnte. Zeit bedeutete den Suspendierten nichts. Es war kaum vorstellbar, daß man sich vor einem derart einfachen und natürlichen Vorgang fürchten konnte.

Obwohl ich zugeben mußte, daß die Gewölbe doch sehr wie Leichenschauhäuser aussahen . . .

Es machte keinen Spaß. Ich dachte weiter an Marianna. Sie hatte sich auch vor den Gewölben gefürchtet, in der kindlichen, weiblichen Unlogik, die für sie typisch war. Als die Techniker vom Blauen Generalschirm ihr die Diagnose Leukämie eröffneten, hatten sie auch gleich eine todsichere Heilmethode vorgeschlagen; sie sollte in die Suspension, während langsam wirkende Drogen, die besonders aufbereitet worden waren, um auch unter diesen extremen Bedingungen zu arbeiten, ihre Heilarbeit vollzogen. Aber sie hatte sich geweigert. Sie gaben zu, daß es eine 99,9 prozentige Heilchance ohne Suspendierung gab . . .

Wie es sich aber treffen sollte, gehörte Marianna

gerade zu dem verlorenen Zehntel eines Prozents, das starb.

Ich konnte sie nicht aus meinen Gedanken vertreiben. Die Fälle, die protestierten oder jammerten und weinten oder versuchten, Einwände geltend zu machen, halfen da gar nichts. Ich war froh, als der Nachmittag vorbei war und ich zum Büro zurückkehren konnte.

Als ich durch die Tür trat, traf Gogarty auch gerade ein; er kam direkt vom Friseur eine Treppe tiefer. Er war frisch rasiert und strahlte.

„Büroschluß, Tom“, sagte er freundlich, obwohl seine Augen auf dem Stapel unerledigter Akten auf meinem Schreibtisch ruhten. „Nur Arbeit und kein Vergnügen“, bemerkte er und stieß mich in die Seite. „Aber daran muß ich Sie bestimmt nicht erinnern, was? Dennoch sollten Sie Ihrem Mädchen sagen, daß es nicht während der Arbeitszeit anrufen soll, Tom.“

„Mich anrufen? Rena hat mich angerufen?“

Er nickte abwesend und blickte auf den Tisch. „Ist gegen die Bestimmungen der Gesellschaft, wissen Sie. Sagen Sie, ich will Sie wahrhaftig nicht antreiben, aber hinken Sie hier nicht ein bißchen hinterher?“

Einigermaßen irritiert erwiderte ich: „So wie ich hier durch die Gegend gerast bin, hatte ich kaum Gelegenheit, das Zeug aufzuarbeiten, wissen Sie. Und es ist eine Menge zu tun.“

„Nun, nun, immer mit der Ruhe, Tom“, sagte er beschwichtigend. „Ich wollte damit nur sagen, daß es vielleicht eine einfachere Methode gibt, diese Dinge zu handhaben.“ Er nahm eine Akte zur Hand und überflog sie oberflächlich. „Das hier zum Beispiel. Ein Anspruch wegen einer Erkältung, die als Folge einer Verkühlung bei der Evakuierung von Cerignola auftrat. Was würden Sie in diesem Fall tun?“

„Nun – bezahlen nehme ich an.“

„Und sich in den Papierkrieg stürzen? Angenommen, es ist ein Schwindel, Tom? Nicht einer von fünfzig Katarrhfällen ist echt.“

„Was würden Sie tun?“ fragte ich eingeschnappt.

„Die Sache zusammen mit dem Formular CBB-23A192 zurückschicken und einen Laborbericht über einen Abstrichtest verlangen“, antwortete er prompt.

Ich sah mir den Antrag an. Ein langer Brief war beigefügt, der sich in überflüssigen Einzelheiten erging und ausführte, daß es während des Krieges in dem Gebiet, in dem sich der Antragsteller aufhielt, keinen Labordienst gegeben habe, und daß er daher nur die Gutachten von drei registrierten Ärzten beifügen könne. Mir erschien der Anspruch echt, und ich hätte automatisch bezahlt.

„Angenommen, der Anspruch ist wirklich berechtigt“, sagte ich.

„Angenommen? Sie müssen die Sache so sehen: Wenn es ein Betrug ist, werden wir den Mann abschrecken, und Sie haben der Gesellschaft Geld und Mühe gespart. Ist der Anspruch aber berechtigt, so wird er ihn zweifellos noch einmal einreichen – zu einer Zeit, wo wir vielleicht nicht so überlastet sind. Währenddessen ist das ein weiterer bearbeiteter Fall für unseren Tätigkeitsbericht an das Hauptbüro.“

Ich starrte ihn ungläubig an, aber er erwiderte meinen Blick völlig ruhig, bis ich die Augen senkte. Im Grunde hat er recht, dachte ich mir. Der Berg Arbeit auf meinem Schreibtisch war ein echter Bremsklotz, der irgendwie beseitigt werden mußte. Die Ablehnung dieses Anspruchs bedeutete vielleicht eine gewisse Härte in einem Einzelfall. Was aber war mit den Hunderten und Tausenden von anderen, die darauf warteten, daß man sich um sie kümmerte? Es stimmte doch, daß eine kleine Härte für einen einzelnen lange nicht so bedeutend war wie der Umstand, alle anderen warten zu lassen? Nun, letzten Endes war es gerade die außerordentliche Fürsorge für die Gesamtheit aller Menschen, auf der der gute Ruf der Gesellschaft beruhte – dies und die eherne Garantie prompter und vollständiger Begleichung aller berechtigten Forderungen. Das waren die Gründe für die große Beliebtheit, ja allumfassende Sympathie, deren die Gesellschaft sich überall erfreute – das heißt, abgesehen natürlich von der Handvoll der ewig Unzufriedenen.

Zögernd sagte ich: „Ich glaube, Sie haben recht."

Er nickte nur und wandte sich zum Gehen. Dann hielt er inne. „Das mit dem Anruf sollte kein Rüffel sein, Tom", sagte er. „Informieren Sie sie einfach über die Bestimmung, ja?"

„Sicher, oh, eine Sache noch ..." Er sah mich an. Ich hüstelte. „Dieses Mädchen. Ich weiß nicht gerade viel über sie. Ist sie, nun, äh, kennen Sie sie näher?"

„Himmel, nein. Offen gestanden sie ist uns hier schon ziemlich auf die Nerven gegangen. Sie macht da einen Anspruch geltend, ohne viel Hand und Fuß. Die Einzelheiten kenne ich nicht, die Daten sind kodiert;

die Maschinen haben ihn automatisch zurückgewiesen. Aber ich weiß, daß sie, äh ...“ – er schien zu blinzeln – „... hm, eine Gefälligkeit erwartet. Ihr alter Herr ist in Schwierigkeiten. Ich werde wegen der Einzelheiten gelegentlich mal für Sie nachsehen, falls es Sie interessiert. Ich glaube, er ist im Kühler oben in – das heißt in der Klinik, ich meine oben in Anzio.“

Er kratzte sich die fleischige Wange. „Ich dachte, es sei Ihnen gegenüber nicht fair, wenn ich ein Mädchen bei mir habe und Sie nicht. Susan hatte versprochen, jemanden mitzubringen, aber die hier lief mir gerade im rechten Moment über den Weg, und sie sagte, daß sie Amerikaner möge. Ich habe ihr erzählt, daß Sie mit ihrem Fall befaßt sein würden.“ Diesmal blinzelte er bestimmt. „Ich glaube selbstverständlich nicht, daß Sie sich durch irgendeine, nun, persönliche Beziehung, falls Sie eine anknüpfen sollten, beeinflussen lassen. Ach – noch was Sonderbares: Sie schien sich an Ihren Namen von früher her zu erinnern.“

Das war ein Hammer! „Wie war das?“

Gogarty zuckte mit den Schultern, so gut er es mit seinen fünfundvierzig Zentimetern durchgehender Schultermasse konnte. „Na ja, sie sprach sofort darauf an. ‚Thomas Wills‘, sagte ich. Sie war vorher ganz schön reserviert, wenn nicht ablehnend gewesen, aber dann taute sie schnell auf. Vielleicht mochte sie auch nur den Namen, aber sie sagte mir ja auch, daß sie Amerikaner mag.“

Ich räusperte mich. „Mr. Gogarty“, sagte ich bestimmt, „bitte, damit wir uns richtig verstehen: Sie sagen, der Vater des Mädchens habe irgendwelche

Schwierigkeiten, und deuten an, daß sie mich kennt. Was ich wissen möchte, ist, ob Sie jemals irgendeinen Bericht bekommen oder irgendein Gerücht gehört haben, daß sie glauben läßt, ich würde eine der gegen unsere Gesellschaft arbeitenden Gruppen auch nur im geringsten unterstützen. Ich weiß, daß es da Geschichten gege . . .

Er unterbrach mich. „Davon habe ich nichts gehört", sagte er entschieden.

Ich zögerte. Es schien eine gute Gelegenheit zu sein, mich Gogarty anzuvertrauen; ich wollte gerade dazu ansetzen, als er von Susan weggerufen wurde: „Ein wichtiger Anruf, Mr. Gogarty." Mit einem Gefühl der Enttäuschung sah ich ihn davonwatscheln.

Eigentlich hatte ich ja nichts Schlimmes getan. Auf jeden Fall hatte ich es nicht *beabsichtigt*. Und die Umstände erklärten es auch, zum Teil jedenfalls . . . Aber es war alles längst vorbei, und . . .

Und nichts. Ich sah den Tatsachen ins Gesicht. Ich hatte drei volle Wochen verbracht, in denen ich fast bis zur Bewußtlosigkeit betrunken war, hatte getobt, gerast, war herumgetaumelt und hatte jedem, der mir zuhörte, erklärt, die Gesellschaft sei böse, die Gesellschaft sei mörderisch, die Gesellschaft habe meine Frau getötet. Das war nicht zu bestreiten. Und ich hatte dem Ganzen die Krone aufgesetzt, als ich einen Ziegelstein durch das Fenster des Zweigbüros warf, das für uns zuständig war. Es war nur die dumme Tat eines Betrunkenen, sagte ich mir immer wieder selbst. Aber es war eine Dummheit, die mich ins Gefängnis brachte, die auf all meinen Policen und dem vertraulichen Teil meiner Beschäftigungsunterlagen vermerkt worden war. Ich wäre in ernsthaften Schwierigkeiten gewesen, wenn nicht Direktor Defoe, ein entfernter Verwandter meiner Frau, eingegriffen hätte.

Er war es, der mich aus dem Gefängnis holte. Er hat mir nie erzählt, wie er herausgefunden hat, daß ich im Gefängnis war. Er tauchte auf, las mir die Leviten und holte mich heraus. O ja, er hat mir hinterher ganz schön die Hölle heiß gemacht, aber er stellte die Kaution und holte mich heraus. Er sagte mir, ich würde mich wie ein Kind benehmen – und überzeugte mich davon, das es so war, was schlimmer war. Und als er überzeugt war, daß ich mich aufgerappelt und wieder alle fünf Sinne besammen hatte, setzte er sich persönlich dafür ein, daß ich als Anspruchsregler-Anwärter die Schule der Gesellschaft besuchen durfte.

Ich war meinem ehemaligen angeheirateten Verwandten, dem Direktor Defoe, zu tiefem Dank verpflichtet.

Während ich über die Ereignisse nachdachte, war Gogarty zum Telefonieren weggegangen. Als er zurückkam, machte er einen unglücklichen Eindruck. „Hammond", sagte er bitter, „er wird vermißt. Sagen Sie, war er betrunken, als Sie ihn gestern nacht verließen?" Ich nickte. „Dachte ich mir. Ist überhaupt nicht zur Arbeit erschienen. Ist auch nicht in seinem Quartier. Das Hauptbuch kann für heute nicht abgeschlossen werden, da niemand anwesend ist, der zeichnungsberechtigt wäre. Also muß ich jetzt natürlich selbst nach Caserta rausrasen ... was wird Susan dazu sagen ..."

Vor sich hinmurmelnd, verschwand er. Ich ließ ihn gehen, denn ich erinnerte mich an die Mappe, die unter den Papieren auf meinem Schreibtisch begraben war, als er Susans Namen erwähnte.

Sobald er das Büro verlassen hatte, nahm ich sie mir vor.

Und sobald ich sie geöffnet hatte, starrte ich sie perplex, ja erschüttert an. Die erste Seite trug folgende Überschrift: „Signora Renata dell'Angela, Alter 22, Tochter von Benedetto dell'Angela, in Hauptkategorie AA eingestuft, ohne Beruf." Es gab noch weitere Einzelheiten, aber über das Ganze lief in großen Buchstaben ein roter Stempel:

Police ungültig – Neueinstufung: Kategorie E.

Das bedeutete, daß Rena, Rena mit den traurigen Augen, absolut unversicherbar war.

4

Telephon oder nicht – ich hatte immer noch ihre Adresse.

Als ich aus dem Taxi stieg, war es noch hell, und ich konnte mir das Haus genauer betrachten. Bei Tag besehen war es ein ansehnliches Anwesen; die Größe der imposanten weißen Stuckmauer paßte nicht zu der Notiz „unversicherbar“ auf Renas Unterlagen. Die Mauer umschloß einen Garten, und dieser Garten konnte kaum etwas Geringeres als ein AA-Haus beherbergen. E-Kategorieler wurden entweder in öffentliche Obdachlosenasyle geschickt – auf Kosten der Gesellschaft, versteht sich – oder lebten von der Mildtätigkeit ihrer Freunde oder Verwandten. Und E-Kategorieler hatten selten Freunde in AA-Häusern.

Ich klopfte an die Pforte. Eine dicke Frau von unbestimmbarem, aber hohem Alter öffnete ein kleines Fenster und blinzelte mich an. Höflich fragte ich: „Miss dell'Angela?“

„Che dice?“ Ein finsterer Blick traf mich.

„Kann ich Miss dell'Angela sehen?“ wiederholte ich. „Ich bin Anspruchsregler im Auftrag der Gesellschaft. Ich möchte in einer Angelegenheit, die ihre Policen betrifft, mit ihr sprechen.“

„Ha!“ sagte die Frau. Dabei beließ sie es für einen Moment, schürzte die Lippen und betrachtete mich nachdenklich. Dann hob sie die Schultern. *„Momento“*, sagte sie und ließ mich vor der Pforte stehen.

Drinnen murmelten unbekannte Stimmen. Ich glaubte eine sich öffnende Tür und das Geräusch von Schritten zu hören, aber als die fette Frau zurückkam, war sie allein.

Schweigend öffnete sie die Tür und winkte mich mit einer Bewegung des Kopfes hinein. Ich machte mich automatisch auf den Weg zum großen Haus, sie aber faßte mich am Arm und wies mich auf einen anderen Pfad. Er führte durch ein Blumenspalier zu etwas, das einmal die Hütte des Gärtners gewesen sein mochte. Ich klopfte an die Tür, jetzt begreifend, wo Rena dell'Angela als Unversicherbare der Kategorie E lebte.

Rena öffnete selbst, mit glühenden Wangen und überraschtem, fast ängstlichem Ausdruck. Es war das erste Mal, daß ich sie bei Tageslicht sah. Sie war – und das läßt sich nicht anders sagen –, sie war schön.

„Mr. Wills! Auf Sie war ich wirklich nicht gefaßt“, sagte sie schnell.

„Sie haben mich angerufen, und ich bin gekommen, so schnell ich konnte.“

Sie zögerte. „Ja, es war . . . es tut mir leid, Mr. Wills. Das war nur so ein spontaner Impuls. Ich hätte es gar nicht machen sollen.“

„Was für ein Impuls, Rena?“

Sie schüttelte den Kopf. „Es tut mir leid. Es ist überhaupt nicht wichtig. Aber ich bin eine schlechte Gastgeberin. Wollen Sie nicht hereinkommen?“

Der Raum hinter der Tür war lang und schmal, mit abgenutzten Möbeln und einer weiteren Tür, die vielleicht zu einem zweiten Raum führte. Er schien staubig zu sein, und – ich haßte mich selbst dafür, daß ich hier wie ein Narr herumschnüffelte – ich bemerkte deutlich, daß ein schwacher Duft von Tabak in der Luft hing. Ich war mir ziemlich sicher, daß sie an dem Abend, als wir einander begegnet waren, nicht geraucht hatte.

Sie wies auf einen Stuhl – es gab nur zwei, beide standen an einem grob zusammengezimmerten Tisch, auf dem sich zwei Tassen mit Kaffee befanden. „Bitte setzen Sie sich", lud sie mich ein.

Ich mußte mich daran erinnern, daß es schließlich ganz und gar nicht meine Sache war, wenn es ihr beliebte, Freunde zu empfangen – auch wenn diese Freunde einen besonders ranzigen Tabak rauchten. Und wenn sie es vorzogen, nicht anwesend zu sein, wenn ich kam, so war das auch ihre Sache und nicht meine. Behutsam sagte ich: „Ich wollte Sie nicht stören."

„Mich stören?" fragte sie und sah, wie meine Augen auf den Tassen ruhten. „Oh, aber nein, Mr. Wills, die zweite Tasse ist für Sie. Ich habe sie eingegossen, als Lisa mir sagte, daß Sie an der Pforte seien. Er ist nicht allzu gut, fürchte ich", sagte sie entschuldigend.

Ich machte einen Versuch, ihn zu trinken. Er war schrecklich. Ich setzte die Tasse wieder hin und sagte: „Rena, gerade eben erst habe ich herausgefunden, was mit ihren Policen los ist. Bitte, glauben Sie mir, es tut mir aufrichtig leid. Als wir gestern zusammen gesessen haben, hatte ich noch keine Ahnung davon. Ich hätte ... Na ja, ich weiß nicht, was ich getan hätte. Offen gestanden, es gibt da nicht viel, was ich tun könnte; ich will nicht, daß Sie glauben, ich hätte irgendwelchen großen Einfluß. Aber wissen hätte ich es müssen. Ich hätte sie dann auf jeden Fall nicht zum Weinen gebracht."

Sie lächelte ein sonderbares Lächeln ... „Das war es nicht, was mich zum Weinen gebracht hat, Mr. Wills."

„Bitte nennen sie mich Tom", bat ich. „Warum haben Sie dann geweint?"

„Es ist nicht wichtig. Bitte."

Ich hüstelte und versuchte es anders. „Verstehen Sie mich richtig, ich habe natürlich eine *gewisse* Autorität, und ich möchte Ihnen wirklich helfen, wenn ich kann. Wenn Sie mich lassen."

„Sie lassen? Könnte ich es denn verhindern?"

Ihre Augen waren tief und dunkel. Ich riß mich zusammen, nahm meine Notizen über ihre Versicherungen aus der Tasche und sagte so geschäftsmäßig, wie ich es gerade fertigbrachte: „Sehen Sie, bei der Auslegung der Fakten besteht vielleicht noch etwas Spielraum. Allerdings, so wie es steht, also offen gestanden – viel Hoffnung gibt es nicht. Aber wenn Sie mir ein paar Informationen geben könnten ..."

„Natürlich."

„Ihr Vater, Benedetto dell'Angela, ist ein Opfer des Krieges mit Sizilien; er hat eine Dosis Strahlung abbekommen und befindet sich gegenwärtig im Zustand herabgesetzten Stoffwechsels in der Klinik in Anzio und wartet darauf, daß die Radiogene seinen Körper verlassen. Ist das richtig?"

„So steht es im Bericht der Gesellschaft", antwortete sie.

Da schwang ein seltsamer Unterton mit. Sie zweifelte doch bestimmt nicht die Richtigkeit eines Berichts der Gesellschaft an? Ich fuhr fort: „Sie waren eine abhängige Familienangehörige und haben um Unterstützungszahlungen auf Grundlage des Blauen Generalschirms und um Kriegsrisikoleistungen unter dem Blauen Riegel nachgesucht. Beide wurden Ihnen verweigert, Blauer Generalschirm, weil Ihr Vater sich technisch gesehen nicht im Zustand des Krankseins befindet, und Blauer Riegel und Ihre anderen persönlichen Policen . . ." – ich zögerte es auszusprechen – „. . . wegen Tätigkeit gegen die elementaren Interessen der Gesellschaft. Besonders weil sie einen bekannten Unruhestifter namens Slovetski unterstützt haben sollen."

Sie zuckte mit den Schultern. „Soviel weiß ich auch, Tom", sagte sie.

„Warum?" verlangte ich zu wissen. „Dieser Mann soll zum Krieg mit Sizilien aufgehetzt haben!"

„Tom, das ist eine Lüge!" platzte sie heraus. „Slovetski ist ein alter Freund meines Vaters. Sie haben vor vielen Jahren zusammen in Berlin studiert. Er ist absolut und ganz und gar gegen Krieg eingestellt, gegen *jeden* Krieg!"

Ich zögerte. „Über die Einzelheiten weiß ich nicht Bescheid, aber prinzipiell ist die Lage so, daß die Gesellschaft davon ausgehen kann, daß Sie – zumindest rein theoretisch – zum Krieg beigetragen haben und daher keinen Anspruch auf Kriegsrisikoleistungen geltend machen können. Man hat Sie sogar gewarnt, und Sie können nicht behaupten, Sie hätten nicht gewußt, was Sie tun."

„Tom ..." Renas Stimme klang unendlich geduldig und traurig. „Ich wußte, was ich tat."

„In diesem Fall müssen Sie doch zugeben, daß es allem Anschein nach gerecht ist, Rena. Trotzdem, vielleicht können wir für Sie noch etwas herausbekommen – und wenn es nur eine Rückerstattung der Prämien ist. Die Gesellschaft folgt nicht immer den Buchstaben des Gesetzes, also ..."

Ihr Gesichtsausdruck ließ mich innehalten. Sie lächelte. Aber es war das gequälte Lächeln des Prometheus, der über den kosmischen Scherz nachsann, der auf immer an seinem Leben fraß, ihn aber nie tötete. Unsicher fragte ich: „Glauben Sie mir nicht?"

„Ihnen glauben, Tom? Natürlich glaube ich Ihnen." Diesmal lachte sie laut auf. „Nach allem, was meinem Vater passiert ist, kann ich Ihnen nur zustimmen. Tom, ich bin sicher, daß die Gesellschaft nicht immer dem Gesetz folgt."

Ich schüttelte heftig den Kopf. „Nein, Sie verstehen nicht. Ich ..."

„Ich verstehe sehr gut." Sie sah mich einen Augenblick prüfend an und berührte leicht meine Hand. „Trinken Sie Ihren Kaffee, wenn Sie wollen, und lassen Sie uns über etwas anderes reden."

„Wollen Sie mir nicht sagen, warum Ihre Police für ungültig erklärt wurde?"

Ruhig antwortete sie: „Es steht in der Akte. Weil ich ein unartiges Mädchen war."

„Aber warum? Warum ha . . .“

„Darum, Tom. Bitte, hören Sie auf. Ich weiß, Sie geben sich alle Mühe, mir zu helfen, aber Sie können wirklich nichts für mich tun.“

„Sie machen es mir nicht leicht, Rena.“

„Es ist auch nicht leicht! Sehen Sie, ich gebe alles zu. Ich wurde gewarnt. Ich half einem alten Freund, den die Gesellschaft . . . nun, sagen wir wegen radioaktiver Vergiftung behandeln wollte? Es ist also gar keine Frage, daß meine Police für ungültig erklärt werden kann. Alles legal. Ich bin nicht die erste, bei der so etwas geschieht, wissen Sie. Warum also darüber diskutieren?“

„Warum nicht?“

Milde sah sie mich an. „Weil . . . weil wir eben verschiedener Meinung sind. Und immer sein werden.“

Ich sah sie verblüfft an. Sie war wirklich schwierig. Wirklich, ich sollte mich gar nicht mit ihr abgeben – jemand, den ich kaum kannte, jemand, von dem ich nicht mal gehört hatte, bis . . .

Das erinnerte mich an etwas. „Rena, woher kannten Sie meinen Namen?“

Ihre Augen verdunkelten sich. „Ihren Namen, Tom? Na, Mr. Gogarty hat uns bekannt gemacht.“

„Nein, Sie wußten schon vorher von mir. Sagen Sie mir, woher – bitte!“

„Ich weiß nicht, was Sie meinen“, sagte sie glatt. Sie wurde unruhig. Ich hatte bemerkt, daß sie schon mehrmals verstohlen auf ihre Uhr geblickt hatte, jetzt tat sie es offen, ostentativ. „Es tut mir leid, aber Sie sollten jetzt gehen“, sagte sie mit einem Anflug von Unruhe oder Besorgnis in ihrer Stimme. „Bitte entschuldigen sie mich."

Nun, es bestand kein besonderer Grund mehr zu bleiben, also ging ich – nicht gerade glücklich und im Bewußtsein, nichts erreicht zu haben, dafür aber von jenem unsichtbaren Beobachter, jenem Mann, dessen Kaffee ich getrunken hatte, belauscht worden zu sein.

Denn es gab keinen Zweifel mehr darüber, ob es eine solche Person gegeben hatte oder nicht. Ich hatte den Unbekannten dreimal niesen gehört.

Zurück im Hotel, blinkte ein rotes Licht am Telephon, als ich aufschloß. Ich entsperrte den Anrufbeantworter mit meinem Zimmerschlüssel und ließ die Nachricht abspielen: Gogarty wollte, daß ich ihn sofort anrief.

Beim ersten Klingelzeichen war er am Apparat. Er sah aus wie der Zorn Gottes. Ich brauchte einen Moment, um die Symptome zu erkennen, aber dann war alles klar: Das zerfurchte graue Gesicht, das nervöse Zucken des Kopfes, die langsamen, gequälten Bewegungen. Hier war ein Mann mit einem Leiden wie aus dem Lehrbuch. Die Anzeichen ließen nur einen medizinischen Schluß zu: Er war voll in ein phantastisches Saufgelage eingestiegen, als ihn irgend etwas mittendrin herausholte. Es gab nur wenige Qualen, die schlimmer waren als ein erstklassiger Kater, aber eine, von der sich das mit voller Berechtigung sagen ließ, war das Gefühl langsam nachlassender Trunkenheit, wenn man den Prozeß des Nüchternwerdens ohne die Betäubung des Schlafs durchleben muß.

Er wimmerte, als ihn das Licht der Signallämpchen des Telephons traf. „Wills", sagte er mürrisch, „höchste Zeit, daß Sie anrufen. Hören Sie, Sie müssen hinauf nach Anzio. Wir haben hohen Besuch, und er will Sie sprechen."

„Mich?"

„Ja, Sie. Er kennt sie – sein Name ist Defoe." Der Name traf mich wie ein Blitzschlag; und wenn ich mit allem möglichen gerechnet hätte – damit nicht. Er war doch ein Mitglied des Aufsichtsrats! Ich war der Meinung gewesen, diese Leute würden sich nie weit über das Hauptbüro hinauswagen – tatsächlich hatte ich sogar gedacht, daß ihnen die ehrfurchtgebietenden Pflichten der Führung der Gesellschaft auch nicht den kleinsten Moment freier Zeit ließen.

Gogarty grummelte weiter. „... landete ganz unerwartet auf dem Carmody-Flughafen. Ich war noch in Caserta. Hatte mich eben hingesetzt, um mit Susan ein paar Drinks zu nehmen – und dann ruft man mich an, um mir zu sagen, daß der Aufsichtsratvorsitzende Defoe auf der Schwelle steht.

Ich unterbrach ihn. „Was will er?"

Gogarty blies seine dicken Wangen auf. „Was weiß ich?" Anscheinend ist er mit der Lage hier unzufrieden. Na ja, das bin ich auch. Aber ich bin schon sechsundzwanzig Jahre bei der Gesellschaft, und wenn er glaubt ... Irgend jemand hier hat geschnüffelt und herumspioniert und alle möglichen Lügen und Gerüchte weitergegeben ..." Er brach ab und betrachtete mich abwägend, weil ihm plötzlich ein Gedanke gekommen war. Dann zuckte er die fetten Schultern.

„Nein, Sie können es auch nicht gewesen sein, Wills. Sie sind ja gerade erst angekommen, und Defoe wurden schon seit Wochen, wenn nicht seit Monaten Nachrichten hinterbracht. Und doch . . . sagen Sie, wie haben Sie ihn eigentlich kennengelernt?"

Das ging ihn nichts an, und ich antwortete kalt: „Im Hauptbüro. Ich nehme dann das Morgenflugzeug, um nach Anzio zu kommen."

„Den Teufel werden Sie tun. Sie fahren mit dem Nachtzug. Damit sind Sie eine Stunde früher da." Gogarty schüttelte den Kopf, kniff die Augen zusammen und griff sich an die Schläfe, um dann mißmutig zu sagen: „Ach verdammt, Tom, mir gefällt die ganze Sache nicht. Ich glaube, Hammond ist irgendwas zugestoßen.

„Zugestoßen?" wiederholte ich. „Was könnte ihm zugestoßen sein?"

„Ich weiß nicht. Aber ich habe einiges herausgefunden. Er wurde mit einigen ziemlich seltsamen Typen in Caserta gesehen. Was ist das für eine Geschichte über irgend jemanden, der mit einer Pistole auf ihn wartete, als Sie dort waren?"

Ich brauchte einen Moment, um herauszufinden, wovon er sprach. „Oh", sagte ich, „Sie meinen den Mann am Wagen? Aber ich bin mir nicht sicher, ob er eine Waffe hatte."

„Aber ich", antwortete Gogarty kurz. Die Expedienten haben heute versucht, ihn festzunehmen, um ihn über Hammond auszufragen. Er hat sich den Weg freigeschossen."

Ich erzählte Gogarty, was ich wußte; es war nicht

viel. Er hörte geistesabwesend zu, und als ich fertig war, seufzte er.

„Tja, damit können wir nichts anfangen", brummte er. „Sie machen sich jetzt am besten fertig, damit sie ihren Zug erreichen."

Ich nickte und hob eben die Hand, um die Verbindung zu unterbrechen, als er noch mal zu sprechen anfing: „Grüßen Sie Susan von mir, falls Sie sie sehen."

„Ist sie nicht da?"

Er verzog das Gesicht. „Ihr Freund Defoe hat gesagt, er brauche eine Sekretärin. Er hat sie requiriert."

Ich bestieg den Zug nach Anzio von demselben Bahnsteig aus, von dem Zorchi vor die Räder der Lokomotive gesprungen war. Der hier war aber kein hypermoderner Expreß, sondern ein uralter Zug mit nur drei Waggons, der schon seit mindestens fünfzig Jahren unmodern war. Die Wagen hatten nicht mal eine Klimaanlage.

Schlafen war so gut wie unmöglich, also fing ich ein Gespräch mit einem Offizier des Expedientenkorps an. Er war anfänglich sehr zurückhaltend, aber als er erfuhr, daß ich Anspruchsregler der Gesellschaft war, taute er auf und kam mit einigen interessanten Informationen heraus. Es war verständlich, daß Defoe seine anderen Pflichten beiseite schob und Anzio einen schnellen Besuch abstattete, denn in Anzio mußte offenbar dringend einiges getan werden. Er ließ sich nicht näher darüber aus, welche „Schwierigkeiten" es in Anzio gegeben hatte, aber es hörte sich nach gewalttätigen Massenunruhen an. Die Garnison wurde jetzt verdoppelt, und er gehörte der neuen Abteilung an, die nach dort verlegt wurde. Ich erwähnte Caserta und den Beinahe-Aufruhr, den ich dort erlebt hatte. Dem Offizier fielen die Augen zu, und ungefähr fünf Minuten später lehnte er sich ostentativ zurück und legte sich die Mütze über die Augen. Offensichtlich war es unüblich, Fälle aktuellen Aufruhrs zu diskutieren.

Ich akzeptierte die Zurechtweisung, aber mein verwirrtes Denken kam nicht zur Ruhe, als ich versuchte, selbst etwas Schlaf zu finden.

Was für eine Gegend war dieses Neapel eigentlich – wo der Mob sich zu gewalttätigen Krawallen gegen die Gesellschaft zusammenrottete und sogar anscheinend intelligente Personen wie Rena dell'Angela offenbar Vorbehalte gegen sie hatten?

5

Vielleicht eine Stunde lang hatte ich mehr oder weniger geschlafen, als mich der Zug-Expedient am Ellbogen zupfte und „Anzio“ sagte.

Es war früh – kurz nach Tagesanbruch. Viel zu früh, um ein Taxi zu finden. Bei einem verschlafenen Stationsvorsteher erkundigte ich mich nach dem Weg und machte mich zu den Gewölben auf. Die „Klinik“, wie die offizielle Bezeichnung lautete, war in die Hügel gleich hinter dem Strand eingegraben. Ihre Ausmaße erstaunten mich. Nicht, daß sie so groß war, im Gegenteil, soweit ich sehen konnte, war sie nur ein langer, niedriger Schuppen.

Dann fiel mir ein, daß die Gewölbe aus Kostengründen notwendigerweise fast vollständig unter der Erde lagen, da ihre Temperatur auf dem Suspendierungsoptimum gehalten werden mußte. Es war problem- und gefahrlos, einen Menschen in diesen Dauerschlaf zu versetzen, aber soweit ich es verstanden hatte, war es unbedingt notwendig, die Temperatur der Suspendierten niemals plus zehn Grad übersteigen zu lassen. Bei Temperaturen darüber zeigten sie die unwillkommene Neigung zu verwesen.

Dies war, wie mir plötzlich bewußt wurde, die erste

richtige und echte „Klinik“, die ich je zu Gesicht bekommen hatte. Ich wußte natürlich, daß die Gesellschaft über Hunderte, wenn nicht Tausende davon verfügte, die über die ganze Erde verstreut waren. Ich hatte sogar gehört, daß die Gesellschaft genug Gewölbe dieser Art hatte, hauptsächlich in abgelegenen Gegenden, um die gesamte menschliche Rasse auf einmal tiefzufrieren, obwohl dies nicht als besonders sinnvoll erschien. Ich hatte sogar einige häßliche, immer im Spekulativen verbliebene Gerüchte darüber gehört, *warum* die Gesellschaft so viele Kliniken errichtet hatte – aber wenn die Leute anfingen, solche lächerlichen Anspielungen zu machen, war es natürlich meine Pflicht klarzustellen, daß ich nicht bereit war, mir ein derart subversives Gerede anzuhören. Ich erfuhr daher niemals die Einzelheiten – und wenn, so hätte ich sie auch nicht einen Augenblick lang geglaubt.

Wie bereits erwähnt, war es noch sehr früh am Morgen, aber so, wie es aussah, war ich keineswegs der erste, der an der Klinik aufgetaucht war. Auf dem spärlichen Gras vor dem Gebäude standen Menschen in sechs bis acht Gruppen apathisch herum. Einige starrten mich haßerfüllt an, als ich näherkam, andere blickten nur stumpf vor sich hin. Aus einer Gruppe von zehn bis zwölf Frauen mittleren Alters, an der ich vorbeiging, hörte ich die Worte: „Benedetto *non e morte.*“ Ich hatte den Eindruck, daß die Worte an mich gerichtet waren, aber mit „Benedetto ist nicht tot“ wußte ich nichts anzufangen. Der einzige Kommentar, den mein leicht übermüdeter Verstand zustande brachte, war: „Und?“

Ein riesiger bewaffneter Expedient ließ mich unter Gähnen in das Chefbüro ein. Ich erklärte ihm, daß Mr. Defoe nach mir geschickt habe, mußte aber trotzdem noch eine halbe Stunde warten, bis er bereit war, mich zu empfangen. Dann wurde ich zu seinen Räumen geführt. Das war vielleicht tatsächlich mal eine Klinik gewesen; das antiseptische, deprimierende Erscheinungsbild eines wirklichen Krankenzimmers war immer noch vorhanden. Eines für, sagen wir, C-Kategorieler mit Muskelschwund in den äußeren Gliedmaßen. Nun aber hatte man es in eine private Gästesuite umgewandelt, mit luxuriöser Drapierung und tiefen, gepolsterten Lehnstühlen, die auf den höhenverstellbaren Betten und den Edelstahlgestängen befestigt worden waren.

Ich hatte Defoe lange nicht gesehn, aber er hatte sich überhaupt nicht verändert. Er war wie immer das perfekte Beispiel eines hochrangigen Exekutivbeauftragten der Gesellschaft. Er gab sich formell, aber nicht unzugänglich. Er war groß, hager, hatte vornehm wirkende graue Schläfen und trug die traditionelle Weste mit Seidenschleife. Ich erinnerte mich an unsere erste Begegnung: Er gehörte zu Mariannas Familie, und zwar zu jenem Flügel, über den sie etwas erzählte. Sie flatterte drei volle Tage herum, stöberte unsere Blauer-Teller-Policen durch, bis sie alle nur denkbaren exotischen Gerichte herausgesucht hatte, plante die Fernsehprogramme vor, die unsere Unterhaltungspolicen anboten, suchte die respektabelsten unserer Freunde aus – der Ausdruck Bekannte wäre wohl richtiger, Marianna schloß nicht so leicht Freundschaften –, um ein Abendessen zu veranstalten. Er kam pünktlich mit dem Glockenschlag, und er brachte etwas mit, das unbezweifelbar seine Vorstellung eines fürstlichen Geschenks für Jungvermählte war: eine voll bezahlte Zusatzdeckung für Mutterschaftsgeld als Anhang zu unseren Blauer-Generalschirm-Policen der Gesellschaft.

Wir dankten ihm überschwenglich. Und ich für meinen Teil auf jeden Fall auch aufrichtig. Das war, bevor ich wirklich begriffen hatte, was Marianna von Kindern hielt.

Als ich eintrat, stand er gerade, mit dem Rücken zu mir, an einem kleinen Waschbecken und betrachtete sich intensiv in dem darüber hängenden Spiegel. Er schien eben mit dem Rasieren fertig zu sein, und ich rieb mir mein stoppeliges Kinn. Er sah mich im Spiegel und sagte über die Schulter: „Guten Morgen, Thomas! Setzen Sie sich!“

Ich setzte mich auf den Rand eines gewaltigen Ohrensessels. Er krauste die Lippen, zog die Haut unter dem Kinn glatt und sagte, als er befriedigt festgestellt hatte, daß er gute Arbeit geleistet hatte, wie beiläufig: „Setzen Sie mich bitte über Ihre Unterredung mit Zorchi ins Bild, Thomas.“

Erstmals erfuhr ich, daß er überhaupt je von Zorchi *gehört* hatte. Zögernd begann ich ihm von dem Treffen im Krankenhaus zu berichten. Ich wußte, daß ich nicht sehr gut dabei wegkam, aber es kam mir nicht einmal der Gedanke, meine Rolle in einem besseren Licht erscheinen zu lassen. Ich ging wahrscheinlich unbewußt davon aus, daß Defoe sofort jeglichen Versuch einer Beschönigung entdeckt hätte, obwohl er mir kaum Aufmerksamkeit zu schenken schien. Er war mit dem Rest seines Morgenrituals beschäftigt: Er massierte sein Gesicht mir irgendeiner wohlriechenden Flüssigkeit, putzte sich die Zähne mit einer aufreizenden, altertümlich-beharrlichen Gründlichkeit, kämmte sich die Haare fast Strähne für Strähne.

Dann nahm er ein kleines Fläschchen aus seiner Tasche und betupfte mit dem am Verschluß befestigten Pinsel seine Schläfen.

Mitten in einem Wort fing ich an zu stottern; ich hätte niemals gedacht, daß die ansehnlichen grauen Schläfen der obersten leitenden Angestellten genauso unumgänglich und gleichberechtigt zur Uniform gehörten wie die Westen oder die Uhrkette! Defoe warf mir durch den Spiegel einen fragenden Blick zu; ich hustete und fuhr mit einer vorsichtigen Beschreibung von Zorchis Wutausbruch fort.

Defoe war mit seiner Toilette fertig, als ich meinen Bericht beendet hatte. Er drehte sich zu mir um und nickte bedächtig. Es gab weder Billigung noch Mißbilligung. Er hatte um eine Information gebeten, und er hatte die Information erhalten.

Er drückte auf den Knopf der Rufanlage und sagte: „Frühstück.“ Das Mikrofon mußte unsichtbar angebracht sein. Er setzte sich an einen kleinen Tisch, der einem Operationstisch sehr ähnlich sah, lehnte sich zurück und faltete die Hände. „Jetzt erzählen Sie mir noch, was in Caserta passiert ist, kurz bevor Hammond verschwand.“

Defoe etwas zu erzählen war, wie in einen tiefen Brunnen hineinzurufen. Ich sammelte meine Gedanken und gab ihm die Information über den Aufruhr beim Zweigbüro.

Während ich sprach, kam Defoes Frühstück an. Er wußte natürlich nicht, daß ich nichts gegessen hatte – „natürlich" weil er es nicht wissen konnte, denn er hatte mich nicht gefragt. Verlangend sah ich es an, aber das änderte nichts an der Tatsache, daß nur ein Teller, eine Tasse und ein Besteck auf dem Tisch lagen.

Er aß sein Frühstück genauso methodisch, wie er vorher seine Zähne geputzt hatte. Ich bezweifle, daß er mehr als fünf Minuten dafür brauchte. Da ich meinen Bericht über Caserta in ungefähr drei Minuten beendet hatte, vergingen der Rest der Zeit in gedämpfter Stille. Defoe aß, und ich stand da wie eine abgeschaltete Musikbox.

Dann schob er den kleinen Tisch weg, steckte sich eine Zigarette an und sagte: „Sie dürfen rauchen, wenn Sie wollen, Thomas. Kommen Sie herein, Susan."

Er hatte seine Stimme nicht erhoben, und als fünfzehn Sekunden später Susan Manchester hereinkam, schien er in keiner Weise beeindruckt zu sein, weder von der Tüchtigkeit seiner Sekretärin, noch von seiner Sprechanlage oder sich selbst. Das verborgene Mikrophon, so fiel mir ein, hatte seine Anweisung wegen des Frühstücks ebenso weitergegeben wie die Aufforderung an seine Sekretärin, hereinzukommen, und es hatte zweifellos auch jedes Wort, das ich gesagt hatte, registriert und höchstwahrscheinlich sogar dauerhaft aufgezeichnet.

Wie gut man doch in den oberen Etagen der Gesellschaft die Dinge im Griff hatte!

Susan sah . . . verändert aus. Sie war immer noch hübsch und blond. Aber sie war überhaupt nicht lebhaft. Sie lächelte mir im Vorübergehen zu und händigte Defoe ein betipptes Blatt aus, das er sorgfältig und genau prüfte. „Nichts Neues über Hammond?“ fragte er.

„Nein, Sir.“

„Gut, Sie können das hierlassen.“ Sie nickte und ging.

„Ich habe Neuigkeiten für Sie, Thomas“, wandte er sich wieder an mich. „Man hat Hammond gefunden.“

„Hoffentlich hat er keinen allzu schlimmen Kater gehabt.“

Er lächelte frostig. „Kaum. Er wurde von ein paar Einheimischen gefunden, die Trauben verlasen. Er ist tot.“

Ich ließ mich abrupt zurückfallen. Hammond hatte bestimmt seine Fehler gehabt, aber er war ein Amtsträger der Gesellschaft, und ich hatte ihn persönlich gekannt. Tot! „Wie?“ fragte ich.

„Vielleicht können Sie mir das sagen“, antwortete Defoe.

Ich setzte mich kerzengerade auf. Diese Worte erschütterten mich bis ins Mark, und ich sagte erhitzt: „Verdammt, Defoe, Sie wissen, ich hatte nichts damit zu tun! Ich habe Ihnen alles gesagt. Ich dachte, Sie seien auf meiner Seite! Nur weil ich nach Mariannas Tod eine Menge krauses Zeug geredet habe, heißt das doch noch lange nicht, daß ich gegen die Gesellschaft bin – und es heißt ganz gewiß nicht, daß ich einen Mord begehen würde. Wenn Sie das glauben, warum, zum Teufel, haben Sie mich dann auf die Kadettenschule geschickt?"

Defoe hob mit einer sparsamen Bewegung die Hand. „Langsam", sagte er. „Ich glaube ja gar nicht, daß Sie es getan haben, soviel sollte doch wohl klar sein. Und auf die Kadettenschule habe ich Sie geschickt, weil ich Arbeit für Sie habe."

„Aber Sie haben behauptet, ich wüßte etwas, mit dem ich zurückhalte."

„Nein, Thomas." Defoe schüttelte tadelnd den Kopf. „Ich sagte, Sie könnten vielleicht in der Lage sein, mir zu sagen, wer Hammond getötet hat. Und das könnten Sie tatsächlich – nur jetzt noch nicht. Ich rechne sehr auf Ihre Hilfe in diesem Bezirk, Thomas. Zwei dringende Aufgaben müssen erledigt werden. Hammonds Tod . . ." – er hielt inne und zuckte mit den Schultern, und dieses Zucken war Hammonds ganze Grabinschrift – „. . . ist nur ein Zwischenfall in einem größeren Zusammenhang, und diesen Zusammenhang selbst müssen wir klären." Er sah noch einmal auf die getippte Liste, die Susan ihm gegeben hatte. „Ich sehe eben, daß ich nur für kurze Zeit im Gebiet von Neapel bleiben kann, aber die beiden Aufgaben müssen erledigt sein, bevor ich gehe. Eine werde ich selbst in die Hand nehmen, bei der anderen habe ich die Absicht, sie Ihnen zu übergeben.

Erstens haben wir hier eine unglückliche Situation, was den Zustand der öffentlichen Moral betrifft. Unglücklich? Vielleicht sollte ich miserabel sagen. Ganz offensichtlich ist hier ein Kern von Unruhestiftern am Werk, Thomas, und Gogarty hatte bisher nicht genug Grütze, sie zu finden und geeignete Schritte zu unternehmen. Das muß jetzt jemand anders tun. Zweitens bereitet uns dieser Zorchi ganz unnötigen Ärger. Ich beabsichtige nicht, das weiter hinzunehmen. Welche der beiden Aufgaben würden Sie vorziehen?"

Zögernd sagte ich: „Ich weiß nicht, ob es Mr. Gogarty gefällt, wenn ich . . ."

„Gogarty ist ein Schwachkopf, Thomas. Sie können seine Vorrechte völlig außer acht lassen. Hätte er seit der Übernahme des Distrikts nicht beständig herumgepfuscht, hätte ich nicht wichtige Arbeiten zurückstellen müssen, um hierherzukommen."

Ich überlegte einige Sekunden. Einen Ring konspirativer Unruhestifter auszuheben, das hörte sich nicht gerade einfach an. Andererseits hatte ich mein Glück bei Zorchi schon einmal probiert.

„Vielleicht sollten Sie es besser mit Zorchi versuchen", sagte ich.

„Versuchen?" Defoe tat überrascht. „Wie Sie wollen. Ich glaube, Sie können etwas lernen, wenn Sie sich mit ansehen, wie ich die Sache regle, Thomas. Wollen wir uns jetzt Signor Zorchi zugesellen?"

„Sich ihm zugesellen? Ist er denn *hier?*"

Defoe sagte ungeduldig: „Natürlich, Thomas. Kommen Sie mit."

Zorchis Sekretär war ebenfalls anwesend. In einem kleinen Vorraum saß er steif wie ein Klotz auf einem harten, hölzernen Stuhl, und als wir an ihm vorbeigingen, sah ich die reine Mordlust in seinen Augen. Er sagte kein Wort.

Hinter ihm war ein Untersuchungszimmer. Zorchi, schlank, nackt und häßlich, saß auf einem Operationsbett und versuchte, gelassen auszusehen. Dann brach er in einen Strom von Anschuldigungen und Vorwürfen aus, dessen Geschwindigkeit weit über das Aufnahmevermögen meines Schulitalienisch hinausging. Defoe hörte einen Augenblick lang eisig zu, dann brachte er ihn zum Schweigen. In einem Italienisch, das viel besser war als meines, befahl er: „Sie haben nur Fragen zu beantworten und ansonsten zu schweigen. Ich werde Sie kein zweites Mal warnen."

Ich weiß nicht, ob selbst Defoe unter normalen Umständen in der Lage gewesen wäre, Zorchi zu stoppen. Aber irgendwie schwächt es den Willen, wenn man im Angesicht vollständig bekleideter Gegner nackt ist, und, so vermutete ich, die Vollrasur ließ Zorchi sich zudem nackter fühlen als jemals zuvor in seinem Leben. Ich sah, warum er einen Bart getragen hatte, und wünschte, er hätte immer noch einen.

„Dr. Lawton", sagte Defoe, „haben Sie die Untersuchung beendet?"

Ein ziemlich junger Mediziner der Gesellschaft hüstelte und sagte: „Ja, Sir. Ich habe die Berichte und die Aufnahmen hier. Sie wurden eben vom Labor heraufgeschickt." Er händigte Defoe eine Sammlung zusammengehefteter Papiere und Photos aus. Der nahm sich viel Zeit, um sie durchzusehen, während der Rest von uns dastand und wartete.

Nach einer Weile legte Defoe die Papiere weg und

sagte: „Mit einem Wort: das bestätigt unsere vorherige Besprechung.“

Lawton nickte. „Wenn Sie sich die Beine ansehen wollen, werden Sie feststellen, daß die Haut vollständig abheilt, es hat sich bereits ein Blastom gebildet und . . .“

„Ich weiß“, antwortete Defoe ungeduldig. „Signor Zorchi, ich bedaure Ihnen mitteilen zu müssen, daß wir sehr schlechte Nachrichten für Sie haben.“

Zorchi spuckte trotzig aus. „*Sie* sind die schlechte Nachricht, Signore“, sagte er.

Defoe ignorierte ihn und fuhr fort: „Sie haben ein schwerwiegendes Systemungleichgewicht. Es besteht die große Gefahr ernstlicher krankhafter Auswirkungen.“

„Worauf?“ knurrte Zorchi. „Auf das Bankkonto der Gesellschaft?“

„Nein, Zorchi. Auf Ihr Leben, Ihre Gesundheit.“ Defoe nickte ernst. „Es gibt Anzeichen von Bösartigkeit.“

„Bösartigkeit?“ Zorchi sah bestürzt aus. „Was ist das? Meinen Sie Krebs?“

„Exakt.“ Defoe tippte auf die Papiere. „Sehen Sie Zorchi, gesundes menschliches Fleisch wächst nicht wie der Schwanz eines Salamanders.“ Das Telephon läutete. In jeder Hinsicht untadelig, beendete Defoe zuerst seinen Satz und wartete dann, während Dr. Lawton den Anruf nervös beantwortete.

Lawton sagte einige kurze Worte, lauschte einen Moment und hängte mit besorgtem Gesicht ein. „Mr. Defoe“, sagte er, „das war der Hauptmann der Expedienten am Haupteingang. Die Menge draußen wird immer größer. Er sagt ..."

„Ich nehme an, er hat feststehende Befehle", antwortete Defoe. „Wir müssen uns nicht selbst damit befassen, oder?"

„Jaaa ..." Der Arzt wirkte nicht ganz glücklich.

Defoe nickte. „Nun, Zorchi", fuhr er fort und ignorierte Lawton vollständig, „macht Ihnen das Leben Spaß?"

„Ich verabscheue es!" Zorchi spuckte aus, um auszudrücken, wie sehr.

Defoe nickte unmerklich. „Aber Sie hängen daran, glaube ich. Es würde Ihnen doch nicht gefallen zu sterben, wie? Oder noch schlimmer: Es würde Ihnen sicher nicht gefallen, unbestimmte Zeit zu leben, während Sie Stück für Stück von Karzinomen aufgefressen werden." Zorchi blickte nur finster und mißtrauisch drein. „Vielleicht können wir Sie heilen", fuhr Defoe nachdenklich fort. „Wie auch immer, es ist auf jeden Fall ernst. Ich will keine falschen Hoffnungen in Ihnen wecken, aber es besteht doch die Möglichkeit ..."

„Die Möglichkeit, daß Sie mich davon heilen, weiterhin Zahlungen auf meine Policen zu kassieren, was? Ha!" sagte er fast bellend. „Sie müssen verrückt sein, Defoe. Niemals!"

Defoe sah ihn einen Augenblick nachdenklich an, dann sagte er: „Sie haben die Leistungsgarantie von diesem Mann vorliegen? Mit dem üblichen Antrag auf medizinische Behandlung, nehme ich an?" Er nickte, als Lawton dies bestätigte. „Sehen Sie, Mr. Zorchi? Rein routinemäßig kann kein Anspruch ausgezahlt werden, wenn der Policehalter sich nicht unserer medizinischen Behandlung unterzieht. Sie haben die übliche Fassung unterschrieben, also ...“

„Einen Moment! So etwas habt Ihr hier nie mit mir durchgeführt. Ihr habt den Vertrag meinetwegen geändert, was?“

„Nein, Signor Zorchi. Es ist derselbe Vertrag, aber diesmal werden wir ihn vollständig erfüllen.“ Defoe wirkte jetzt höchst geschäftsmäßig und offiziell. „Ich glaube, ich sollte Sie trotzdem noch vor etwas warnen.“ Er blätterte die Papiere durch und entnahm ihnen einen Vierfarbdruck. „Das sind nicht Sie, Signore“, sagte er. „Das ist ein Bild von einem Molch. Der Doktor wird es Ihnen erklären.“

Der Kunstdruck im A4-Format zeigte eine kleine Eidechse, mit deren Beinen irgend etwas nicht stimmte. Zorchi hielt den Bogen so, als sei die Eidechse lebendig und giftig. Er sah das Bild verblüfft an. Aber als der Arzt dann sprach, wandelte sich die Verblüffung zu Zorn und Schrecken.

„Was Mr. Defoe meint“, sagte Lawton, „ist, daß Totipotenz – die Fähigkeit, verlorenes Gewebe, manchmal sogar ganze Gliedmaßen wieder zu erneuern – noch voll ungeklärter Rätsel steckt. Wir haben zum Beispiel festgestellt, daß eine Röntgenbestrahlung die Erneuerung Ihres Beines beschleunigt, genauso wie bei dem Bein eines Salamanders. Die Strahlung scheint die Bildung des Blastoms anzuregen, das ... ach, die technische Seite dürfte Sie nicht interessieren. Jedenfalls, sie wirkt beschleunigend.“ Er strahlte wissenschaftliches Interesse aus. „Wir haben aber auch schon damit experimentiert, Gliedmaßen zu bestrahlen, die nicht abgetrennt waren. Es hat sonderbarerweise genauso funktioniert. Es bildeten sich neue Gliedmaßen – *obwohl die alten noch vorhanden waren!* Das ist der Grund dafür, daß der Salamander auf dem Foto neun Beine hat, wenn man das halbfertige neben dem Schwanz mitzählt. Sieht ganz schön verrückt aus, das kleine Viech, hm?“

Defoe räusperte sich. „Ich möchte nur darauf hinweisen, Signore, daß die Standardbehandlung bei Tumoren Röntgenbestrahlung ist.“

Zorchis Augen flammten, Angst und Wut kämpften in ihm. „Aber Ihr könnt doch kein Versuchskaninchen aus mir machen! Ich bin Policeninhaber!“ rief er schrill.

Defoe sagte freundlich und milde: „Das hat die Natur getan, Signor Zorchi, nicht wir.“

Zorchis Augen rollten nach oben und schlossen sich. Einen Augenblick lang dachte ich, er sei in Ohnmacht gefallen. Ich sprang nach vorn, um ihn aufzufangen, damit sein beinloser Körper nicht auf den Boden krachte. Aber er war nicht bewußtlos. Halblaut und krank vor Furcht murmelte er: „Um der Liebe Christi willen, Defoe! Bitte, bitte, ich flehe Sie an! Bitte, machen Sie das nicht!“

Das war zuviel für mich. Zitternd vor Wut sagte ich: „Mr. Defoe, das ist unfair! Sie können von diesem Mann nicht erwarten, daß er sich einer experimentellen Behandlung unterzieht, die ein Monster aus ihm machen könnte! Ich verlange, daß Sie die Angelegenheit nochmals überprüfen!“

Defoe warf den Kopf zurück. „*Auf was*, Thomas?“ knarrte er.

„Nein!“ sagte ich entschlossen. „Er hat niemanden hier, der ihn berät. Ich werde das übernehmen. Hören Sie mir zu, Zorchi! Sie haben den üblichen Behandlungsantrag unterschrieben, so besehen hat er völlig recht – da sind Sie festgelegt. *Aber Sie müssen diese Behandlung nicht akzeptieren!* Jeder Versicherte hat das Recht, eine Behandlung zu verweigern, wenn sie neu und unerprobt ist, ganz egal, wie die Umstände sind! Sie brauchen sich doch einfach nur damit einverstanden zu erklären, in die Ge . . . in die Klinik zu gehen und dann dort solange in der Suspendierung bleiben, bis Ihr Zustand gefahrlos geheilt werden kann. Tun Sie's, Mann! Lassen Sie nicht zu, daß man ein Monstrum aus Ihnen macht – entscheiden Sie sich für die Suspendierung! Was haben Sie noch zu verlieren?“

Es war eine jammervolle und mitleiderregende Szene. Nie habe ich jemanden so zusammenbrechen sehen wie Zorchi, als ihm klar wurde, wie knapp er der Versuchskaninchenfalle entgangen war, die Defoe ihm gestellt hatte. Zorchi unterzeichnete hastig und mir seinen Dank zuflüsternd, die Einverständniserklärung, während ich ihn, so schnell ich konnte, dort zurückließ; Defoe folgte mir. Im Vorzimmer kamen wir wieder an Zorchis Sekretär vorbei, dem Dr. Lawton gerade die Situation erklärte; der Mann war wie gelähmt und kaum in der Lage, das Zeugenformular zu unterschreiben, auf das Defoe bestanden hatte. Ich kannte das Formular gut – ich hatte kurz davor gestanden, eines für Marianna zu unterschreiben, als sie sich im letzten Moment gegen die Gewölbe und für die experimentelle Therapie entschieden hatte, die dann fehlgeschlagen war . . .

Draußen in der Halle hielt Defoe an und stellte sich vor mich hin. Ich machte mich auf meinen größten und letzten Anschiß gefaßt.

Aber ich wollte kaum meinen Augen trauen: Das große, versteinerte Gesicht verzog sich zu einem Lächeln. „Thomas“, sagte er, „das war meisterhaft. Ich hätte es selbst nicht besser machen können.“

6

Wir gingen wieder durch den riesigen zentralen Wartesaal der Klinik. Er hätte voll sein sollen, war es aber nicht. Hunderte von Angehörigen der Suspendierten hätten sich dort aufhalten sollen, umherquirlend und nach Auskünften fragend. Ich wußte, daß immer noch ein ständiger Strom von Suspendierten von den anliegenden Krankenhäusern hereinkam. Tatsächlich waren aber kaum mehr als ein Dutzend Personen zu sehen, und ein einziger Angestellter prüfte ihre Formulare und beantwortete ihre Fragen.

Es war einfach zu ruhig. Defoe empfand dies anscheinend genauso, denn ich sah, wie er die Stirn runzelte.

Jetzt, als ich einige Augenblicke zum Atemholen kam, wurde mir klar, daß ich soeben einen Meister seines Fachs bei der Arbeit gesehen hatte. Es war wie aus dem Lehrbuch – ich hatte als gerade flügge gewordener Anspruchsregler einen Grundkurs in der Behandlung schwieriger Fälle erhalten –, aber nur einer unter Millionen konnte die Lehrbuchregeln so kunstgerecht, geschickt und erfolgreich anwenden, wie Defoe es gerade bei Zorchi getan hatte. Bedränge einen Menschen hart, und er wehrt sich. Bedränge ihn lange und hart genug, so wird er sich so sehr und so weit wehren, daß er sich unversehens in genau der Position befindet, in der man ihn von vornherein haben wollte. Und ich war – natürlich – nur das Werkzeug in Defoes Händen gewesen. Dadurch, daß ich für Zorchi eingetreten war, hatte ich ihn in genau jene Kapitulation manövriert, die Defoe vorausgeplant hatte.

Und dazu hatte er mir nun gratuliert!

Unwillkürlich aber fragte ich mich, ob dieses Kompliment nicht Teil einer noch viel subtileren Planung Defoes war . . .

Am Tor nickte Defoe dem Hauptmann der Expedienten knapp zu. Der salutierte und betätigte den Fernruf, der Defoes Limousine herbeibefahl. Defoe wandte sich mir zu und sagte: „Ich habe Geschäfte in Rom und reise sofort ab. Da ich nicht hier sein werde, müssen Sie heute nachmittag Zorchis Suspendierungspapiere unterschreiben. Dazu müssen Sie noch einmal zur Klinik zurück, danach können Sie mit Ihrer neuen Mission beginnen."

„Was . . . wo soll ich beginnen?" fragte ich unsicher.

Eine Augenbraue hob sich leicht. „Wo? Wo immer Sie es für richtig halten, Thomas. Soll ich das selbst erledigen?"

Die richtige Antwort, und die, die ich am liebsten gegeben hätte, wäre „ja" gewesen. Statt dessen sagte ich: „Keineswegs, Mr. Defoe. Nur wußte ich nicht das geringste davon, daß es überhaupt eine Untergrundbewegung gibt, bis Sie es vorhin erwähnten. Ich weiß nicht genau, wo ich anfangen soll, Gogarty hat niemals erwähnt . . ."

„Gogarty", unterbrach er mich, „wird seine Stellung als Regional-Direktor wahrscheinlich bald los sein. Ich möchte ihn durch jemanden ersetzen, der bereits an Ort und Stelle ist ..." Er warf mir einen kurzen Blick zu, um sicherzugehen, daß ich ihn auch verstand. „Vorausgesetzt natürlich, daß ich jemanden finde, der eine entsprechende Kompetenz und Qualifikation nachweisen kann. Es muß jemand sein, der in der Lage ist, diese Situation zu meistern, ohne daß mein persönliches Eingreifen nötig wird."

Dann kam die Limousine an, ein bewaffneter Expedient hatte neben dem Fahrer Platz genommen. Defoe gestattete mir, ihm die Tür zu öffnen und nach ihm einzusteigen.

„Sie verstehen mich?" fragte er, als der Chauffeur losfuhr.

„Ich glaube schon", antwortete ich.

„Gut. Gogarty hat Ihnen vermutlich keine Informationen über die Unzufriedenen und Aufsässigen in diesem Bezirk gegeben."

„Nein."

„Das kann vielleicht nur nützlich sein; seine Informationen sind erwiesenermaßen nichts wert." Er starrte nachdenklich aus dem Fenster und auf die schweigenden Gruppen von Menschen, die auf der Grasfläche vor der Klinik standen. „Dort sind Ihre Informationen", sagte er, als wir sie nicht mehr sehen konnten. „Versuchen Sie soviel herauszufinden wie Sie können. Handeln Sie, wenn Sie genug wissen. Und, Thomas ..."

„Ja?"

„Haben Sie schon über ihre Zukunft nachgedacht?"

Ich rückte unbehaglich und beunruhigt auf meinem Sitz hin und her. „Na ja, wie Sie wissen, bin ich erst seit kurzem Anspruchsregler. Ich nehme an, daß ich vielleicht möglicherweise befördert, vielleicht sogar Regional-Direktor werden könnte ..."

„Stecken Sie Ihr Ziel höher", riet er mir.

Defoe hatte die Gabe, andere Menschen für etwas zu begeistern. Als ich am Eingang des Hotels ausstieg, um mir dort ein Zimmer zu nehmen und mich etwas frisch zu machen, sah ich seiner Limousine nach, bis sie meinen Blicken entschwunden war.

Das Ziel höherstecken.

Höher als ein Regional-Direktor – das konnte nur eines bedeuten: das Hauptbüro! Nun ja, das war letzten Endes nicht unmöglich. Auch die Führungspositionen dort mußten von irgend jemandem übernommen werden; die Supermänner, die momentan in ihnen saßen, die Defoes und Carmodys und das Dutzend oder mehr anderer, die Abteilungsleiter oder Vorstandsmitglieder, konnten nicht ewig leben. Die Posten mußten immer wieder besetzt werden.

Warum nicht mit mir? Eigentlich ... gab es da nur einen Grund. Ich war nicht auf eine Karriere vorbereitet worden, hatte nicht die Akademieausbildung vom Jünglingsalter an genossen. Ich war erst relativ spät in meinem Leben in den Dienst der Gesellschaft getreten. Der Kalender war es, der gegen mich sprach.

Andererseits, so sagte ich mir, war ich in der günstigen Situation, daß Defoe augenfälliges Interesse an mir zeigte. Mit seinem Rat und seiner Hilfe würde es vielleicht einfacher sein.

Das waren meine Gedanken – bis ich mir Einhalt gebot. Ich dachte in Begriffen des persönlichen Vorteils. Und so etwas gab es nicht in der Gesellschaft! Während meiner Ausbildung hatte ich viel gelernt, unter anderem, daß die persönliche Karriere nur von den eigenen Verdiensten und Vorzügen abhängig war. Das *mußte* so sein, da sich die Gesellschaft sonst in eine tödliche, sich selbst erhaltende Oligarchie verwandelt hätte.

Erschüttert saß ich in meinem schäbigen kleinen Hotelzimmer, das beste, das mir die Stadt Anzio zu bieten hatte, und öffnete mein kleines *Handbuch*, blätterte die sauber gedruckten Seiten mit den statistischen Tabellen durch und kam zum Vorwort mit den Worten des Aufsichtsratsvorsitzenden Millen Carmody. Dies waren die Worte, die man traditionsgemäß mir und den anderen bei unserer Graduierung verlesen hatte:

> *Vergiß nie, daß die Gesellschaft der Menschheit dient, nicht umgekehrt, Aufgabe der Gesellschaft ist die Welt, ist der Dienst an der Welt. Die Gesellschaft kann Krieg, Elend und Verwüstung für immer bannen, sie darf diese aber nicht durch ihre Tyrannei ersetzen. Korruption gebiert Tyrannen. Für Korruption ist in der Gesellschaft kein Platz.*

Das waren wunderbare Worte. Ich las sie noch einmal und betrachtete das Bild von Aufsichtsrat Carmody, das das Frontispiz meines Handbuchs bildete. Es war ein Gesicht, das Vertrauen einflöste: weise und menschlich, ernst, aber mit Wärme in den weitoffenen Augen.

Millen Carmody war ein Mann, an dem man, wegen seiner hervorragenden Fähigkeiten, nicht zweifeln konnte. Solange Männer wie er die Gesellschaft führten – und er war der Boß von allen, *der* Aufsichtsratsvorsitzende, der Mann in der höchsten Position, die die Gesellschaft zu vergeben hatte –, tauchte die Frage nach Günstlingswirtschaft oder Korruption gar nicht erst auf.

Ich aß, wusch und rasierte mich und kehrte anschließend wieder zur Klinik zurück.

Dort lag Ärger in der Luft, gar keine Frage. Um den Eingang herum waren erheblich mehr Expedienten zusammengezogen worden, und Wagen ohne die Insignien der Gesellschaft, aber mit Scheiben aus Panzerglas, die so dick waren, daß sie gelblich schimmerten, standen an den Ecken. Überall waren Menschen – Menschen, die sich ruhig verhielten, viel zu ruhig. Einige Frauen waren auch da, aber viel weniger als Männer, und Kinder waren überhaupt nicht zu sehen. Die Expedienten standen inzwischen in vorsichtigem Abstand von den Menschengruppen. Als ich die Klinik betrat, vermeinte ich das Stechen ihrer Blicke zu spüren.

Drinnen war die Lage noch gespannter. Rein äußerlich betrachtet, sah es jetzt normaler aus als zuvor: Der Warteraum war überfüllt, und ein gutes Dutzend schwitzender Angestellter befragte nun lange Reihen von Wartenden. Aber hier wie draußen stimmte etwas nicht; die Gruppen machten nicht genug Lärm, es fehlte der übliche nervöse Trubel.

Dr. Lawton sah besorgt aus. Er begrüßte mich und führte mich in einen kleinen Raum in der Nähe der Aufzüge. Dort lag, auf einem Rolltisch, ein Kokon aus milchigem Kunststoff, und durch das transparente Stück über dem Gesicht konnte man den wächsernen Körper von Luigi Zorchi erkennen. Seine Augen waren geschlossen. Er lag völlig still und bewegungslos da, und ich hätte ihn für tot gehalten, wäre mir nicht bekannt gewesen, daß er unter dem Einfluß der raffinierten schleichenden Drogen stand, die in den Gewölben zur Lebensverlangsamung eingesetzt wurden.

„Soll ich ihn identifizieren oder so was?“ fragte ich.

Lawton stieß ein Schnaufen aus. „Wir wissen, wer er ist. Unterzeichnen Sie die Einweisung, das ist alles.“ Ich unterschrieb das Formular, das sie mir überreichten, und bestätigte damit, daß Luigi Zorchi, Seriennummer soundso, seine zeitweilige Stillegung und Suspendierung erbeten und anstelle direkter medizinischer Behandlung erhalten hatte. Sie rollten das Krankenbett mit Zorchi in seinem Sack hinaus.

„Sonst noch irgend etwas?“ fragte ich.

Lawton schüttelte verdrossen den Kopf. „Nichts, bei dem Sie uns helfen könnten“, antwortete er. „Ich habe Defoe gesagt, das es so kommen würde.“

„Was?“

Lawton starrte mich an. „Mann, sind Sie nicht gerade durch den Haupteingang gekommen? Haben Sie den Mob draußen nicht gesehen?“

„Also, ich würde das nicht unbedingt als Mob bezeichnen ...“ setzte ich an.

Er lachte. „Würden Sie nicht. Im Augenblick sicher nicht. Das wird sich aber früh genug ändern. Vielleicht warten die nur noch auf irgendwas. Es gibt Ärger, das garantiere ich Ihnen. Ich habe Defoe davor gewarnt, und er hat mich nur angestarrt, als sei ich irgendein Debiler.“

„Wovor haben Sie eigentlich Angst?“ fragte ich scharf. „Sie haben genug Expedienten draußen, um damit einen Krieg zu führen.“

Er sah aus, als hätte ich ihn beleidigt. „Angst? Glauben Sie, ich sei um meine eigene Haut besorgt, Wills? Aber haben Sie auch daran gedacht, das wir Suspendierte hier haben, die unseren Schutz brauchen? Achtzigtausend sind es. Und ein Mob wie dieser ...“

„Achtzig*tausend?*“ Ich starrte ihn mit weit aufgerissenen Augen an. Der Krieg hatte nur einige Wochen gedauert!

„Achtzigtausend. Eher noch einige mehr. Und jeder einzelne ein schutzloses Mündel der Gesellschaft, solange er suspendiert ist. Schon an die Entschädigungsklagen gedacht, Wills?“

Immer noch verwundert über die gewaltige Zahl an Opfern, die dieser kleine Krieg gefordert hatte, sagte ich: „Die Suspendierten sind hier doch aber bestimmt sicher, oder?“

„Nicht vor einem gewalttätigen Mob“, sagte Lawton bestimmt. „Die Gewölbe können mit jeder Art von Unglück oder Katastrophe fertig werden. Ich glaube, nicht mal eine H-Bombe könnte mehr als die obersten zwei bis drei Stockwerke beeinträchtigen, wenn überhaupt. Aber bei einem Mob weiß man nie, was die Leute überhaupt tun werden. Wenn sie hier hereinkommen ... Und Defoe wollte mir nicht mal zuhören!"

Er hätte es lieber tun sollen ...

Als wir am Haupteingang vorbei zurück in die Vorhalle gingen, kam es nämlich zur Explosion.

Ich starrte über die Köpfe der bedrohlich ruhigen Menge in der Eingangshalle hinweg auf die Glastüren. Vor ihnen zog sich der Bogen von Expedienten langsam in unsere Richtung zurück; sie hielten an, feuerten eine Salve von Gasgranaten über die Köpfe des Mobs draußen und gingen weiter zurück.

Und dann war der Mob in einem Ausbruch aufbrüllender Raserei über ihnen. Versteckte Gaspistolen tauchten hier und da auf, ebenso Knüppel und eigenartige Gegenstände, die aussahen wie Schleudern. Die Menge stürmte auf den Eingang zu. Die Linie der Expedienten wogte, hielt aber stand. Es kam zu einer Reihe von heftigen Handgemengen, alle bösartig und gemein; aber die Expedienten waren Profis, und obwohl sie vierzig zu eins unterlegen waren, fällten sie ihre Angreifer doch, brutal, mit Händen, Füßen und Gewehrkolben. Die Menge zögerte. Bisher hatte noch niemand einen gezielten Schuß abgegeben.

In der Luft war plötzlich ein Pfeifen und Schrillen. Dicht unter dem Horizont donnerte ein ... Düsenflugzeug heran. Ein Flugzeug! Der verbotene Luftraum über den Haupteinrichtungen der Gesellschaft wurde nie von Flugzeugen durchquert. Flugzeuge rasten auch nicht in Baumhöhe, mit blanken, silbrigen Flügeln, ohne eine Spur der Identifizierungsnummer, die jedes Luftfahrzeug haben mußte, dahin. Ein Flugzeug! Und als es über der Menge angelangt war, floß aus seinem Bauch ein silbriger Strom von Granaten oder Bomben. Dann wurde es hochgezogen, flog in einer hohen Wende über das Meer, um sich erneut zu nähern. Ein Hagel kleiner, explodierender Geschosse prasselte in den freien Raum zwischen den Expedienten und dem Eingang. Die großen Türen bebten und brachen auf.

Die Expedienten standen mit weißen Gesichtern da. Und die Menge fing an zu feuern. Eine illegale Hartgeschoßpistole sprenkelte das Glas der Türen mit Pockennarben. Die Schutzlinie der Expedienten war einfach überrollt worden.

Im Wartesaal, in dem ich wie festgefroren stand, brach die Hölle los. Die Abteilung der Expedienten, die die Hunderte von Menschen drinnen bewachten, rannte auf die Türen zu, um den rasenden Mob zurückzuwerfen. Aber der Mob innerhalb der Türen, die ehemals geordneten Reihen vor den Auskunftschaltern, zersplitterte in Hunderte von schreienden, durcheinanderwirbelnden Zentrik der Panik. Einige eilten auf die Türen zu, andere brachen in die Hallen zu den Gewölben ein. Ich konnte nicht mehr sehen, was draußen vor sich ging, denn ein „Stoßtrupp“ von vor Panik besinnungslosen Frauen hatte mich überrannt.

Die Panik war wie eine Seuche. Vielleicht hatte sie mich auch erfaßt. Ich sah Ärzte und Pfleger, die gegen die Flut ankämpften, versprengte Expedienten versuchten den schrecklichen Ansturm zurückzuwerfen. Ich selbst aber wurde direkt von ihnen davon geschwemmt, kaum fähig, mich auf den Füßen zu halten. Dicht neben mir fiel ein Expedient. Ich nahm seine Gaspistole und fing an, mir einen Weg zu bahnen. Denn das hier war genau das, was Lawton befürchtet hatte: ein losgelassener Mob direkt in den Gewölben!

Ich raste einen Seitengang entlang, um eine Ecke, dann zu den Aufzügen, die in die Tiefen der Klinik führten. Dort wurde gekämpft. Aber die Fahrstuhltüren selbst waren verschlossen; irgend jemand hatte einen klaren Kopf behalten und sie so dem Mob entzogen. Aber es gab auch Treppen. Einige Meter entfernt sah ich einen Notausgang. Ich zögerte nur eine Sekunde – ich schuldete sowohl der Gesellschaft als auch ihren hilflosen Mündeln meine Pflicht. Ich hastete durch die Tür, knallte sie zu, legte die Riegel vor und schloß ab. Einen Moment später rannte ich weiter nach unten, hinab in die kühlen Tiefen der Gewölbe.

Ich wußte allerdings überhaupt nicht, was ich eigentlich vorhatte. Die Bemerkung Lawtons ging mir nicht aus dem Kopf. Wenn er nicht die möglichen Auswirkungen von Gewaltakten auf die Suspendierten erwähnt hätte, wäre ich vermutlich nur um meine eigene Haut besorgt gewesen. Jetzt aber war ich hier. Ich blickte mich schnell um und versuchte festzustellen, wo ich eigentlich war. Ich befand mich in einem Komplex hoher Gänge, deren Türen nach allen Seiten in die Gewölbe führten. Ich schien allein zu sein. Der Lärm von oben und draußen war wie abgeschnitten.

Aber ich war doch nicht ganz allein. Auf einer anderen Rampe hörte ich leichte und eilige Schritte. Ich drehte mich gerade noch rechtzeitig um und sah, wie eine Gestalt in einem der Gewölbe verschwand. Es war eine Frau, aber nicht in der Uniform einer Schwester. Ich sah sie zwar nur von hinten, bemerkte aber doch, daß sie in einer Hand eine Gaspistole und in der anderen irgend etwas Kleines und Glitzerndes trug. Ich folgte ihr und konnte nicht glauben, was ich gesehen hatte. Nur einen kurzen Blick auf ihr Gesicht hatte ich werfen können, weit weg und aus einem schlechten Winkel, aber ich war mir so sicher, wie ich es mir nur sein konnte: Es war Rena dell'Angela.

Sie hatte sich nicht umgeblickt und mich daher auch nicht bemerkt. Anscheinend wußte sie genau, wohin sie wollte. Sie hastete, als bestreite sie einen Wettlauf gegen die Zeit, auf ein Ziel zu, das ihr Denken völlig beherrschte. Ich folgte ihr ziemlich leise, aber sie hätte mich auch dann nicht bemerkt, wenn ich wie eine Herde Elefanten hinter ihr hergedonnert wäre.

Wir kamen an einer eigenartigen doppelwandigen Tür mit einer Art Warnung in roten Buchstaben vorbei, und sie schwenkte in einen Seitengang ab, der gerade breit genug für einen war. Auf beiden Seiten waren leere Stellagen, bereit zur Aufnahme von Suspendierten. Ich beschleunigte meinen Schritt, um die Ecke zu erreichen, bevor sie dahinter verschwunden war.

Aber sie beeilte sich jetzt nicht mehr. Sie war in einer Abteilung angelangt, in der an die hundert Körper in Plastiksäcken auf je einem Gestell lagen. Sie zögerte eine Sekunde, ließ sich dann auf die Knie nieder und begann die Anhänger an den Kokons der untersten Reihe zu überprüfen.

Sie flüsterte etwas, scharf und flehentlich. Dann richtete sie sich plötzlich auf, legte die Gaspistole weg und beschäftigte sich mit dem Ding in ihrer anderen Hand; jetzt sah ich, daß es ein Injektionsbesteck in einem Kristallbehälter war. Sie entnahm ihm eine Spritze und einen kleinen Flakon, der mit einer purpurnen Flüssigkeit gefüllt war. Mit zitternden Fingern stieß sie die Nadel der Spritze in den Kunststoffpfropfen der Phiole.

Leise näherte ich mich noch weiter und sagte: „Das wird nicht funktionieren, Rena."

Sie sprang auf, drehte sich um und hielt mir die Spritze wie ein Stilett entgegen. Als sie mich erkannte, keuchte sie, wankte und fing an zu zittern.

Ich trat nun ganz heran und blickte auf den Anhänger an dem Plastikkokon: „Benedetto dell'Angela, Neapel" stand darauf, gefolgt von einer langen Reihe von Ziffern, die ihn identifizierten.

Es war so, wie ich vermutet hatte. Wieder sagte ich: „Das funktioniert nicht, Rena. Bitte, seien Sie vernünftig. Wenn Sie ihn wecken, töten Sie ihn damit."

Sie schloß halb die Augen und flüsterte: „Würde der Tod denn schlimmer sein als das?"

Von ihr hatte ich diese Art von abergläubischem Unsinn nicht erwartet. Ich wollte eben antworten, aber sie hatte meine Wachsamkeit eingeschläfert; blitzartig fuhr sie mit der Nadel gegen mein Gesicht, und als ich unwillkürlich zurücktaumelte, griff sie mit der anderen Hand gleichzeitig nach der Gaspistole in meinem Gürtel. Ich hatte Glück, es war kein Holster, die Pistole rutschte nicht glatt heraus; das Vorderteil verklemmte sich, und ich gewann den Moment, den ich brauchte, um sie wegzustoßen. Sie wirbelte gegen die Gestellreihen und gab einen keuchenden Laut von sich. Die gefüllte Spritze krachte auf den Boden und vergoß ihren Inhalt in eine purpurn schimmernde Pfütze.

Rena atmete tief ein und stand wie erstarrt da. In ihren Augen waren Tränen. „Gut gemacht, Mr. Wills", sagte sie in einem Ton völliger Hoffnungslosigkeit.

Ich antwortete scharf: „Sind Sie verrückt? Das ist Ihr Vater. Wollen Sie ihn umbringen? Für so etwas braucht man unbedingt einen Arzt. Sie sind eine gebildete Frau, Rena, keine abergläubische Hinterwäldlerin. Sie sollten es wirklich besser wissen!"

Sie lachte – es war ein kaltes Lachen. „Gebildet!" Sie spuckte das Wort aus. „Eine ‚Hinterwäldlerin' hätte Sie über den Haufen geschossen und ihr Ziel erreicht. Ich bin gebildet, jawohl! Zweihundert Männer, ein Flugzeug, zwanzig Frauen, die sich alle selbst aufs Spiel setzen, nur um mich durch diese Tür zu bringen. All unsere Pläne . . . und ich kann mich auf keine Methode besinnen, Sie schnell genug zu töten. Ich bin zu gebildet, um Sie zu hassen, Anspruchsregler Wills!" Sie schien an den Worten zu ersticken. Dann schüttelte sie dumpf den Kopf. „Es ist vorbei. Nehmen Sie mich fest, machen Sie der Sache ein Ende."

Ich holte tief Luft. So weit hatte ich noch gar nicht gedacht. Es stimmte, das war das Offensichtliche. Sie hatte selbst zugegeben, daß der Aufruhr draußen nur ein Ablenkungsmanöver war, um sie hinunter in die Gewölbe gelangen zu lassen. Und jeder, der einen derart organisierten Aufruhr gegen die Gesellschaft planen und durchführen konnte, wurde automatisch zu meinem natürlichen Feind.

Aber vielleicht war ich selbst auch zu gebildet und zu weich. Sie hatte Tränen in den Augen gehabt, als sie sich über den Körper ihres Vaters beugte. Ich hatte noch nie gehört, daß Verschwörer weinten.

Und ich hatte ein wenig Mitleid mit ihr. Ich wußte, was es hieß, jemanden zu beweinen, den man liebt. Trotz all unserer Probleme, trotz allem hätte ich alles getan, um Marianna wieder zum Leben zu erwecken. Aber das konnte ich nicht. Rena glaubte, sie könne es.

Ich wollte sie nicht festnehmen und einsperren lassen.

Die Fähigkeiten des menschlichen Geistes sind immer wieder wunderbar! Ich mußte sie nicht festnehmen. Kaum hatte ich mich entschlossen, als mir auch schon die Gründe zu meiner Verteidigung zuströmten: Ich *durfte* sie nicht verhaften. Es war sogar meine Pflicht, es *nicht* zu tun. Hatte nicht Defoe selbst mir den Befehl erteilt, die Untergrundbewegung auszuforschen, zu der sie gehörte? Würde es nicht viel einfacher für mich werden, wenn ich ihr Vertrauen gewann und sie durch List zur Preisgabe ihrer Geheimnisse brachte, als wenn ich sie den Expedienten zum Verhör übergab?

In Wahrheit war die Antwort natürlich Nein. Rena war nicht das Mädchen, das sich überlisten ließ, dessen war ich mir sicher. Aber es war wenigstens eine Begründung, und so hielt ich daran fest. Ich hustete und sagte: „Rena, wollen Sie einen Handel mit mir machen?“

Sie starrte mich düster an. „Einen Handel?“

„Ich habe ein Zimmer im Umberto. Wenn ich Sie hier herausbringe, wollen Sie dann auf mein Zimmer gehen und dort auf mich warten?“

Für eine Sekunde schlossen sich ihre Augen zu schmalen Spalten, dann öffnete sie die Lippen, um etwas zu sagen, nickte aber nur.

„Ihr Wort, Rena? Ich möchte Sie nicht verhaften lassen.“

Hilflos blickte sie auf die Pfütze am Boden und dann wehmütig auf den Plastiksack, der ihren Vater umschloß. „Mein Wort darauf, aber Sie sind ein Narr, Tom.“

„Ich weiß“, gestand ich ein.

Ich trieb sie eilig die Rampe hinauf, hinauf zu dem Tumult über uns. Falls er vorbei war, mußte ich sie irgendwie herausreden, irgendwie den Umstand vertuschen, daß sie in den Gewölben gewesen war. Falls er immer noch andauerte . . .

Das war der Fall.

Wir mischten uns unter die tobenden und brüllenden Menschenhaufen. Ich schob sie in den Hauptwartesaal und sah, wie sie sich durch die Türen drängte. Bereits zu diesem Zeitpunkt beruhigten sich die Dinge. Zwei Frauen hasteten durch den Kampf auf sie zu. Ich glaube nicht, daß es Zufall war, daß die Aufrührer fast auf der Stelle ihren Kampfgeist verloren.

Obwohl es Stunden dauerte, blieb ich in der Klinik, bis alles wieder friedlich war.

Ich machte mir nichts vor. Es gab nicht mal die Spur eines echten Grundes dafür, sie nicht einzusperren. Falls sie über Informationen verfügte, so war ich nicht der richtige Mann, der sie aus ihr herausholen konnte – selbst wenn sie im Umberto warten sollte, was schon an sich nicht besonders wahrscheinlich war. Wenn ich sie hätte einsperren lassen – Defoe würde in wenigen Minuten alles aus ihr herausgeholt haben, aber nicht ich.

Sie war eine Feindin der Gesellschaft.

Und ich war auf ihrer Seite.

7

Dr. Lawton, der der Chefarzt der Klinik in Anzio zu sein schien, sagte grimmig: „Das war kein Zufall. Das war geplant. Die Frage ist: Warum?“

Die Expedienten hatten eben die letzten Aufrührer aus der Klinik vertrieben und zerstreuten jetzt mit ihren Gaspistolen die wenigen, die sich noch vor dem Haupteingang aufhielten. Mindestens dreißig bewußtlose Gestalten lagen verstreut auf dem Boden – und zwei oder drei waren nicht nur bewußtlos.

„Vielleicht wollten sie die Klinik plündern“, sagte ich. Es war keine gute Lüge, aber damals war ich noch nicht sonderlich darin geübt, höhere Angestellte der Gesellschaft zu belügen.

Lawton ignorierte meine Vermutung, schürzte die Lippen und sagte: „Sagen Sie mal, Wills, was haben Sie eigentlich da unten vorgehabt?“

Das war wirklich ein Schock. Schnell sagte ich: „Unten? Sie meinen vor einer halben Stunde?“

„Ja, das meine ich.“ Er war freundlich aber . . . nun, nicht gerade mißtrauisch, aber doch neugierig.

Ich improvisierte. „Ich . . . ich dachte, ich hätte jemanden hinunterlaufen sehen. Einen von den Aufrührern. Also jagte ich ihr . . . *ihm* nach“, korrigierte ich mich, indem ich das verfängliche Wort gerade noch rechtzeitig verschluckte.

Er nickte. „Irgend etwas gefunden?“

Das war eine unangenehme, eine heikle Frage. Das Problem war – hatte man mich beim Hinein- oder beim Hinausgehen gesehen? Als ich hinausging ... war Rena bei mir gewesen.

Ich ging das ein, was man ein kalkuliertes Risiko nennt, das heißt, ich nahm all meinen Mut zusammen und erzählte eine dicke, fette und möglicherweise offensichtliche Lüge. „Nein“, sagte ich, „ich habe niemanden gefunden. Aber ich glaube immer noch, daß ich etwas gehört habe. Das Problem ist, daß ich mich in den Gewölben nicht so gut auskenne; ich hatte Angst, mich zu verlaufen.“

Anscheinend hatten sie mich doch beim Hineingehen gesehen. Lawton nickte nachdenklich und sagte: „Wir wollen mal nachsehen.“ Wir nahmen einige bewaffnete Expedienten mit – ich hielt das zwar nicht für nötig, konnte das Lawton aber natürlich nicht sagen. Die Aufzüge funktionierten wieder, und so kamen wir in einem Abschnitt der Gewölbe heraus, der sich nur wenig von dem unterschied, den ich zuvor gesehen hatte. Es war jetzt nicht an mir, aktiv zu werden, ich sah mich um.

Lawton akzeptierte ohne weitere Diskussion meine Erklärung, daß ich nicht mehr genau wisse, wo ich die Geräusche gehört habe. Er akzeptierte überhaupt alles zu leicht. Die Expedienten erhielten den Auftrag, alle angrenzenden Gänge abzusuchen.

Natürlich fand einer von ihnen die Pfütze ausgelaufener Fluoreszenz aus der Injektionsnadel, die ich aus Renas Hand geschlagen hatte. Wir standen da und guckten den Fleck verschmierten Purpurs, die zerbrochene Spritze und Renas Gaspistole an. Lawton grübelte: „Es sieht so aus, als ob jemand versuchen wollte, einige unserer Schläfer aufzuwecken. Das ist unser Standardantilytikum, wenn ich mich nicht irre.“ Er ließ seinen Blick über die Regale schweifen. „Hier fehlt niemand. Sehen Sie sich in den nächsten Abteilungen um.“ Die Expedienten nickten und verließen uns. „Sie werden niemanden finden, der fehlt“ prophezeite er. „Und *das* heißt, daß wir in der ganzen verdammten Klinik Inventur machen müssen. Fast genau achtzigtausend Suspendierte überprüfen.“ Er gab einen Laut empörten Widerwillens von sich.

„Vielleicht wurden sie erschreckt und sind weggelaufen, bevor sie fertig waren.“

Er zuckte die Achseln. „Vielleicht, vielleicht auch nicht. Uns bleibt nichts anderes übrig, als alles zu überprüfen.“

„Sind Sie sicher, daß das Zeug zum Wiederbeleben von Suspendierten ist?“ beharrte ich. „Könnte es nicht auch jemand gewesen sein, der hier während des Aufruhrs aus Versehen hinuntergewandert ist und . . .“

„Und aus Versehen eine Injektionsnadel bei sich hatte und aus Versehen mit einer Gaspistole bewaffnet war. Klar, Wills.“

Die Expedienten kamen zurück, und Lawton blickte ihnen griesgrämig entgegen. Sie schüttelten die Köpfe. Er hob die Schultern. „Wissen Sie was, Wills?“ sagte er. „Lassen Sie uns zurück ins Büro gehen und . . .“

Er hielt inne und starrte angestrengt einen Gang hinunter. Der letzte unserer Expedienten kam auf uns zu – aber nicht allein!

„Na, gibt's das auch!" rief Lawton aus. „Wills, das sieht so aus, als ob er ihren Ausreißer hat!"

Der Expedient zerrte eine kleine, zitternde, winselnde und bettelnde Gestalt hinter sich her. Einen kurzen Augenblick lang, in dem mein Herz stillzustehen schien, glaubte ich gegen alle Logik, daß es Rena sei.

Aber sie war es nicht. Es war das vor Alter zitternde, triefäugige Wrack eines Mannes, weit über das Rentenalter hinaus, schäbig gekleidet und offensichtlich zu jener Sorte gehörig, die ihre Pensionspolicen beim absoluten Minimum abschließt und dann darüber jammert, daß sie ihren Lebensabend in Armut verbringen muß. „Ist er das?" fragte Lawton mich.

„Ich . . . ich konnte ihn nicht genau erkennen", antwortete ich.

Lawton wandte sich dem weinenden alten Mann zu. „Was wollten Sie hier?" verlangte er zu wissen. Alles, was er zu hören bekam, waren weinerliche Bitten des Greises, ihn doch gehen zu lassen, und dabei würde es wohl auch bleiben. Der Mann war außer sich vor Panik.

Wir brachten ihn, halb von den Expedienten getragen, hinauf in eines der Aufnahmebüros. Lawton befragte ihn gnadenlos über eine halbe Stunde lang, bevor er aufgab. Der Mann war inzwischen unfähig zu sprechen. Soweit wir es verstanden hatten, wiederholte er immer wieder nur, es täte ihm leid, daß er in das verbotene Haus gegangen sei, er habe gar nicht in das verbotene Haus gehen wollen, er habe im Schatten des verbotenen Hauses geschlafen, als der Kampf begann, und er habe sich gefürchtet und sei hineingeflohen. Meines Erachtens war es völlig klar, daß er die Wahrheit sagte – mehr noch, daß irgendein verschwörerischer Aufruhr, der *ihn* mit einer Gaspistole und einer Injektionsnadel bewaffnet in die Gewölbe bringen sollte, nur von Wahnsinnigen geplant sein konnte. Ich bezweifelte, daß er in der Lage war, auch nur den Abzug der Pistole zu finden. Aber Lawton schien anderer Meinung zu sein.

Es wurde spät. Lawton bot sich an, mich zum Hotel zu fahren, und übergab den Mann der Obhut der Expedienten. Unterwegs fragte ich ihn aus reiner Neugierde: „Angenommen, er hätte Erfolg gehabt – kann man denn einen Suspendierten einfach dadurch wieder zum Leben erwecken, daß man ihm eine Spritze gibt?"

Lawton zuckte mit den Achseln. „Ja, sonst braucht es nicht viel", antwortete er. „Ein wenig künstliche Beatmung ist nicht schlecht, und höchstens bei einem von hundert Suspendierten ist möglicherweise noch mehr nötig, Herzmassage oder ein Sauerstoffzelt zum Beispiel. Aber meist reicht eine Antilytikum-Injektion aus."

Dann war Rena doch nicht so verrückt gewesen, wie ich gedacht hatte . . . „Glauben Sie, daß der alte Mann irgend etwas erreicht hätte?" fragte ich.

Lawton sah mich mit einem eigenartigen Ausdruck an. „Vielleicht."

„Was glauben Sie, hatte er vor?"

„Es war in der Nähe von Abteilung einhundert, oder?"

„Abteilung einhundert?" Das brachte etwas in mir zum Klingen. Ich erinnerte mich, daß ich Rena den Gang entlang gefolgt und an einer Tür vorbeigekommen war, die mir irgendwie seltsam vorkam. Hatte die Zahl einhundert auf dieser Tür gestanden? Ich fragte ihn: „Ist das die abgeschlossene Tür mit dem Text, der jedem, der unbefugt eintritt, ernsthafte Schwierigkeiten voraussagt?"

„Das ist sie. Obwohl niemand dort hineinkommt. Die hat eine dreilagige Armierung, und das Schloß öffnet sich nur auf die persönlichen Fingerabdrücke von Defoe und zwei oder drei anderen."

„Was ist denn so Wichtiges dort in dem Raum?"

„Wie soll ich das wissen?" antwortete er kühl. „Ich kann diese Tür nicht öffnen."

Und das war das Ende unserer Unterhaltung. Ich wußte, daß er log.

Ich hatte mit mir selbst gewettet – und gewonnen: Rena wartete in meinem Zimmer auf mich. Sie war fest eingeschlafen und hatte sich auf dem Bett ausgestreckt. Im Schlaf glich ihr Gesicht dem eines kleinen Mädchens, ruhig, ausgeglichen und tief versunken – ein Ausdruck, den ich auch einmal auf Mariannas Gesicht gesehen hatte, als sie schlief.

Es war erstaunlich, dachte ich, wie wenig sich mein Denken noch mit Marianna beschäftigte.

Ich überlegte sehr sorgfältig, bevor ich dem Etagenkellner klingelte, aber alles in allem schien es am vernünftigsten zu sein, sie schlafen zu lassen und abzuwarten, wie der Hoteldetektiv reagieren würde – falls es einen gab. Es gab keinen, wie sich herausstellte. Tatsächlich nahm der Kellner aber kaum Notiz von ihr, entweder aus Gleichgültigkeit oder weil er sehr genau wußte, daß ich mein Zimmer mit der offiziellen Reisekreditkarte der Gesellschaft gebucht hatte – es war aber auch nicht so wichtig. Ich bestellte etwas zu essen, wobei ich gleich abwinkte, als er die Karte präsentieren wollte und ihm sagte, er solle den Küchenchef entscheiden lassen.

Dieser traf eine vorzügliche Wahl und schickte auch eine Flasche Champagner mit herauf.

Rena kam erst langsam zu sich, um dann plötzlich mit weit aufgerissenen Augen hochzufahren. „Alles in Ordnung", sagte ich schnell zu ihr. „Es hat Sie niemand in der Klinik gesehen."

Sie blinzelte leicht und sagte mit weicher Stimme: „Ich danke Ihnen." Dann seufzte sie sehr, sehr leise und erhob sich vom Bett.

Um auf Marianna zurückzukommen: Vergleiche waren immer zweifelhaft, grübelte ich, als Rena sich frisch machte, aber . . . Also, wenn ein fremder Mann Marianna schlafend in seinem Bett gefunden hätte, das Kleid fast bis zu den Schenkeln heraufgerutscht, so hätte er sich auf einiges gefaßt machen müssen. Auf was, das hing von den Umständen ab. Es konnte die wütende Aufforderung sein, gefälligst vorher anzuklopfen, oder es folgten einige Stunden übertrieben zimperlichen Gehabes, begleitet von häufigem Rotwerden. Aber sie würde es bestimmt nicht einfach ignorieren. Ganz anders Rena – sie zeigte gerade durch diese Haltung das genaue Gegenteil von Anstößigkeit. Letzten Endes, sagte ich mir selbst, und erwärmte mich langsam für die Idee, waren wir ja keine leicht erregbaren Jugendlichen mehr. Ich konnte das Bein eines hübschen Mädchens sehen, ohne dabei gleich völlig aus dem Häuschen zu geraten. Ich hatte sie tatsächlich kaum wahrgenommen.

Sie kam zurück und sagte freundlich: „Ich habe Hunger!" Den hatte ich auch, wie ich plötzlich feststellte. Wir aßen, ohne viel dabei zu reden. Ihr gegenüber zu sitzen gab mir einfach ein angenehmes Gefühl – trotz der Tatsache, daß sie sich gegen die Gesellschaft gestellt hatte. Ich war entspannt und fühlte mich wohl, meine Probleme waren in weite Ferne gerückt. Natürlich, so fuhr ich in meinen Gedanken fort, ich war so frei und ungezwungen mit ihr zusammen wie mit irgendeinem Mann; daß sie eine attraktive junge Frau war, hatte darauf überhaupt keinen Einfluß. Sie war für mich ganz einfach nur jemand, der ein wenig Hilfe brauchte.

Wir öffneten den Champagner nicht – es schien nicht besonders angemessen. Wir hatten während des Essens über nichts Wichtiges gesprochen, außer daß ich ihr von dem alten Mann erzählte; sie wußte augenscheinlich nichts von ihm. Sie war besorgt, aber ich versicherte ihr, daß er bei der Gesellschaft in sicheren Händen sei – womit glaubte sie denn, es zu tun zu haben? Mit Barbaren? Sie gab keine Antwort.

Nach dem Essen aber, als wir beim Kaffee waren, sagte ich: „Lassen Sie uns jetzt zur Sache kommen: Was haben Sie in der Klinik gemacht?"

„Ich habe versucht, meinen Vater zu retten.“

„Retten, Rena? Retten wovor?“ fragte ich geduldig.

„Bitte, Tom! Sie glauben an die Gesellschaft, nicht wahr?“

„Natürlich!“

„Und ich nicht. Wir werden darin nie übereinstimmen. Ich bin Ihnen dankbar, daß Sie mich haben laufen lassen, und ich glaube auch, daß ich weiß, was Sie das gekostet hat. Aber das ist alles, Tom.“

„Aber die Gesellschaft . . .“

„Die Gesellschaft. Tom, wenn Sie von Ihrer Gesellschaft sprechen, was sehen Sie dann? Etwas Glänzendes, Wunderbares, Großartiges? Bei mir ist das ganz anders. Was ich sehe, sind die Reihen meiner Freunde, die erstarrt in den Gewölben liegen. Oder der arme alte Mann, den Sie gefangen haben.“

Man konnte mit ihr nicht vernünftig darüber reden. Sie war der festen Überzeugung, daß alle Suspendierten Opfer irgendeiner Grausamkeit waren. Das war natürlich völlig falsch. Die Suspendierung war nicht der Tod, jeder wußte das. Tatsächlich war sie die Antithese des Todes. Sie *rettete* Menschenleben, sie nahm sich der Kranken und Verstümmelten an und ließ sie barmherzig so lange schlafen, bis man sie heilen konnte.

Zugegeben, ihre Körper wurden kalt, die Lungen atmeten nicht mehr, das Herz hörte auf zu schlagen; zugegeben, kein Arzt konnte auf den ersten Blick sagen, ob ein Suspendierter lebte oder nicht. (Die Lebensprozesse wurden nicht vollständig angehalten, sondern enorm verlangsamt – soweit, daß die chemische Diffusion in dem geleeartigen Blut völlig ausreichte, um den gesamten Körper mit Sauerstoff zu versorgen.) Aber es gab einen Unterschied: Die Toten waren tot und blieben tot, während die Suspendierten ins Leben zurückgebracht werden konnten, wann immer die Gesellschaft es für richtig hielt.

Aber es war mir nicht möglich, ihr das klarzumachen. Ich konnte sie nicht einmal dadurch trösten, daß ich sie daran erinnerte, daß der alte Mann schließlich nur ein E-Kategorieler war.

Sie war nichts anderes.

„Rena, Sie glauben, daß sich irgend etwas versteckt hinter den Kulissen abspielt. Erzählen Sie mir davon. Warum, glauben Sie, hat man Ihren Vater in die Suspendierung versetzt?"

„Um ihn aus dem Weg zu haben, weil die Gesellschaft ihn fürchtet."

Ich spielte meine Trumpfkarte aus. „Angenommen, ich sage Ihnen den wahren, den *wirklichen* Grund, warum er in der Klinik liegt?"

„Was?" Das hatte sie getroffen, ich sah es; sie starrte mich mit vor Erstaunen weit aufgerissenen Augen an.

„Ja, Sie brauchen keine Vermutungen darüber anzustellen, Rena, ich weiß es. Ich habe mir seine Akte angesehen."

„Sie . . . Sie . . ."

Ich nickte. „Ich habe sein Dossier gelesen. Es steht dort, schwarz auf weiß. Es wird nur versucht, sein Leben zu retten. Er hat eine radioaktive Vergiftung. Er ist ein Kriegsopfer. Er gehört zur alltäglichen medizinischen Praxis, Fälle wie ihn eine Zeitlang in der Suspendierung zu halten, bis die Radioaktivität abgeklungen ist und sie gefahrlos wiederbelebt werden können. Also, was sagen Sie nun?"

Sie sagte nichts. Sie starrte mich nur an. Überredend bestürmte ich sie weiter: „Rena, ich will Ihre Anschauungen gar nicht als Aberglaube oder so etwas bezeichnen. Bitte verstehen Sie mich richtig. Sie haben Ihren eigenen kulturellen Hintergrund und . . . Na ja, ich weiß, daß es so aussieht, als sei er eine Art ‚Untoter' oder wie immer Sie es in Ihren Volksmärchen nennen. Ich weiß, daß es bei Ihnen Legenden über Vampire und Zombies und so weiter gibt, aber . . ."

Jetzt lachte sie tatsächlich. „Tom, Tom", sagte sie. „Sie reden über Mitteleuropa, nicht über Neapel. Und auf jeden Fall", jetzt lachte sie nur noch mit den Augen, „glaube ich kaum, daß die Legenden davon sprechen, daß Vampire durch intravenöse Injektionen mit einer langsam zerfallenden Lösung aus Chlorpromazin und Pethidin entstehen – wenn ich die gebräuchliche Technik in den Kliniken richtig beschrieben habe."

„Verdammt noch mal", brauste ich verärgert auf, „wollen Sie denn nicht, daß er gerettet wird?"

Sie lachte nicht mehr. „Es tut mir leid, Tom. Ich wollte nicht unhöflich sein und Sie verärgern oder verletzen. Müssen wir das diskutieren?"

„Ja."

„Also gut." Grimmig und mit vorgeschobenem Kinn blickte sie mich an. „Mein Vater hat keine Strahlenvergiftung, Tom."

„Aber sicher."

„Sicher nicht. Er ist ein Gefangener, kein Patient.

Weil er Neapel liebt, lassen sie ihn schlafen – fünfzig oder hundert Jahre, bis ihm alles, was er weiß und was er liebt, endgültig entwachsen ist. Bis es niemanden mehr kümmert, was er zu sagen hat. Sie bringen ihn nicht um – das haben sie gar nicht nötig! Sie wollen ihn nur aus dem Weg haben, weil er die Gesellschaft als das sieht, was sie ist."

„Und das wäre?"

„Als Tyrannei, Tom", flüsterte sie.

„Rena, das ist albern!" platzte ich heraus. „Die Gesellschaft ist die Hoffnung der Welt. Wenn Sie so reden, bekommen Sie Schwierigkeiten. Das sind gefährliche Gedanken, Sie greifen die wesentlichsten Grundlagen unserer Sozialordnung, unserer Gesellschaftsordnung an."

„Ja, genau!"

Sie stand vor mir und starrte mich mit wildem Blick an. Wir schrien aufeinander ein wie kleine Kinder. Ich brauchte eine Weile, um mich an eine der unbezahlbaren Regeln aus dem *Handbuch für Anspruchsregler* zu besinnen: *Verliere niemals die Beherrschung, denke nach, bevor du sprichst.* Wir sahen uns einen Moment wütend an, dann zwang ich mich selbst zur Ruhe.

Erst jetzt erinnerte ich mich daran, daß ich etwas wissen mußte, über das sie mir vielleicht Auskunft geben konnte. Eine Organisation, hatte Defoe gesagt, eine Organisation, die gegen die Gesellschaft konspirierte, die hinter Hammonds Tod, hinter dem Aufruhr bei der Klinik und vielen, vielen anderen Dingen stand.

„Rena, warum haben Ihre Freunde Hammond getötet?" fragte ich.

Diese Frage brachte sie in Verwirrung. „Wen?" fragte sie.

„Hammond, in Caserta. Von einer Bande anarchistischer, krimineller Verschwörer getötet, die gegen die Gesellschaft konspirieren."

Ihre Augen flackerten, aber sie sagte nur: „Ich weiß nichts davon, daß irgend jemand umgebracht wurde."

„Aber Sie geben zu, einer subversiven und konspirativen Vereinigung anzugehören?"

„Ich gebe gar nichts zu", erwiderte sie kurz.

„Aber Sie gehören dazu, ich weiß es. Soviel haben Sie mir gegenüber doch schon zugegeben, als Sie versuchten, Ihren Vater wiederzubeleben."

Sie hob die Schultern, und ich fuhr fort: „Warum haben Sie mich im Büro angerufen, Rena? Weil Sie mich dazu bringen wollten, Ihnen bei Ihrer Arbeit gegen die Gesellschaft zu helfen?"

Sie sah mich lange an und sagte dann: „Ja, so war es. Und wollen Sie auch wissen, warum ich gerade Sie ausgesucht habe?

„Äh, ich . . . vermutlich . . ."

„Vermuten Sie nichts, Tom." Ihre Nasenflügel waren kreideweiß. Kalt sagte sie: „Sie schienen eine wirklich gute Möglichkeit zu sein. Ich werde Ihnen jetzt etwas erzählen, von dem Sie keine Ahnung haben. Im Büro des Chef-Expedienten in Neapel gibt es ein Memorandum über Sie. Ich habe nicht die Absicht, Ihnen zu verraten, woher ich das weiß, aber nicht einmal Ihr Mr. Gogarty ist über seine Existenz informiert. Es ist streng geheim und auf wenige Empfänger beschränkt. Und es besagt folgendes über Sie: ‚Loyalität zweifelhaft. Hat höchstwahrscheinlich Kontakt zur Untergrundbewegung. Vorsichtige, aber scharfe Observation veranlassen.'"

Ich muß gestehen, dies erschütterte mich tief. Schließlich brach es aus mir heraus: „Aber das ist alles ganz falsch! Ich gebe ja zu, daß ich nach Mariannas Tod eine schlechte Zeit hatte, aber ich . . ."

Sie lächelte, war aber immer noch verärgert. „Wollen Sie sich bei *mir* entschuldigen?"

„Nein, aber . . ." Ich hielt inne. Das war eine Sache, die mit Defoe geklärt werden mußte, sagte ich mir und fing an, selbst ein wenig ärgerlich zu werden. „Also gut", sagte ich, „es muß da eine Art von Fehler passiert sein, den ich klären werde. Aber selbst wenn es stimmt, was Sie sagen – glauben Sie wirklich, ich sei die Art von Mann, der sich einem Haufen von Mördern anschließt?"

„Wir sind keine Mörder!"

„Hammonds Leiche spricht eine andere Sprache."

„Damit hatten wir nichts zu tun, Tom."

„Ihr Freund Slovetski hatte etwas damit zu tun." Das war ein Schuß ins Blaue, und er ging kilometerweit daneben.

„Wenn er wirklich ein so gefährlicher Mann ist, wie sind Sie dann entkommen?" fragte sie von oben herab. „Als Sie Ihre Unterredung mit mir hatten und es sich herausstellte, daß die Expedienten ganz und gar nicht richtiglagen, kam diese Information ein wenig zu spät. Sie hätten uns leicht in Schwierigkeiten bringen können. Slovetski war im Nebenzimmer, warum hat er Sie nicht einfach erschossen?"

Verdrossen antwortete ich: „Vielleicht wollte er keinen Ärger mit meiner Leiche haben."

„Und vielleicht haben Sie eine ganz falsche Vorstellung von uns!"

„Nein!" platzte ich heraus. „Wenn Sie gegen die Gesellschaft sind, kann ich unmöglich im Unrecht sein. Die Gesellschaft ist die größte Gnade, die größte Wohltat, die der Welt je zuteil geworden ist – sie hat die Welt in ein wahres Paradies verwandelt!"

„Tatsächlich?" Rena gab einen Laut des Abscheus und völliger Geringschätzung von sich. „Wie?"

„Indem sie uns unzählige Segnungen gebracht hat. Unzählige!"

Sie zitterte vor Anstrengung, als sie versuchte, sich zu beherrschen. „Nennen Sie mir eine!"

Ich fluchte innerlich vor Verbitterung. „Also gut", sagte ich. „Sie hat den Krieg abgeschafft."

Sie nickte, nicht zustimmend, sondern weil sie die Antwort erwartet hatte. „Direkt aus den Lehrbüchern und den Propagandastücken, Tom. Sagen Sie mir, warum ist mein Vater in den Gewölben?"

„Weil er eine Strahlungsvergiftung hat!"

„Und wie ist er dazu gekommen?"

„Wie?" Ich blinzelte sie an. „Sie wissen doch sicher wie, Rena. In dem Krieg zwischen Neapel und . . . der Krieg . . ."

„Richtig, Tom", hakte sie unbarmherzig ein. „Der Krieg, den es gar nicht gegeben haben kann, weil die Gesellschaft doch allen Kriegen ein Ende gesetzt hat – wie jedermann weiß. Ach, Tom! Warum ist die Welt so blind? Alle glauben, und keiner stellt Fragen. Die Gesellschaft hat den Krieg beseitigt, so sagt sie. Und die blinde Welt sieht nie die vielen kleinen Kriege, die – einander immer dicht auf den Fersen – überall toben. Die Gesellschaft hat die Armut beseitigt. Deshalb lebe ich in solchem Reichtum – oder der alte Mann, der sich in die Gewölbe geflüchtet hat. Sie hat die Krankheiten ausgemerzt, aber wieviele Todesfälle gibt es täglich?" Sie starrte mich mit brennenden Augen an.

„Aber . . . aber Rena", stammelte ich, „die Statistik zeigt ganz klar . . ."

„Nein, Tom", sagte sie wieder sehr freundlich. „Die statistischen Kurven zeigen *weniger* Krieg, nicht keinen Krieg. Sie zeigen *weniger* Krankheit und Leiden." Müde rieb sie ihre Augen – und selbst in diesem Moment dachte ich daran, daß Marianna so etwas niemals gewagt hätte, um ihr Make-up nicht zu verschmieren. „Das Problem mit Ihnen, Tom, ist", sagte sie, „daß Sie Amerikaner sind. Sie wissen gar nicht, was in der Welt eigentlich vor sich geht. Sie kennen nur Amerika. Sie wissen nicht, wie es nach der Beendigung des Kurzen Krieges war, als Amerika gewonnen hatte und die Senatoren in Schwadronen herübergeflogen kamen und die übriggebliebenen Regierungen der Auflösung ihrer staatlichen Großverbände zustimmten. Ihr seid an ein großes, vereinigtes Land gewöhnt, nicht an viele kleine Stadtstaaten.

Ihr blickt auch auf keine Tausende von Jahren zählende Geschichte von Intrigen und Tyrannei zurück, also schließt ihr einfach die Augen und marschiert drauflos, und wenn die Statistiken zeigen, daß die Zustände sich ein *wenig* gebessert haben, glaubt ihr schon, es sei alles vollkommen.“ Sie schüttelte den Kopf. „Wir aber nicht. Wir können uns das nicht leisten. Wir öffnen unsere Augen immer und überall der Gefahr. Manchmal sehen wir Gespenster, aber manchmal haben wir auch recht. Sie blicken auf die Statistik und sehen, daß es weniger Kriege gibt als vorher. Wir ... wir blicken auf die Statistik und sehen dort unsere Väter und Brüder, gestorben in einem kleinen Krieg, der nicht einmal einen schwachen Knick in der Kurve verursacht. Sie, Tom sehen selbst das nicht. Sie sehen nicht die Krankheitsfälle, die nicht geheilt werden ... weil die Techniken noch ‚im Experimentierstadium‘ sind, wie sie es nennen. Sie wissen nichts, Tom!“

Man sah es mir vermutlich an: das hatte mich voll getroffen. Mit einiger Anstrengung sagte ich: „Tut mir leid, Rena, Sie haben mich an etwas erinnert. Bitte fahren Sie fort.“

Sie hob die Schultern. „Ich denke, das war's, Tom. Man kann euch aus den Staaten keinen Vorwurf machen, die große Lüge – die Lüge, die so gewaltig und widersinnig ist, daß sie gar nicht mehr in Frage gestellt wird, die Behauptung, die sich selbst beweist, weil es unvorstellbar ist, daß sie jemand äußert, ohne daß sie wahr wäre – ist keine amerikanische Erfindung. Sie kommt aus Europa, Tom. Sie sind nicht immun dagegen ... aber wir.“

Ich holte tief Luft. „Was ist mit Ihrem Vater, Rena? Glauben Sie wirklich, daß die Gesellschaft es auf ihn abgesehen hat?“

Sie sah mich forschend an und senkte dann hoffnungslos den Blick. „Nicht so, wie Sie denken, Tom“, sagte sie schließlich. „Nein, ich bin nicht paranoid. Ich glaube, er ist ... unbequem, ein Störfaktor. Ich glaube, die Gesellschaft sieht es als weniger problematisch an, ihn ‚einzufrieren', als ihn frei herumlaufen zu lassen."

„Aber glauben Sie denn nicht, daß er behandelt werden muß?"

„Wogegen? Gegen die Strahlenvergiftung, die er sich durch eine A-Bombenexplosion zugezogen hat, in deren Nähe er nicht einmal war? Bedenken Sie, er ist mein Vater! Ich war während des Krieges mit ihm zusammen – und er hat sich nie auch nur einen Kilometer von unserem Haus entfernt. Sie waren dort, das große Haus, in dem jetzt meine Tante Luisa lebt. Haben Sie dort Bombenkrater gesehen?"

„Sie lügen!" Ich mußte es mir eingestehen: Rena fing an, mir etwas zu bedeuten. Aber es gab Knöpfe, die selbst sie nicht drücken konnte. Wenn sie ein Mann gewesen wäre, irgendein Mann, ich hätte ihr schon längst meine Faust ins Gesicht geschlagen; Heimtücke und Verrat an der Gesellschaft waren mehr, als ich ertragen konnte! Scharf sagte ich: „Sie können mich nicht davon überzeugen, daß die Gesellschaft bewußt Berichte fälscht, vergessen Sie nicht, ich bin leitender Funktionär der Gesellschaft. So etwas ist ganz und gar unmöglich!"

Ihre Augen flackerten, aber ihre Lippen blieben trotzig geschlossen. Vor Wut bebend, sagte ich: „Ich will nichts mehr davon hören. Theoretische Diskussionen – gut, ich bin so tolerant wie jeder andere auch. Aber wenn Sie die Gesellschaft des direkten und geplanten Betrugs bezichtigen, dann . . . dann sind Sie im Irrtum."

Einen langen Augenblick starrten wir uns an. Ich senkte meinen Blick zuerst. Verbittert und mürrisch sagte ich: „Es tut mir leid, daß ich Sie eine Lügnerin genannt habe. Ich wollte Sie nicht beleidigen."

„Ich Sie auch nicht, Tom." Sie zögerte. „Erinnern Sie sich – ich habe Sie gebeten, mich nicht zu dieser Diskussion zu zwingen?"

Sie stand auf. „Ich danke Ihnen für das Essen und fürs Zuhören. Und vor allem dafür, daß Sie mir eine zweite Chance geben, die Rettung meines Vaters zu versuchen."

Unwillkürlich blickte ich auf die Uhr und war erstaunt, wie die Zeit vergangen war. „Es ist spät, Rena. Wissen Sie, wo Sie bleiben können?"

„N . . . ja, natürlich Tom." Sie zuckte mit den Achseln. „Machen Sie sich um mich keine Sorgen. Ich komme zurecht."

„Bestimmt?"

„Ja, ganz bestimmt." Ihr Verhalten war zu selbstsicher und zuversichtlich; ich wußte, sie versuchte mich zu täuschen.

„Bitte, Rena, Sie haben eine schwere Zeit durchgemacht, und ich möchte nicht, daß Sie irgendwo ziellos umherziehen. Sie können doch heute nacht nicht mehr nach Neapel zurückkommen."

„Das weiß ich."

„Und?"

„Und was, Tom? Ich will Sie nicht anlügen: Ich kann hier nirgends hin. Wenn ich heute nachmittag Erfolg gehabt hätte, wäre es etwas anderes. Aber jetzt hat sich alles geändert. Sie – das heißt meine Freunde – werden jetzt annehmen, ich sei von der Gesellschaft verhaftet worden. Sie werden jetzt nicht mehr da sein, wo ich sie finden kann. Nennen Sie's ruhig albern, aber sie werden befürchten, daß die Gesellschaft mich . . . zwingen könnte, ihre Namen zu verraten."

„Bleiben Sie hier", sagte ich. „Nein, hören Sie, ich werde mir ein anderes Zimmer besorgen."

„Ich danke Ihnen, Tom. Aber das können Sie nicht. In ganz Anzio gibt es kein freies Zimmer. Viele Verwandte der Suspendierten schlafen schon im Freien."

„Ich kann auch im Gras schlafen, wenn es sein muß."

Sie schüttelte den Kopf. „Danke, aber . . ." wiederholte sie.

Ich stand zwischen ihr und der Tür. „Dann werden wir beide hierbleiben. Ich schlafe auf der Couch, und Sie nehmen das Bett." Ich zögerte und fügte dann hinzu: „Sie können mir vertrauen, Rena."

Sie sah mich einen Moment lang ernst an. Dann lächelte sie. „Ich weiß, daß ich das kann, Tom. Ich weiß Ihr Angebot wohl zu schätzen und ich nehme es an."

Für eine Hotelcouch bin ich im allgemeinen zu lang, besonders dann, wenn sie in einem Raum einer als Hotel getarnten Hundehütte an der Mittelmeerküste steht. Ich starrte in die helle italienische Nacht hinaus, der Mond schien auf die Wolken draußen, und im Raum war soviel Licht, daß ich das Bett und die schmächtige, stille Gestalt darin mühelos erkennen konnte. Rena war kein unruhiger Schläfer, dachte ich, und sie schnarchte auch nicht.

Ja, sie war wirklich ein ausgesprochen selbstsicheres Mädchen. Als ich den Kellner, der das Geschirr wegräumen wollte, nicht einlassen mochte, hatte sie mich unschuldig gefragt: „Glauben Sie, daß noch nie ein Funktionär der Gesellschaft ein Mädchen auf seinem Zimmer gehabt hat?" und die Tür geöffnet. Sie lieh sich einen der Pyjamas, die Defoes vorsorgliche Expedienten gekauft und in die Kommode gelegt hatten. Ich hatte allerdings nicht damit gerechnet, daß sie im Bad leise vor sich hin singen würde, während der Etagenkellner abräumte.

Er schien es nicht zu hören. Er hatte seine Schlüsse gezogen, obwohl es da vermutlich nicht viel zu schlußfolgern gab. Auf jeden Fall hatte er auffälligerweise die Flasche Champagner in ihrem Silberkübel mit schmelzendem Eis zurückgelassen.

Im selben Zimmer mit Rena zu sein, gab mir ein gutes Gefühl. Ich drehte mich wieder um, wuchtete meinen Körper hoch, um meinen Beinen die Möglichkeit zu geben, sich etwas mehr auszustrecken. Besorgt sah ich zu Rena hinüber, um mich zu vergewissern, ob ich sie auch nicht gestört hatte.

Es gibt eine Geschichte über einen Verhaltensforscher, der einen Schimpansen in einem leeren Raum zurückließ. Er schloß die Tür vor dem Affen und beugte sich zum Schlüsselloch, um zu sehen, was das Tier tun würde. Aber alles was er sah, war ein Auge – weil der Affe genauso neugierig war wie der Experimentator.

In dem Zwielicht sah ich den Mond kurz in Renas Auge auffunkeln – sie beobachtete mich. Sie gab eine Art unterdrücktes Kichern von sich.

„Sie sollten schlafen“, sagte ich zu ihr.

„Und Sie auch, Tom.“ Gehorsam schloß ich die Augen, aber ich hatte ihr Bild noch immer deutlich vor mir. *Wenn sie doch nur nicht so eine Fanatikerin wäre.*

Und wenn sie schon eine Fanatikerin sein mußte, warum dann gerade eine, die mein natürlicher Feind war, ein Mitglied jener Gruppe verantwortungsloser Unruhestifter, deren Aushebung Defoe mir aufgetragen hatte. Was, so fragte ich mich, meinte er mit ‚Ausheben‘? Schloß das Chlorpromazin in einer langsam zerfallenden Lösung und einen Kunststoffkokon mit ein?

Ich wies diesen Gedanken von mir. Es war völlig unmöglich, daß ihre Ansicht, die Gesellschaft benutze die Suspendierung als Vergeltungsmaßnahme, zutreffen konnte.

Aber der Gedanke an Defoe ließ mich auch an meine Arbeit denken. Letzten Endes, so sagte ich mir, war Rena mehr als ein Mensch, dem ich zufällig begegnet war. Sie war der Schlüssel zu allen Rätseln: Falls es irgendeine Untergrundbewegung gab, so kannte sie deren Strukturen.

Ich dachte einen Moment lang nach und strich das Wort ‚falls‘. Sie hatte zugegeben, daß der Aufruhr an diesem Nachmittag geplant gewesen war. Es *mußte* eine gut organisierte Gruppe geben – und sie hatte den Schlüssel.

Ich war schließlich etwas schläfrig geworden, aber plötzlich war ich wieder hellwach.

Es gab zwei Möglichkeiten. Mutig stellte ich mich der ersten: sie konnte recht haben. Alles in mir revoltierte gegen diesen Gedanken, aber ich akzeptierte ihn als theoretische Möglichkeit. Wenn sie zutraf, würde ich natürlich einige grundlegende Vorstellungen ändern müssen. Andererseits konnte sie unrecht haben. Ich war *sicher*, daß sie nicht zu den ewig Unzufriedenen gehörte und daß sie, falls sie unrecht hatte und falls ich es ihr beweisen konnte, einige ihrer Anschauungen ändern würde . . .

Ich sah über einen Ellbogen zu ihr hinüber. „Rena?" flüsterte ich fragend.

„Ja, Tom?"

„Haben Sie etwas dagegen, wenn wir noch einige Minuten miteinander reden?"

„Natürlich nicht."

Ich setzte mich auf der Couch hoch und griff nach dem Lichtschalter, aber sie sagte: „Brauchen wir das Licht? Der Mond ist sehr hell."

„Nein." Ich setzte mich auf den Rand der Couch und griff nach einer Zigarette. „Rena, ich möchte Ihnen noch einen Handel anbieten."

„Was für einen Handel?"

„Einen Kuhhandel. Sie glauben, daß die Gesellschaft korrupt und Ihr Vater kein medizinischer Fall ist, richtig?"

„Genau."

„Lassen Sie es uns herausfinden. Wir werden es überprüfen. Es gibt Möglichkeiten herauszufinden, ob jemand an radioaktiver Strahlung erkrankt ist oder nicht. Ich werde morgen früh in die Klinik gehen und uns die Antwort holen."

Sie stützte sich auf ihren Ellbogen und starrte zu mir herüber, ihr langes Haar fiel ihr den Rücken herunter. „Wirklich?"

„Sicher. Und wir werden einen Handel darauf abschließen. Falls Sie unrecht haben ... falls Ihr Vater wirklich strahlenverseucht ist ... möchte ich, daß Sie mir alles über den Aufruhr heute nachmittag und die Leute erzählen, die dahinterstehen. Falls ich unrecht habe ..." – ich schluckte – „... falls ich unrecht habe, werde ich ... werde ich Ihren Vater dort für Sie herausholen. Irgendwie, das verspreche ich, Rena."

Lange Zeit blieb es völlig still in unserem Zimmer. Dann sprang sie aus dem Bett, eilte zu mir herüber, legte ihre Hände auf meine Ellbogen und sah mir forschend in die Augen. Wieder sah sie mich an, und wieder sah ich Tränen. „Wollen Sie das wirklich tun, Tom?" fragte sie kaum hörbar.

„Ja, natürlich, sicher", sagte ich linkisch und verlegen.

„Aber Sie müssen es mir versprechen".

„Ich verspreche es."

Auf Armeslänge entfernt, starrte sie mich an. Und dann passierte irgend etwas. Sie starrte nicht mehr und war keine Armeslänge mehr entfernt.

Ihr Kuß schmeckte nach süßen Veilchen; und der Mond machte sie fast übermenschlich schön; und der Etagenkellner war nicht dreist gewesen, als er uns den Sekt dagelassen hatte.

8

Dr. Lawton war am nächsten Morgen „anderweitig beschäftigt“. Das war mir nur recht. Ich war kein so hartgesottener Verschwörer, als das ich eine Chance, einen Fehler zu machen, auch noch gesucht hätte, und obwohl ich eine perfekte Ausrede für meinen Wunsch, wieder in die Gewölbe zu gehen, hatte, verlangte es mich doch nicht, sie zu benutzen. Der Expedientenoffizier vom Dienst fragte nicht einmal nach Gründen. Er stattete mich mit dem aus, was ich wollte – einem Plan der Gewölbe und einem Strahlungsmesser – und ließ mich gehen.

Ich sah auf den Plan und war erstaunt über die Größe dieses unterirdischen Giganten. Lawton hatte mir gesagt, daß wir hier unten etwas über achtzigtausend Schläfer abgelegt hatten, und das hatte mich bereits erstaunt, aber nach der Karte, die ich hier in Händen hielt, gab es Platz für ungefähr zehnmal so viele. Es war kaum glaubhaft, daß soviel Platz tatsächlich benötigt wurde . . . außer, es war etwas an Renas Überzeugung, daß die Gesellschaft die Kliniken als Gefängnisse benutzte . . . Ich widmete mich dem Plan.

Und natürlich las ich ihn falsch. Es war ganz einfach, ich hatte mich nur in der Ebene geirrt, mehr nicht.

Er sah schon falsch aus, als ich aus dem Lift trat. Ein älterer, übertrieben eifriger Zivilist hielt mich auf.

„Sie sind keiner von uns, oder?“ verlangte er zu wissen.

„Das bezweifle ich“.

„Dürfte ich Sie dann hier herüberbitten?“ fragte er höflich und wies auf eine Stelle an der Seite der Halle. Vielleicht ließ ich mich zu leicht beeinflussen, aber ich gehorchte seiner Aufforderung ohne weitere Fragen. Das machte aber weiter nichts, weil eine Art Prozession um eine Ecke bog und den Korridor entlangkam; ein fahrbares Krankenbett und drei ältliche Zivilisten, die geschäftig um es herumschwenzelten; dahinter ein gelangweilter Mediziner, der einen Tropf mit irgendeiner Flüssigkeit hielt, die durch einen Kunststoffschlauch in den Arm des Mannes auf dem Krankenbett sickerte; gefolgt von ungefähr einem Dutzend anderer Leute. Der Mann, der mich angehalten hatte, rannte auf das Bett zu. Er blickte angestrengt in das wächserne Gesicht und flüsterte: „Das ist er! Ja, wirklich, das ist er!“

Ich sah hin, und das Gesicht kam mir eigenartig bekannt vor. Es erinnerte mich an meine Schulzeit, es hatte irgend etwas mit einer Unterrichtseinheit über Massenbewegungen zu tun. Aus der Art, wie die vier alten Männer weitergingen, war ersichtlich, daß es für sie auf jeden Fall mehr bedeutete: vielleicht nicht unbedingt die zweite Wiederkunft Christi, aber auf jeden Fall etwas, das dem sehr nahe kam.

Inzwischen war mir klar geworden, daß dies eines der seltenen Ereignisse in der Klinik war, eine Wiederbelebung. Ich hatte nie eine gesehen. Ich hätte einfach meiner Wege gehen und meinen verschwörerischen Aktivitäten nachkommen können – und es macht meinem Verschwörerdasein keine Ehre, daß ich es nicht tat, aber ich war fasziniert. Zu fasziniert, um mich zu fragen, warum Wiederbelebungen so selten waren . . .

Der Arzt sah auf seine Uhr und rupfte mit einer lässigen, unbekümmerten Geste den Schlauch aus dem Arm des wächsernen Mannes. „Zwei Minuten", sagte er zu einem der Zivilisten. „Dann ist er wieder so gut wie neu. Haben Sie seine Kleidung und seine Entlassungspapiere?"

„Oh, natürlich", antwortete dieser strahlend.

„Schön. Und Sie sind sich im klaren darüber, daß die Gesellschaft über die übliche Deckung durch die Police hinaus keine Verantwortung übernimmt? Er war schließlich einer der ersten Suspendierten. Wir glauben, daß er noch ein Jahr oder so hat – und das ist ein Jahr mehr, als er sonst gehabt hätte."

„Natürlich", stimmte der Zivilist zu. „Können wir jetzt mit ihm sprechen?"

Der Arzt hob die Schultern. „Sobald er die Augen öffnet."

Der Zivilist beugte sich über den Mann, der langsam sein wächsernes Aussehen verlor. Sein Gesicht zeigte jetzt ein geflecktes Grau, seine Lider zuckten; er fing an, schwer und unregelmäßig zu atmen, und murmelte etwas, das ich nicht richtig verstehen konnte. Der Zivilist flüsterte etwas in sein Ohr, und der wiederbelebte Mann öffnete die Augen und sah ihn an.

Es war faszinierend. Es war, als würde man einen

Toten sehen, der wieder lebendig wurde. Und tatsächlich war es genau das. Denn zwanzig Minuten zuvor hätten kein Stethoskop, kein chemischer Test und keine Tiefensondierung der Augenhöhle den leisesten Schimmer von Leben in den fast-toten Zellen entdecken können. Und doch – jetzt atmete, sprach und sah er.

„Ich habe es geschafft", waren seine ersten Worte.

„Ja, wirklich, das haben Sie!" jubilierte der Anführer der Gruppe, während die anderen freudig erregt miteinander flüsterten. „Prinzipal, ich habe die große Freude, Sie wieder unter uns willkommen heißen zu dürfen. Sie befinden sich in Anzio, Italien, und ich bin Thomas Welbourne, ganz zu Ihren Diensten."

Die matten Augen glitzerten. Tot, fast-tot oder einfach nur altersschwach und verbraucht, war dies ein Mann, der sich des Lebens immer noch erfreuen konnte und wollte. Eben erst einige Minuten aus dem Grab sagte er: „Nein! Nicht der junge Tommy Welbourne!"

„Sein Urenkel, Prinzipal", sagte der alte Mann. Genau in diesem Moment hatte ich es: Dieses Gesicht hatte mich während eines ganzes Schuljahrs beobachtet. Von der Titelseite eines Buches schien es mich direkt, fast hypnotisch anzustarren. Es hatte auch ein Name darunter gestanden, aber so sehr ich mich auch anstrengte, ich konnte mich nicht an ihn erinnern, das Gesicht hier war auf jeden Fall dasselbe. Es war ein Gesicht, daß man leicht im Gedächtnis behalten konnte – eingefallen zwar, aber voller Energie; sehr alt und trotzdem voller Leben.

In dem Buch hatte gestanden, er sei ein ehemals berühmter Anwalt, der eines Tages auf Jahre verschwand, um dann plötzlich wieder aufzutauchen und über Sünde und Erlösung und insbesondere die Korruption der Regierungen zu predigen. Es dauerte keine fünf Jahre, und Millionen waren überzeugt, er sei die Fleischwerdung Gottes auf Erden; und die Regierungen begannen seine Macht zu fürchten. Dann wurde er nach einem plötzlichen, unerklärlichen Herzversagen einer der ersten Suspendierungsfälle der Gesellschaft. Jetzt . . .

Mit einer Stimme, aus der jugendliches Vertrauen zu sprechen schien, sagte er: „Ah, Tommy. Ich habe nur gelebt, um es zu sehen! Sag mir, haben wir die Menschen überzeugt? Ist die Verderbtheit der Herrschenden für immer getilgt und vorbei? Seid ihr schon fertig mit dem Aufbau des neuen Garten Eden? Und, ach ja, wart ihr schon auf dem Mars – oder sogar weiter?"

Sein Gegenüber hüstelte und versuchte ihn zu unterbrechen, aber die Gestalt auf der Bahre fuhr unbekümmert fort: „So viele Jahre sind vergangen, welche Wunder wir inzwischen vollbracht haben müssen, welche jahrhundertealten Wunschträume der Menschheit inzwischen wohl Wirklichkeit geworden sind. Ich habe es gesehen, Tommy, damals in meiner Höhle in der Wüste! Ich sah, wie das Böse verging und alle Menschen wie einer wurden, die Herrscher und die Beherrschten, reinen, frohen Herzens und frei von Haß und Begierden. Sag es mir, Tommy Welbourne. Sag mir, daß die Menschheit endlich erlöst ist, daß sie frei ist. Laß einen alten Mann nicht warten!"

„Das wird wahrscheinlich einiger Erklärungen bedürfen, Prinzipal“, entgegnete der Angesprochene höflich, aber widerstrebend. „Sehen Sie, es hat da einige Veränderungen gegeben . . .“

„Das weiß ich, Junge. Danach frage ich dich ja!“

„Nun, nicht genau die Art von Veränderungen, die Sie planten. Als Sie von uns genommen wurden . . . nun, nicht alle unserer *treuen Kämpfer* blieben der Sache wirklich treu. Einige ließen sich durch Versprechungen von Sicherheit und Stabilität und so weiter verlocken. Oh, wir natürlich nicht! Wir folgen immer noch dem einzigen rechten Weg. Aber sehen Sie, die anderen . . .“

Der interessante Teil war jetzt vorbei, und die Blicke der anderen Gruppenmitglieder erinnerten mich daran, daß ich hier nicht hergehörte. Ich stahl mich davon, aber nicht bevor der Mann auf der Bahre mich noch gesehen und einen immer noch schwachen Arm in einer Geste gehoben hatte, die entweder eine Aufforderung oder ein Segen gewesen sein mochte. Ich versuchte mich leicht zu verbeugen und zu lächeln, glaube aber kaum, daß es mir gut gelang.

Ich fand einen Treppenaufgang und begab mich in die nächste Ebene der würfelförmigen Klinik.

Die Bevölkerung der Umgegend nannte die Kliniken „Kühler“ oder „Eiswürfel“.

Ich nehme an, der Grund dafür hatte irgend etwas damit zu tun, daß sie kühl und rechteckig waren; und alles in allem vielleicht auch damit, daß sie wie Eisberge mit ihrem Hauptteil unter der Oberfläche lagen.

Aber wie man sie auch nennen mochte, sie waren gewaltig. Und die Klinik in Anzio war nur eine von Hunderten, die über die ganze Welt verteilt waren.

Es war eine Frage des Blickwinkels. Für mich waren die Kliniken die Verkörperung der Fürsorge und des Schutzes, die die Gesellschaft der Welt angedeihen ließ. Bei jeder nur vorstellbaren Katastrophe – selbst wenn eine Seuche unsere gesamte Gattung auf einmal befallen sollte – konnte die betroffene Bevölkerung rasch, effektiv und reibungslos konserviert werden, bis die Medizin die entsprechenden Heilmethoden erarbeitete.

Für Rena waren sie Gefängnisse, groß genug, um die gesamte Menschheit aufzunehmen.

Es war an der Zeit herauszufinden, wer von uns recht hatte. Ich eilte durch die Gänge, zwischen den in endlosen Reihen übereinanderliegenden Schläfern hindurch. Ich sah das schwache purpurne Schimmern, wo Rena die Flüssigkeit vergossen hatte, und kniete mich neben den Kokon, der ihren Vater enthielt.

Die UV-Sterilisatoren über mir gaben allem einen geisterhaft violetten Schimmer, aber das wächserne Gesicht unter dem Kunststoff hätte in jedem Licht so tot ausgesehen wie der Tod selbst. Ich konnte verstehen, daß Rena geweint hatte.

Es war keine Zeit zu verlieren. Ich nahm den kleinen Strahlungsmesser heraus und überprüfte ihn unbeholfen. Das Gerät war glücklicherweise nicht kompliziert, denn ich hatte nämlich wenig Erfahrung mit diesen Instrumenten. Es war ein Zylinder mit einer trichterförmigen Tülle an einem Ende und einem kalibrierten

Milliröntgenmeter an der Seite. Die kleine Nadel zitterte in dem grünen Feld der Skala, ich richtete das Gerät auf mich, und die Anzeige veränderte sich nicht. Ich hielt es nach oben und nach unten, es veränderte sich nichts.

Ich richtete es auf den radioaktiv verseuchten Körper von Benedetto dell'Angela.

Und die Nadel blieb, wo sie war.

Radioaktiv verseucht? Nein – es sei denn, das Instrument log! Falls Benedetto dell'Angela sich jemals in seinem Leben in dem Gefährdungsradius einer atomaren Explosion befunden hatte, war das so lange her, daß auch die kleinste Spur radioaktiver Nebenwirkungen längst verschwunden war!

Rena hatte recht . . .

Ich arbeitete wie eine Maschine, ohne viel zu überlegen. Eilig, fast achtlos berührte ich mit der ionenempfindlichen Tülle des Meßgeräts den Körper auf dem Regal über Benedetto, den darüber und ein halbes Dutzend anderer in der Abteilung.

Bei zweien schnellte die Nadel deutlich bis ans Ende der Skala, drei waren genausowenig von Radioaktivität beeinträchtigt wie Benedetto. Bei einigen wenigen war die Anzeige im Gefahrenbereich zwischen „schwach" und „lebensgefährlich". Bei den meisten gab es keine Reaktion.

Benedetto war also nicht der einzige! Es war möglich, so versuchte ich mir krampfhaft einzureden, daß es hier noch Geheimnisse gab, die ich nicht verstand. Vielleicht fiel der Strahlungspegel nach einem Monat oder einem Jahr so weit, daß sich das Opfer zwar noch immer in tödlicher Gefahr befand, aber die Strahlung, die sein Körper abgab, zu schwach war, um das Meßgerät zu beeinflussen. Ich konnte es mir eigentlich nicht vorstellen, aber es war eine Überlegung wert. Alles war eine Überlegung wert, das eine andere Erklärung versprach als die, die mein Verstand sich weigerte zu akzeptieren!

Es gab, wie ich mich erinnerte, eine größere Anzahl gerade erst Suspendierter in dem Hauptempfangsgewölbe an der Verbindungsstelle der Korridore. Ich eilte dorthin zurück. Hier waren frische Fälle, die einfach eine Reaktion auf dem Radioaktivitätsmesser hervorrufen mußten.

Ich lehnte mich über den nächsten, überprüfte seinen Identifizierungsanhänger, um sicherzugehen, daß er das große, querliegende rote Kreuz trug, das auf einen Fall von Strahlenverseuchung hinwies. Ich brachte den Zähler dicht an das runzlige Gesicht.

Aber ich las die Anzeige nicht, nicht gleich. Es war nicht nötig. Denn ich erinnerte mich an das Gesicht. Ich hatte es gesehen, angstverzerrt, aufgelöst, um Gnade winselnd, weinend und heulend. Es gehörte dem alten E-Kategorieler, dem Unversicherbaren, den die Expedienten in den Gewölben versteckt gefunden hatten.

Er hatte keine Strahlenvergiftung – falls nicht innerhalb der letzten zwölf Stunden eine Bombe in den Gewölben selbst explodiert war. Er war – ganz einfach und ganz klar – ein Gefangener. Es gab keine Fragen mehr für mich.

Es war nicht angenehm, dort zu stehen, sich in den

Gewölben umzuschauen, die nur zu dem Zweck erbaut worden waren, menschliches Leben zu retten – und sich zu fragen, wie viele der achtzigtausend Seelen, die sie bargen, Opfer eines Betruges waren.

Und den Gedanken zu denken, der folgte, war sogar unerträglich: Wenn die Gesellschaft korrupt war und ich ihren Zielen gedient hatte – welchen Teil der Schuld trug ich dann?

Die Gesellschaft, so hatte ich gesagt, gedacht und versucht, andere zu überzeugen, war die Hoffnung der Menschheit – die Kraft, die den Krieg für alle Zeiten (fast) beseitigte, Krankheit und Leiden (nahezu) vertrieb, die Drohung des Hungers und der Heimatlosigkeit für alle menschlichen Wesen auf ewig auslöschte. (Den hungernden alten Mann, der im Schatten der Krypta schlief, und seinesgleichen nicht gerechnet.)

Aber ich mußte den Tatsachen, die der großen Lüge entgegenstanden, ins Auge sehen. Wenn es keine Kriege mehr gab, was war dann mit Neapel und Sizilien, mit Prag und Wien und den vielen Auseinandersetzungen Südostasiens?

Wenn Krankheit keine Gefahr mehr darstellte, warum war Marianna dann gestorben?

Rena hatte gesagt, wenn es keine Kriegsgefahr mehr gäbe, würde auch niemand seine Prämien zahlen. Das war ganz offensichtlich nicht im Sinne der Gesellschaft, aber warum hatte ich das vorher nie gesehen? Musterbeispiele für Kriege, Musterbeispiele für Krankheit und Tod . . . die Gesellschaft brauchte sie. Und niemand, ich zu allerletzt, machte sich Sorgen darüber, was die „Muster“ fühlen mochten.

Nun, das lag jetzt hinter mir. Ich hatte mit Rena gewettet und verloren, jetzt mußte ich zahlen.

Ich öffnete das verpackte Injektionsbesteck, das Rena mir gegeben hatte, und untersuchte es unbehaglich. Ich hatte diese altertümliche Art von Nadelinjektion nie benutzt; ich kannte mich zwar ein wenig mit den Hochdruckspritzen aus, die ihren Inhalt mit Gewalt unter die Haut schießen, ohne eine Spur zu hinterlassen, aber ich war mir ganz und gar nicht sicher, daß ich diese handhaben konnte, ohne irgend etwas falsch zu machen.

Ich eilte den Gang zu Benedetto dell'Angela zurück. Ich näherte mich wieder der rot beschrifteten Tür der Abteilung einhundert, blickte im Vorbeigehen darauf – und verhielt den Schritt. Dies war die Tür, die nur eine Handvoll Leute öffnen konnte. Sie trug einen fünfsprachigen Text, der besagte: „Eintritt strengstens verboten. Experimentalstation". Warum stand sie offen?

Und ich hörte ein schwaches, flüsterndes Stöhnen. *„Auiutemi, auiutemi."*

Jemand dort drinnen rief um Hilfe!

Wenn ich ein hartgesottener Verschwörer gewesen wäre, hätte ich niemals angehalten, um nachzusehen. Aber ich war natürlich keiner. Gegen einen leichten Widerstand stieß ich die Tür auf und spähte hinein.

Und das war der dritte schwere Schock, den ich in der letzten Viertelstunde erlitt, denn vor meinen Füßen lag, sich kraftlos windend und krümmend, Luigi Zorchi und stierte in einer Mischung aus Schmerz und Wut zu mir hoch.

Er stützte sich auf seinen Händen ab, sein Plastikkokon hing ihm in Fetzen von den Schultern, und er starrte mich mit trüben Augen an. „Aha“, sagte er matt. „Wieder der Meuchelmörderlehrling.“

In der Nähe der Rampe fand ich einen Wasserspender und brachte ihm etwas. Er trank mindestens einen Liter, bevor ich ihn stoppte. Dann legte er sich zurück, keuchte und starrte mich wieder an. Bis auf die Kunststoffetzen und die Bandagen um seine Stümpfe war er nackt wie alle anderen Suspendierten in ihren Säcken. Das üppige Haar fing schon wieder an wie wild zu wachsen.

Er leckte sich die Lippen. Schon kraftvoller sagte er jetzt: „Der Plan hat versagt, was? Ihr glaubt, Ihr habt Zorchi aus dem Weg, aber er läßt sich nicht festhalten.“

„Zorchi“, sagte ich, „das alles hier tut mir leid. Ich bin . . . heute bin ich schlauer als gestern.“

Er riß staunend den Mund auf. „Gestern? Erst *gestern.*“ Er schüttelte den Kopf. „Ich hätte mit mindestens einem Monat gerechnet. Ich bin hierhergekrochen, Meuchelmörder. Tagelang – so schien es mir“. Er versuchte mit den Schultern zu zucken, was ihm nicht leicht fiel, da er auf den Ellbogen lag. „Also gut, Wiehls. Sie können mich zurückbringen und die Sache endgültig zu Ende führen. Da es nicht funktioniert, mich mit einer Nadel zu pieken und aufs Eis zu legen, ist es vielleicht das beste, Sie bringen mich gleich ganz und gar um.“

„Hören Sie, Zorchi“, antwortete ich scharf, „ich *habe* Ihnen *gesagt*, daß es mir leid tut. Lassen wir es im

Augenblick dabei bewenden. Ich . . . ich gebe zu, daß Sie nicht hier sein sollten. Viel wichtiger ist: Wie kommt es, daß Sie wach sind?“

„Wieso nicht? Ich bin Zorchi, Wiehls. Verletzen Sie mich, und alles verheilt, vergiften Sie mich, und ich kuriere mich selbst.“ Wütend spuckte er aus. „Wenn Sie mich jedoch verhungern lassen, werde ich zweifellos sterben, und es ist nur zu wahr, daß Sie dicht davor waren, mich hier unten vor Hunger sterben zu lassen.“ Finster blickte er die Regale mit den Kokons in der verschlossenen Abteilung an. „Eine Schande bei dem vielen Fleisch, das dort auf den Bänken auf mich gewartet hat. Aber ich bin eben kein Monster, Wiehls. Ich kann die lebenden Körper dieser Leute nicht verschlingen. Das ist eine Schwäche, und ich glaube kaum, daß Sie einen Mann der Gesellschaft auch nur für einen Moment zurückhalten würde.“

„Passen Sie auf, Zorchi“, bat ich. „Ich gebe Ihnen mein Wort. Ich will Ihnen helfen. Sie können mir genausogut glauben, wissen Sie, denn schlechter als jetzt können Sie’s sowieso nicht treffen.“

Düster starrte er mich einen Moment lang an. „Nur zu wahr“, stimmte er mir zu. „Und was nun, Wiehls?“

Das war eine gute Frage. Zögernd sagte ich: „Also, ich möchte Sie gerne hier herausbringen . . .“

„O ja, das möchte ich auch gern. Wie wollen wir es machen?“ Nachdenklich rieb ich mir den Nacken und musterte ihn. Ich hatte eine Art halbfertigen, teilweise ausgearbeiteten Plan, um Benedetto herauszubringen. Ich wollte ihn mit der Injektion aufwecken, die Dienstkleidung eines Arztes besorgen, ihn da hineinstecken und dann hinausbegleiten. Es war nicht der beste aller Pläne, aber ich hatte Autorität genug, um mir einige Freiheiten leisten zu können oder unangenehme Fragen zu unterbinden, falls es nötig sein sollte. Und nebenbei hatte ich auch gar nicht ernsthaft daran gedacht, den Plan durchführen zu müssen. Ich hatte voll damit gerechnet – und das war nicht länger als eine halbe Stunde her! –, daß ich Benedetto strahlenverseucht vorfinden würde, ein sicheres Opfer des Todes, falls er wiederbelebt wurde, bevor die Halbwertzeit die radioaktiven Elemente in seinem Körper ungefährlich gemacht hatte.

Das würde bei Benedetto vielleicht immer noch funktionieren. Aber Zorchi konnte nicht laufen, um nur eines der möglichen Hindernisse zu erwähnen. Und Benedetto wäre, wenn ich ihm erst einmal seinen Bart mit dem mir von Rena dafür aufgezwungenen Rasierapparat entfernt hatte, kaum von irgend jemandem erkannt worden. Zorchi andererseits war so gut wie unverwechselbar.

„Ich weiß es nicht“, sagte ich offen.

Er nickte. „Ich auch nicht, Wiehls. Bringen Sie mich also zu Ihrem Defoe.“ Eine eigentümliche Mischung aus Angst und wilder Wut zerfurchte sein Gesicht. „Sterben kann ich, wenn es denn sein muß, aber ich möchte nicht verhungern. Es ist gut, wenn man sich ein Bein nachwachsen lassen kann, aber begreifen Sie auch, daß das Bein irgendwo herkommen muß? Ich kann es nicht aus Luft machen, Wiehls. Ich muß essen. Wenn ich Herr meiner selbst bin, in meinem Haus in Neapel, esse ich fünf-, sechs-, achtmal am Tag, mein

Körper braucht das so. Wenn Defoe mich also töten will, soll er es tun, aber ich muß von hier weg, *jetzt.*"

Ich schüttelte den Kopf. „Bitte, verstehen Sie mich, Zorchi ... ich kann nicht einmal das für Sie tun. Ich kann es mir nicht erlauben, daß mich irgend jemand fragt, was ich auf dieser Ebene getan habe." Ich zögerte nur kurz, dann, als mir klar wurde, daß ich bereits so tief drinsteckte, daß Geheimhaltung nicht mehr wichtig war, berichtete ich ihm über Benedetto dell'Angela, den fehlgeschlagenen Aufruhr und mein Versprechen.

Er reagierte ungläubig. „Sie wußten es nicht, Wiehls? Die Arme und Beine der Gesellschaft wissen nicht, was das Gehirn denkt? Wahrhaftig, die Gesellschaft ist eine wunderbare Einrichtung! Selbst die Bauern wissen soviel: Die Gesellschaft tut immer das, was sie für richtig und nötig hält."

„Ich gebe zu, daß ich dumm bin", erwiderte ich. „Aber was jetzt?"

„Das hängt von Ihnen ab, Wiehls. Wenn Sie versuchen, uns beide herauszubringen, gefährden Sie sich selbst. Die Entscheidung liegt bei Ihnen."

Und so konnte ich natürlich nur auf eine Weise entscheiden. Ich versteckte die Injektionsnadel hinter einem der Körper in Abteilung einhundert; ich konnte sie nicht mehr gebrauchen. Dann brachte ich Zorchi dazu, sich ruhig in eine der Reihen in der Nähe von Benedetto zu legen. Ich knallte die Tür zu Abteilung einhundert zu und hörte, wie die Schlösser einrasteten. Damit war der Rubikon überschritten. Man konnte die Tür problemlos von der einen Seite aus öffnen – um irgendwelches Personal zu schützen, daß sich vielleicht innen einschloß. Aber nur Defoe und ein paar andere konnten sie von außen öffnen. Die Spritze war jetzt genauso unerreichbar für mich wie der Mond.

Ich öffnete Benedetto dell'Angelas Gesichtsabdeckung, rasierte ihn und dichtete sie wieder ab. Ich fand einen anderen Suspendierten, der ungefähr den gleichen Körperbau hatte wie er, vergewisserte mich, daß er nicht radioaktiv war und tauschte die beiden Körper aus. Dann wechselte ich die Anhänger – Benedetto dell'Angela war jetzt Elio Barletteria. Dann ging ich unsicher zur Rampe, hob den Hörer des Haustelefons ab und befahl den medizinischen Chef vom Dienst zu mir hinunter.

Es war nicht Dr. Lawton, aber glücklicherweise einer seiner Helfer, der mich schon vorher gesehen hatte. Ich zeigte auf den Pseudo-Barletteria und befahl: „Ich möchte, daß dieser Mann wiederbelebt wird."

Er fing an zu stottern. „Sie . . . Sie können einen Suspendierten nicht einfach aus seiner Trance reißen, Mr. Wills. Das verletzt alle Regeln der medizinischen Ethik! Diese Menschen sind *krank*. Sie . . ."

„Sie werden noch kränker, wenn wir nicht schnellstens einige Informationen von dem hier bekommen", sagte ich grimmig. „Wollen Sie jetzt Mr. Defoes Anordnungen befolgen oder nicht?"

Er stotterte noch irgend etwas, gab dann aber nach. Seine Helfer brachten Benedetto zur Empfangsstation am Fuß der Gewölbe, einer von Ihnen blieb zur Hilfestellung da, während der Arzt sich ärgerlich seiner Routinearbeit entledigte. Ich setzte mich, rauchte und beobachtete die Prozedur. Es war ziemlich einfach. Eine Injektion, ein kurzes, routiniertes Warmreiben der Hände und Füße durch den gelangweilten Helfer, während der Doktor finsteren Blicks zusah und ich mich mit steinernem Gesicht weigerte, seine Fragen zu beantworten, der Rest war Warten. Und dann rührte sich das „Kriegsopfer“ und fing an zu stöhnen. Die gesamte Hilfseinrichtung war vorhanden, das Sauerstoffzelt, die künstliche Lunge, der Herzschrittmacher und so weiter. Aber es wurde alles nicht gebraucht.

„Sehr schön, Doktor“, sagte ich. „Schicken Sie jetzt Ihren Helfer nach einem Krankenwagen, der am Haupteingang auf uns warten soll, und stellen Sie einen Abgangs- und Passierschein für diesen Fall aus.“

„Nein!“ Der Arzt schrie jetzt. „Das ist gegen alle Regeln, Mr. Wills. Ich bestehe darauf, Dr. Lawton zu rufen . . .“

„Auf jeden Fall“, stimmte ich zu. „Aber wir haben nicht viel Zeit. Stellen Sie den Passierschein aus und rufen Sie den Krankenwagen, und wir werden die Sache mit Dr. Lawton auf unserem Weg nach draußen klären.“ Er stand kurz davor, wieder nein zu sagen. Ich fügte hinzu: „Dies ist ein direkter Auftrag von Mr. Defoe. Stellen Sie seine Anordnungen in Frage?“

Das tat er nicht – solange nicht, bis ich die Angelegenheit mit Dr. Lawton klärte. Er tat, was ich von ihm verlangt hatte. Einer der Vorteile der Heuchelei der Gesellschaft war, so überlegte ich, daß sie es schwierig machte, das Personal einer strikten Überwachung zu unterwerfen. Wenn die Gesellschaft ihren Angestellten nicht sagte, daß sie für etwas arbeiteten, das geheim bleiben mußte, konnte sie nicht von ihnen erwarten, daß sie ständig auf der Hut waren.

Als der Sanitäter gegangen war und der Arzt wütend den Entlassungsschein ausgestellt hatte, sagte ich freundlich: „Vielen Dank, Doktor. Möchten Sie jetzt wissen, was der ganze Trubel zu bedeuten hat?“

„Das möchte ich allerdings“, schnappte er. „Wenn Sie glauben . . .“

„Es tut mir leid“, entschuldigte ich mich. „Kommen Sie doch bitte hier herüber und werfen Sie einen Blick auf den Mann.“

Ich jonglierte mit dem Strahlungsmesser, während er herüberstolzierte. „Sehen Sie sich seine Augen an“, lud ich ihn ein.

„Wollen Sie mir vielleicht sagen, daß dies ein gefährlicher radioaktiver Fall ist?“ schnappte er. „Ich warne Sie, Mr. Wills . . .“

„Nein, nein“, antwortete ich. „Sehen Sie selbst, achten Sie auf das rechte Auge – dort, genau neben der Nase.“

Suchend beugte er sich über den erwachenden Körper.

Ich schlug ihm den Strahlungsmesser auf den Hinterkopf. Sie haben diesen Zähler danach bestimmt aus dem Verkehr gezogen, denn er wird kaum noch genau gearbeitet haben.

Und so schafften wir es. Der Helfer fand mich, um Hilfe rufend, über den Körper des Doktors gebeugt, er beugte sich ebenfalls vor und bekam dieselbe Behandlung. Benedetto war inzwischen wach. Er hörte mir zu und stellte keine Fragen. Das ist der Segen, wenn man mit Verschwörern zusammenarbeitet! Es ist nicht nötig, ihnen irgend etwas mehr als einmal zu erklären . . .

Und so schob ein korrekt uniformierter Sanitäter, der zufälligerweise Benedetto dell'Angela war, ein Krankenbett mit dem scheinbar bewußtlosen Körper von Luigi Zorchi zum wartenden Wagen, während ich dem Expedienten an der Tür einen ordentlich ausgefüllten Passierschein vorwies. Ich fühlte, wie mein Herz hämmerte, als wir an dem Expedienten vorbeigingen. Ich hatte meinen Mantel über die Stelle geworfen, wo eigentlich „Barletterias" Beine sein sollten, und Benedettos alter Plastikkokon, in den wir Zorchi gezwängt hatten, bedeckte ihn zum größten Teil. Aber trotzdem . . .

Ich hätte mir keine Sorgen zu machen brauchen. Der Expedient war nicht mißtrauisch, er war nicht einmal interessiert.

Benedetto und ich hoben Zorchi in den Krankenwagen. Benedetto kletterte hinter ihm hinein und schloß die Türen, und ich ging nach vorn. „Sie sind überflüssig", sagte ich zu dem Fahrer. „Ich werde fahren." Und weg waren wir.

Sobald wir außer Sicht der Klinik waren, suchte ich ein Telefon, rief Rena im Hotel an und sagte ihr, daß sie vor dem Eingang auf mich warten solle. Fünf Minuten später saß sie neben mir, und wir fuhren auf der Straße nach Norden.

„Du hast gewonnen", sagte ich zu ihr. „Dein Vater ist hinten . . . zusammen mit jemand anderem. Was jetzt? Versuchen wir uns einfach in den Bergen zu verstecken?"

„Nein, Tom“, sagte sie atemlos. „Ich . . . ich habe einige Vorbereitungen getroffen.“ Sie kicherte. „Ich bin den Platz immer und immer wieder auf und ab gegangen, bis jemand auf mich stieß. Du machst dir keine Vorstellung, wieviel Herrenbekanntschaften ich vorher geschlossen habe. Aber dann kam einer meiner . . . Freunde, um zu sehen, ob es mir gutging, und ich habe es arrangiert. Wir fahren die Autobahn drei Kilometer in Richtung Rom, dort wartet ein Lastwagen auf uns.“

„Fein“, sagte ich und trat aufs Gaspedal. „Willst du jetzt nach hinten klettern und deinem Vater sagen . . .“ Ich unterbrach mich mitten im Satz. Rena sah mich mit weit geöffneten Augen an. „Tom?“ fragte sie besorgt. „Stimmt irgend etwas nicht?“

Ich schluckte und starrte der entschwindenden Limousine im Rückspiegel nach. „Ich . . . hoffe doch“, sagte ich. „Aber deine Freunde sollten unbedingt am verabredeten Ort sein, wir haben nämlich nicht mehr viel Zeit. Ich habe eben Defoe im Fond dieser Limousine gesehen.“

9

Rena streckte ihren Hals durch die Tür und spähte in das Mittelschiff der Kirche. „Er küßt jetzt die Bibel", berichtete sie. „Es wird noch ungefähr zwanzig Minuten dauern."

Ihr Vater sagte sanft: „Ich habe es nicht eilig. Es tut gut, sich hier auszuruhen. Obwohl ich wahrhaftig gedacht hätte, daß Ihre Gesellschaft mir schon genügend Ruhe verabreicht hat, Mr. Wills."

Ich glaube, wir waren alle dankbar für den Aufenthalt. Die Fahrt von Anzio nach hier war aufreibend gewesen. Obwohl Renas „Freunde" bedachtsame Leute waren, hatten sie nicht vorausahnen können, daß wir einen beinlosen Mann mitbrachten. Sie hatten Pässe für Rena und mich und für Benedetto, für Zorchi hatten sie keinen. Er mußte sich unter einer schmutzigen Zeltplane im Kofferraum eines uralten Holzgasautos verstecken, während Rena die Zöllner an der schweizerischen Grenze becircte. Es war nicht ungefährlich, aber die Zöllner waren einfach zu umgarnen, und dann waren wir durch.

Zorchi wußte es nicht besonders zu schätzen. Er brach in einen Strom wilder Flüche aus, als wir im Schatten eines Olivenhains hielten und ihn wieder in einen der Sitze schleppten, und hörte nicht wieder auf zu fluchen, bis wir die Straße nach Appia erreichten. Wenn der alte Motor einen Hügel hinaufkeuchte, fluchte er über dessen Schneckentempo, und wenn wir das Gefälle der Serpentinen hinuntersausten, fluchte er darüber, daß er herumgestoßen wurde. Ich bereute nicht, daß ich ihn aus der Klinik gerettet hatte – das war nicht mehr als gerecht –, denn ich hatte schließlich dazu beigetragen, ihn zu übertölpeln. Aber ich wünschte mir doch, einer unterhaltsamen Persönlichkeit verpflichtet zu sein.

Benedetto andererseits schüttelte mir die Hand und sagte: „Bei Gott, ich danke Ihnen“, und ich fühlte mich . . . entschädigt. Aber er saß auf dem Rücksitz und wurde von seiner Tochter auf den neuesten Stand der Ereignisse gebracht, wohingegen ich die Ehre von Zorchis Begleitung hatte . . .

Aus der Kirche erklang ein langer lateinischer Gesang, die Antwort des Meßjungen und das abschließende *Ite, missa est*. Wir hörten, wie die Gläubigen die Kirche verließen.

Der Priester kam mit flatternder Robe durch den Raum, in dem wir warteten. Er sah sich nicht um und gab auch durch kein Zeichen zu erkennen, daß er unsere Anwesenheit bemerkt hatte, obwohl er fast auf Zorchi trat, der gegen die Wand gelehnt dasaß. Einen Augenblick später trat ein anderer Mann in irgendeiner klerikalen Robe ein und nickte uns zu. „Wir gehen jetzt nach unten“, ordnete er an.

Benedetto und ich nahmen Zorchi in die Mitte, er legte uns seine Arme um den Nacken, und wir hoben ihn hoch. Wir folgten dem Küster – oder was immer er sein mochte – zurück in die Kirche, bis vor den Altar – Benedetto fiel zusammen mit den anderen automatisch auf die Knie, wodurch ich Zorchi dadurch fast auf den Boden fallen ließ – und zu einer hinter einem Vorhang verborgenen Tür. Er schob den Vorhang beiseite, und ein kühler, moderiger Luftzug schlug uns aus der Dunkelheit entgegen.

Der Küster zündete mit seinem Feuerzeug eine dünne Wachskerze an und führte uns gewundene und wacklige Stiegen hinunter. Es war niemand in der Kirche zurückgeblieben, der uns bemerken konnte. Und falls jemand hereinkommen sollte, so waren wir ganz einfach Touristen, die genau dasselbe taten, was schon unzählige Millionen in den Jahrhunderten vor ihnen getan hatten.

Wir besuchten die Katakomben.

Um uns herum befanden sich die Gebeine von Christen eines ganz anderen Roms. Rena hatte mir von den Katakomben erzählt, wie sie sich unter der modernen Stadt entlangzogen; die einzigen Eingänge, die es gab, waren die Kirchen, die man über ihnen errichtet hatte. Zweitausend Jahre lang waren sie fast unberührt geblieben. Ich fühlte mich tatsächlich ein bißchen wie ein Tourist, als wir hinunterstiegen, so neugierig hatte Rena mich auf sie gemacht.

Aber ich war enttäuscht. Ich half, den vor sich hin schimpfenden Zorchi durch die engen, muffigen Gänge zu schleppen. Im flackernden Licht der Kerze streiften die Knochen der Märtyrer unsere Ellbogen, und ich hatte das seltsame Gefühl, schon einmal hier gewesen zu sein. Was gewissermaßen auch zutrag: Ich war in den Gewölben der Klinik bei Anzio gewesen, die diesen Katakomben in vielerlei Hinsicht glichen . . .

Bis hin zu den Gebeinen der Märtyrer.

Ich war beinahe überrascht, daß es hier keine Plastiksäcke gab.

Mehrere Minuten lang suchten wir unseren Weg durch das Gewirr der Gänge, wandten uns einmal hierhin und einmal dorthin. Ich hatte schon nach einer Minute vollständig die Orientierung verloren. Dann hielt der Küster vor einem flachen Stein an, auf dem, fast nicht mehr erkennbar, ein grob skizzierter Fisch abgebildet war. Er lehnte sich dagegen, und der Stein entpuppte sich als Tür. Wir folgten ihm hindurch in einen Tunnel mit hoher Decke und Metallwänden, der absolute Gegensatz zu den gewundenen Katakomben. Ich konnte langsam irgendwelche Geräusche vernehmen. Wir gingen durch eine weitere Tür, und helles Licht fiel in unsere Augen.

Ich blinzelte und erkannte einen langen Raum, fünf bis sechs Meter breit, fast ebenso hoch und mindestens fünfzig Meter tief. Es schien sich um den Abschnitt eines gewaltigen Tunnels zu handeln, es schien so, und es war so. Benedetto und ich setzten den fluchenden Zorchi auf den Boden und blickten uns aufmerksam um. Es waren Leute im Tunnel, Dutzende, und es gab Tische und Stühle und Aktenschränke. Es sah aus wie irgendeine beliebige Zweigstelle der Gesellschaft; Vervielfältiger surrten, und Schreibmaschinen klapperten.

Der Küster löschte die Kerze und legte sie auf den Boden, als Leute auf uns zukamen.

„Jetzt seid ihr also in unscrem Hauptquartier in Rom“, sagte der Mann, der wie ein Küster angezogen war. „Es ist schön, dich wiederzusehen, Benedetto.“

„Und es ist noch viel schöner, dich zu sehen, Slovetski“, antowrtete der alte Mann mit warmer Stimme.

Dieser Mann, Slovetski – ich weiß nicht genau, wie ich ihn beschreiben soll.

Er war, wie ich herausfand, der Führer der „Freunde“, der Herrscher dieses unterirdischen Hauptquartiers. Aber er war weit von dem Bild entfernt, das ich mir von einem bärtigen Agitator gemacht hatte. In seinen Augen lag manchmal etwas Helles und Furchteinflößendes, aber seine Stimme war warm und tief, sein Verhalten vertrauenerweckend und sein Gesicht freundlich. Und dennoch . . . da war dieses katzenhafte Funkeln in seinen Augen.

Slovetski opferte mir an jenem ersten Tag unserer Bekanntschaft eine Stunde seiner Zeit. Er beantwortete einige meiner Fragen, aber nicht alle. Wenn es um Zahlen und Leute ging, lächelte er nur und schüttelte den Kopf. Handelte es sich aber um Sachverhalte und Fragen grundsätzlicher Natur, antwortete er anstandslos.

Er war zum Beispiel gewillt, mir zu sagen, was er von der Gesellschaft hielt – endlos lang. Aber er wollte mir nicht sagen, wieviel Anhänger er in der Welt hatte. Er war nicht bereit, mir auch nur einen Namen der Menschen, die um uns herum arbeiteten, zu nennen. Aber er informierte mich mit Freuden über den Ort selbst.

„Geschichte, Mr. Wills“, sagte er höflich. „In der

Geschichte findet der Mensch alles, was er wissen muß. Werfen Sie einen Blick in die Bücher, und Sie werden von Mussolini erfahren. Er lebte in Rom, als diese Halbinsel noch ein einziger Staat war, und er begann mit dem Bau einer Untergrundbahn. In den Archiven gibt es sogar noch Karten darüber. Sie ist jetzt fast vollständig aufgegeben und verlassen. Einige Abschnitte wurden niemals fertig, aber die Schächte sind da, und wir speisen unser Lichtnetz immer noch aus ihrer Hauptleitung."

„Und man kommt nur durch die Katakomben hinein?"

Der Funke in seinen Augen leuchtete eine Sekunde lang hell auf, dann zuckte er mit den Schultern. „Warum sollte ich es Ihnen nicht sagen? Nein. Es gibt noch einige andere Eingänge, aber sie sind unbequem und ungünstig gelegen." Er kicherte. „Einer zum Beispiel ist in einem Teil der U-Bahn, der noch in Funktion ist. Aber er wäre Ihnen nicht dienlich gewesen, müssen Sie wissen, Rena hätte ihn nämlich nicht benutzen können. Es ist die Herrentoilette."

Wir kicherten, Slovetski und ich. Ich mochte ihn. Er sah so aus wie das, was er einmal gewesen war: ein Geschichtslehrer in einer der Schulen der Gesellschaft irgendwo in Europa. Wir sprachen über die Geschichte und die Zivilisation und die Menschheit im allgemeinen und all die anderen großen Fragen und schwerwiegenden Probleme. Er war sehr schulmeisterhaft und bestimmt in dem, was er sagte, eben wie ein Geschichtslehrer. Aber er zeigte Verständnis. Er trug meinen Hintergrund, meiner Herkunft Rechnung, und sagte mir nicht, daß ich ein Narr sei. Er war ein geduldiger Mönch, der einen Novizen in die Mysterien des Ordens einweihte – und ich fühlte mich wohl bei ihm.

Aber da war immer noch dieses Funkeln in seinen Augen.

Rena verschwand fast sofort, nachdem wir sicher in den Tunnels waren. Benedetto war in der Nähe, aber genauso beschäftigt wie Slovetski und genauso geheimnisvoll, was die Art seiner Beschäftigung betraf. Also blieb mir nur Zorchi als Gesellschaft, und das war alles andere als ein Vergnügen.

Wir aßen zu Mittag. „Essen!" sagte Zorchi, und das Wort war ein Fluch. „Das bieten Sie mir als Essen an! Das ist für Schweine, Wiehls. Nicht für Zorchi!" Er schob den Teller zur Seite und starrte mürrisch auf den Tisch.

Wir teilten uns ein Zimmer, und einer von Slovetskis Männer hatte eine Apparatur mit einem Flaschenzug an der Decke befestigt, so daß Zorchi ohne Hilfe in sein Bett klettern konnte. Er war an die Hilfe eines Dieners gewöhnt, und als er die Maschinerie zum ersten Mal ausprobierte, rutschte er aus und fiel auf seine Beinstümpfe. Es mußte sehr weh getan haben. „Mörder", kreischte er. „Alles Mörder! Erst sperren sie mich zusammen mit dem Mörderlehrling in dieses armselige Loch, und dann bauen die anderen Meuchelmörder eine Guillotine, mit der ich mich selbst umbringen soll!"

Wir unterhielten uns mit Slovetski über die Ideale und Prinzipien seiner Bewegung. Zorchi starrte widerspenstig auf die Wand. Ich fand die ganze Sache ausgesprochen interessant . . . erschütternd, aber interessant. Aber Zorchi war immun gegen Erschütterungen – „Ist das vielleicht etwas Neues für Sie, Wiehls, daß die Gesellschaft eine unersättliche Bestie ist?“ –, und er interessierte sich für nichts anderes auf der Welt als für Zorchi.

Am Ende des zweiten Tages stellte ich jedes Gespräch mit ihm ein. Es war nicht höflich. Er mochte mich nicht, aber er haßte auch alle anderen im Tunnel, und so hatte er niemanden mehr, mit dem er reden konnte. Aber entweder das oder ihm mitten ins Gesicht schlagen, und obwohl sich viele meiner Anschauungen über Nacht geändert hatten, glaubte ich immer noch, daß ich einen Mann ohne Beine nicht schlagen durfte.

Und nebenbei, je weniger ich von Zorchi sah, desto mehr Zeit hatte ich, über Rena nachzudenken.

Sie kam am dritten Tag zu mir zurück, ohne mir ein Wort der Erklärung darüber zu gönnen, wo sie gewesen war oder was sie gemacht hatte. Sie begrüßte mich und verschwand wieder, diesmal nur einige Stunden. Sie kam zurück und sagte: „Ich bin jetzt erst einmal mit allem durch. Wie hat dir unser kleiner Unterschlupf bis jetzt gefallen?“

„Ich vereinsame hier langsam.“

„Vereinsamen?“ Ihre braunen Augen waren weit geöffnet und blickten vollkommen ernst. „Ich hab gedacht, es wäre genau andersherum, Tom. Bei so vielen von uns auf so engem Raum, wie kannst du da einsam sein?“

Ich nahm ihre Hand. „Jetzt bin ich nicht mehr einsam“, sagte ich ihr. In einer Ecke der Gemeinschaftskantine fanden wir einen Platz zum Sitzen. Um uns herum summte und schwirrte das Leben der Untergrundbewegung. Wie ich bereits erwähnte, ähnelte alles hier sehr einem Zweigbüro der Gesellschaft; die Arbeit in dieser geheimen Sektion schien hauptsächlich in der Sammlung und Registrierung von Berichten über Aktivitäten auf der Oberfläche zu bestehen. Rena und mir schenkte aber niemand viel Aufmerksamkeit.

Worüber sprachen wir? Über dasselbe wie alle Verliebten: über uns selbst, über alles und nichts. Das einzige, worüber wir *nicht* sprachen, waren meine Grundanschauungen in bezug auf die Gesellschaft. Ich war noch zu verwirrt und unsicher, um darüber sprechen zu können, und Rena war zu feinfühlig, um das Gespräch darauf zu bringen. Denn ich hatte der Gesellschaft einen Treueeid geschworen, und ich hatte ihn nicht gehalten.

Selbst damals war es mir immer noch unmöglich, mir eine Welt vorzustellen, in der die Gesellschaft nicht existierte. Was die Gesellschaft von sich behauptete, traf zu: Bevor es die Gesellschaft gab, hatten die Menschen wie Tiere gelebt. Die Gefahr von Krieg und Krankheit hatte beständig über ihnen geschwebt. Kein Plan konnte gemacht, keine Hoffnung gehegt werden, ohne daß ein blinder Zufall sie nicht zunichte machen konnte.

Und doch, waren die Menschen heute besser dran? Ich konnte die Wahrheiten, die man mir enthüllt hatte, nicht bezweifeln. Die Gesellschaft ließ Kriege zu – ich hatte es gesehen. Die Gesellschaft ließ Krankheit und

Leiden zu – meine eigene Frau war gestorben, um ein Punkt in den Kurvenblättern der Gesellschaft zu werden.

Irgendwo gab es eine Antwort, aber ich konnte sie nicht finden. Ich war sicher, sie lag nicht in Slovetskis brennendem Haß auf alles, was die Gesellschaft repräsentierte. Aber sie lag genausowenig in dem kritiklosen Glauben, den ich einmal gepflegt hatte.

Aber es stellte sich heraus, daß meine Betrachtungen kaum noch von Bedeutung waren, die Würfel waren gefallen. Benedetto tauchte am Eingang der Kantine auf und blickte sich suchend um. Er sah uns und kam mit ernstem Gesicht herüber. „Es tut mir leid, Mr. Wills", sagte er. „Ich habe eben Radio Neapel gehört. Es kam gerade durch: eine Beschreibung von Ihnen und die Anordnung, Sie festzusetzen. Man beschuldigt Sie . . . des Mordes!"

Ich starrte ihn mit halboffenem Mund und ungläubig an. „Mord! Aber das ist nicht wahr! Ich habe bestimmt nie . . ."

Benedetto legte mir eine Hand auf die Schulter.

„Natürlich nicht, Mr. Wills. Das ist ganz zweifellos eine Erfindung der Gesellschaft. Aber es ist ebenso zweifellos eine Erfindung, die Sie das Leben kosten kann, wenn Sie entdeckt werden."

Ich schluckte. „W-wen soll ich ermordet haben?" fragte ich.

Benedetto zuckte mit den Achseln. „Ich weiß nicht, wer er ist. Der Name, den sie durchgaben, war Elio Barletteria."

Das war der Suspendierte, dessen Platz Zorchi eingenommen hatte. Bestürzt lehnte ich mich zurück. Es stimmte immerhin, daß ich eine Beziehung zu diesem Mann hatte. Aber . . . ihn getötet? War es möglich, so fragte ich mich, daß ich nur durch das Vertauschen der Plastiksäcke sein Leben gefährdet hatte? Ich bezweifelte es, aber trotzdem . . .

Ich fragte Benedetto. Er zog die Stirn in Falten. „Es ist . . . möglich", erkannte er schließlich an. „Wir wissen nicht viel über die Suspendierten, Mr. Wills. Darauf hat die Gesellschaft peinlich geachtet. Meine Meinung ist, daß – und es ist nur eine Meinung, fürchte ich – Sie mit dem Tod dieses Barletteria nichts zu tun haben, falls er tot ist. Nur . . ." – er hob die Schultern – „was macht es für einen Unterschied? Wenn die Gesellschaft Sie einen Mörder nennt, müssen Sie auch einer sein, denn die Gesellschaft hat immer recht. Oder?"

Wir beließen es dabei, aber ich war ganz und gar nicht guten Mutes. Die Kantine hatte sich gefüllt, und wir aßen unser Abendbrot, aber ich nahm weder wahr, was ich aß, noch beteiligte ich mich an irgendeinem Gespräch. Rena und ihr Vater ließen mich rücksichtsvoll allein. Zorchi saß, wie es schien, schmollend in unserem Zimmer, denn er war nicht aufgetaucht. Aber ich machte mir keine Gedanken um ihn; ich hatte meine eigenen Probleme.

Ich hätte mir Gedanken machen sollen . . .

Nach dem Essen entschuldigte ich mich und ging in die winzige Schlafzelle, die man Zorchi und mir zugewiesen hatte. Er war nicht da. Nun fing ich an, nachzudenken; würde Zorchi auf eine Mahlzeit verzichten?

Die Antwort war ein eindeutiges Nein. Bei seinem Metabolismus benötigte er ein Mehrfaches des Nahrungsbedarfs eines gewöhnlichen Menschen, und seine Leistungen bei Tisch waren in der Tat spektakulär. Irgend etwas stimmte nicht. Ich fühlte mich aus meiner Selbstversunkenheit gerissen, rannte zu Benedetto dell' Angela und berichtete ihm, daß Zorchi verschwunden war.

Wir brauchten nicht lange, um das Rätsel zu lösen. Das unterirdische Versteck war nicht groß, es hatte nur viele Ausgänge. Es dauerte nur einige Minuten, bis einer der Männer, die Benedetto mit der Suche beauftragt hatte, mit bestürztem Gesicht zurückkehrte, um zu berichten.

Der Ausstieg, der durch die U-Bahnstation führte, war offen. Irgendwie mußte Zorchi sich auf seinen Stümpfen durch den langen Gang und den Ausstieg gezerrt, geschleppt und geruckt haben. Es mußte während des Abendbrots geschehen sein; er hätte es nie geschafft, wenn sich nicht alle in einem Raum befunden hätten.

Aber wie er es gemacht hatte, war nicht so wichtig. Es blieb die Tatsache, daß Zorchi weg war. Und damit war auch das Geheimnis unseres Zufluchtsorts kein Geheimnis mehr.

10

Wir mußten weg. Wir hatten keine andere Wahl.

„Zorchi haßt die Gesellschaft“, protestierte ich. „Ich glaube nicht, daß er zu ihnen gehen wird und . . .“

„Nein, Wills.“ Slovetski schüttelte geduldig den Kopf. „Wir können kein Risiko eingehen. Wenn wir fähig gewesen wären, ihn wieder einzufangen, könnten wir hierbleiben. Aber er ist uns einfach entschlüpft.“ In seinen Augen lag Bewunderung. „Was für einen Untergrundkämpfer er abgeben würde. Diese Stärke und Entschlossenheit! Denken Sie doch nur, Wills, ein beinloser Mann in einer Stadt wie Rom. Er kann es überhaupt nicht umgehen, Aufsehen zu erregen. Er kann sich kaum selber bewegen. Und doch . . . haben unsere Männer seine Spur nur bis zu einer Telephonzelle in der U-Bahnstation verfolgen können . . . und Schluß. Irgend jemand hat sich um ihn gekümmert. Wer? Ein Freund, sollte man annehmen – bestimmt nicht die Gesellschaft, sonst wären sie schon längst hier. Aber dieses schnelle und prompte Handeln, Wills!“

Benedetto dell’Angela hüstelte. „Vielleicht sollten wir uns mehr um den Punkt kümmern, Slovetski, daß wir jetzt schnell handeln müssen.“

Slovetski grinste. „Alles fertig“, versprach er. „Sehen Sie, die Evakuierung hat schon begonnen!“ Kleine Gruppen von Männern verpackten in aller Eile Aktenordner in Kartons und trugen sie davon. Sie gingen nicht weit, wie ich später erfuhr, nur zu einem unbenutzten Abschnitt der uralten römischen Katakomben, aus dem sie zu einem späteren Zeitpunkt nach und nach herausgeholt werden konnten.

Bei Sonnenuntergang standen Rena und ich vor der kleinen Kirche, durch die man in die Katakomben gelangen konnte. Wir beide gingen zusammen, nur wir beide, denn man war davon ausgegangen, daß ein junger Mann und eine junge Frau, die zusammen reisten, weniger auffallen würden, insbesondere da meine Haut in einem passenden Ton gebräunt worden war und ich anstelle meiner Berufskleidung jetzt erstklassige römische Konfektion trug. Mir war es zu dem Zeitpunkt nicht bewußt, aber Rena mußte sich darüber im klaren gewesen sein, daß ihre eigene Sicherheit durch das Zusammensein mit mir gefährdet war. Rena hatte allein nichts zu befürchten, selbst dann nicht, wenn sie durch einen Agenten der Gesellschaft aufgegriffen und befragt wurde. Sie würden sie wegen ihres Vaters verdächtigen, aber ein Verdacht konnte ihr nicht ernsthaft schaden. Aber in der Begleitung eines gesuchten und zudem auch noch verkleideten „Mörders“ zu reisen, war erheblich gefährlicher . . .

Wir fanden ein altes Taxi, das sich mit uns durch fast ganz Rom schlängelte. Wir umrundeten den uralten Steinklotz des Kolosseums, fuhren an einem Balkon vorbei, an dem eine Tafel darauf hinwies, daß hier der

Diktator Mussolini seine Massenversammlungen abzuhalten pflegte, und kletterten eine gewundene, teuer aussehende Straße zu den Borghese-Gärten hinauf. Rena sah auf ihre Uhr und sagte: „Wir sind früh dran."

Wir aßen *Gelati* in einem Straßencafé und lauschten dem Gekrächze einer schwitzenden Kapelle. Anschließend gingen wir in der Dämmerung eine halbe Stunde unter den murmelnden Bäumen spazieren. Dann sagte Rena: „Es ist jetzt Zeit." Wir gingen zu dem weit abgelegenen Ende der Gärten, wo sich ein kleiner Hubschrauberplatz für das Villenviertel der A-Kategorieler befand. Dort standen ein Dutzend Maschinen in einer Reihe. Rena führte mich zu der ersten.

Ich musterte sie flüchtig und hielt mit einem Ruck an.

„Rena!" flüsterte ich heftig. „Paß auf!" Der Hubschrauber war schwarz-violett lackiert und trug auf seiner Seite das Symbol der Schweizer Garde, der römischen Polizei.

Sie drückte meine Hand. „Armer Tom", sagte sie weich. Mutig ging sie auf einen der Polizisten, die sich neben dem Helikopter herumlümmelten, zu und sprach leise mit ihm, zu leise, als daß ich etwas verstehen konnte.

Erst als uns die großen Flügel über uns schon hundert Meter in die Luft gehoben hatten und wir an Höhe gewinnend südwärts flogen, sagte sie: „Armer Tom. Das sind auch Freunde, verstehst du. Überrascht dich das?"

Ich schluckte und starrte die zischenden Düsen an

den Enden der wirbelnden Rotorblätter an. „Na ja“, sagte ich, „ich bin nicht direkt *überrascht*, aber ich habe gedacht, daß deine Freunde mehr aussehen wie . . .“

„Wie primitive, ungebildete Revoluzzer oder wie Demagogen?“ Ich wollte ansetzen, um zu protestieren, aber sie war nicht wütend. Sie sah mich leicht amüsiert an. „Du glaubst immer noch, Tom. Tief in deinem Innern gehst du immer noch davon aus, daß Gegner der Gesellschaft im besten Fall leicht verrückte Eiferer sind wie mein Vater und ich, und im schlimmsten Fall Pöbel.“ Sie lachte, als ich ihr antworten wollte. „Nein, Tom“, sagte sie. „Du solltest es im Augenblick nicht bestreiten, falls du aber wirklich recht haben solltest, und falls nicht . . . wirst du es schon rechtzeitig merken.“

Ich setzte mich zurück und starrte verstimmt vor mich hin. Ich war noch nie einem Mädchen begegnet, daß einem so den Wind aus den Segeln nehmen konnte.

Da die Gardisten keinen offiziellen Status mehr hatten, als wir erst einmal die Grenze überflogen hatten, waren sie gezwungen, Kurs auf das Binnenland zu nehmen und sich zwischen den Bergen und Pässen hindurchzuschlängeln, um möglichst unentdeckt zu bleiben. Es dauerte etwas mehr als eine Stunde, bis selbst ich die ersten Geländemarken erkennen konnte. Rechts von uns lag die leuchtende Bucht von Neapel, links sah man weit entfernt das schaurige Glühen dessen, was von dem weggebombten Caserta noch übrig war. Und vor uns glomm schwach und fast nicht wahrnehmbar die Rauchwolke, die über dem Vesuv hing.

Weder Rena noch die Gardisten sagten ein Wort, aber aus ihrem angespannten Verhalten schloß ich, daß wir den gefährlichsten Punkt unserer Reise erreicht hatten. Wir waren in der Höhle des Löwen. Wir wurden von Hunderten von Radarstationen verfolgt, und eine Frequenzanalyse würde unsere Maschine als das enthüllen, was sie war, als römischen Polizeihubschrauber, der in diesem Bezirk nichts zu suchen hatte. Selbst wenn die Gesellschaft uns passieren ließ, so bestand immer noch die Möglichkeit, daß irgendein neapolitanischer Radarfunker, der penibler und stärker an einer Beförderung interessiert war als seine Kollegen, einen Abfangjäger alarmierte und uns zum Landen zwang. Vor einigen Wochen noch wäre so etwas unumgänglich gewesen, Neapel hatte gerade einen Krieg hinter sich, und ein unidentifiziertes Luftfahrzeug wäre einfach aus dem Himmel radiert worden.

Aber wir wurden ignoriert.

Und das, dachte ich, war eine weitere Facette des Paradoxons. Denn wann hatte es in der Geschichte vor der Existenz der Gesellschaft jemals eine derartige Selbstgefälligkeit und Gleichgültigkeit, ein so tief verwurzeltes Gefühl der Sicherheit gegeben, daß sich die zerschlissenen Nerven einer Nation, die gerade einen Krieg hinter sich gebracht hatte, praktisch über Nacht wieder beruhigen? Die Gesellschaft mochte die Kriege nicht beseitigt haben, aber die *Furcht* vor dem Krieg war völlig verschwunden.

Wir flatterten einmal um den Vulkan und setzten zu

einer Landung auf einem sanft gewölbten Erdhügel an, der sich auf halber Höhe des Hangs befand und Neapel und die Bucht überragte. Mehrere hundert Meter von uns entfernt befand sich eine Gruppe von Gebäuden, vielleicht ein Dutzend insgesamt.

Ich sprang heraus, stolperte und fing mich wieder. Rena hüpfte elegant in meine Arme. Und ohne ein weiteres Wort führten die Gardisten den Turbinen wieder Gas zu, die Flügel drehten sich schneller, der Hubschrauber hob ab und war verschwunden.

Rena spähte nach vorn und versuchte unseren Weg auszumachen. Ein schmaler Streifen des Mondes stand am östlichen Himmel und gab uns genug Licht, um uns bewegen zu können. Rena wies auf einen dunklen Gebäudeklotz weit oben am Abhang. „Das Observatorium", sagte sie. „Komm, Tom."

Die Vulkanerde war fruchtbar, aber für Bauern nicht besonders brauchbar. Nicht so sehr wegen eines möglichen Ausbruchs des Vulkans – diese Art von Katastrophe war genauso ein Risiko von der Art wie die Möglichkeit eines Hagelschauers oder einer Dürre. Aber die Bergflanken ließen sich nicht leicht bebauen, die vulkanischen Hänge waren steiler als die der meisten anderen Berge. Der Boden unter unseren Füßen war niemals kultiviert worden. Er war rauh, von Narben übersät und von Knäueln wildwuchernden Unkrauts bewachsen. Und er war warm, wenn man ihn berührte, wie ich mit beträchtlichem Erschrecken feststellte. Ich sah eine Dunstwolke, die in dem kränklichen Mondlicht schwach silbrig schimmernd über einem kleinen Hügel schwebte. Nebel, dachte ich, und dann fiel mir ein, daß es für Nebel viel zu windig war. Es war Dampf! Ich berührte die Erde – sie hatte inzwischen Körpertemparatur.

„Rena, sieh doch!“ brachte ich mit einiger Mühe hervor und erklärte.

Sie lachte. „O ja, ein Ausbruch, Tom. Natürlich. Aber kein neuer. Es ist die Lava, weißt du, die von der kleinen Explosion herrührt, die die Sizilianer ausgelöst haben. Mach dir keine Sorgen deswegen . . .“

Wir kletterten über die schlüpfrigen Geleise einer Zahnradbahn und umrundeten das alte, aus Felsbrocken zusammengesetzte Fundament des Gebäudes, auf das sie gezeigt hatte. Es war kein Licht zu sehen, aber Rena fand eine kleine Tür, klopfte an, und sie wurde augenblicklich geöffnet.

Aus der Dunkelheit kam Slovetskis Stimme: „Willkommen.“

Dieses Gebäude war einmal das „Vulkanologische Observatorium seiner Majestät“ des Königreiches Italien gewesen. Jetzt war es ein Museum, zumindest das, was sich oben befand, während alles unter der Oberfläche ein weiterer Zufluchtsort von Renas „Freunden“ war.

Aber dieses Versteck war um einiges wichtiger als das in den römischen Katakomben, wie ich gewahr wurde; Slovetski machte nicht viel Federlesens darum. Er sagte: „Wills, Sie sollten eigentlich nicht hier sein. Wir kennen Sie nicht. Wir können Ihnen nicht vertrauen. Ich weiß . . .“ – er hob eine Hand – „. . . ich weiß, daß Sie dell'Angela befreit haben. Aber das könnte alles eine komplizierte Operation der Gesellschaft sein. Sie könnten ein Spion der Gesellschaft sein. Sie wären nicht der erste, Wills. Und diese spezielle Einrichtung hier ist, wie soll ich sagen, wichtig. Sie könnten sogar herausfinden, warum, obwohl ich hoffe, daß dem nicht so sein wird. Wenn wir es nicht so eilig gehabt hätten, wären Sie niemals hierhergebracht worden, aber nun sind Sie einmal hier, und wir werden versuchen, das Beste daraus zu machen." Dann musterte er mich sorgfältig, und der glimmende Funke in den Tiefen seiner Augen flammte einen Moment lang bösartig auf. Aber er sagte dann nur: „Versuchen Sie nicht, sich zu entfernen. Und gehen Sie hier nirgendwo hin, wohin Rena oder dell'Angela Sie nicht mitnehmen."

Und damit war das erledigt. Ich sah mich genau der Art von Schlafgelegenheit zugewiesen, die ich inzwischen von dieser Gruppe erwartete: unterirdisch, beengt und ein Bett, das härter war als gemäß dem Kategorie-C-Mindestanspruch.

Am nächsten Morgen frühstückte Rena mit mir. Wir saßen allein in einem Turmraum, der einen Blick auf die runden Hänge des Vesuv und die Bucht darunter ermöglichte. „Das Museum ist geschlossen, seit die Bombe in der Nähe aufschlug", sagte sie, „du kannst also herumgehen und dir die Exponate ansehen, wenn du willst. Es sind noch einige Aufseher da, aber die gehören zu uns. Wir anderen haben eine Besprechung. Ich werde versuchen, zum Mittagessen bei dir zu sein."

Sie führte mich also zu einem höher gelegenen Stockwerk des Observatoriums und überließ mich mir selbst. Man hatte mir Befehle erteilt – im öffentlichen

Teil des Museums zu bleiben –, und sie gefielen mir nicht. Ich war es nicht gewohnt, wie ein kleiner Junge behandelt zu werden, den seine Mutter in einer der Kinderkrippen der Gesellschaft zurückließ, während sie sich mit den wichtigen und unbegreiflichen Angelegenheiten der Erwachsenen beschäftigte.

Trotzdem war das Museum in gewisser Weise ziemlich interessant. Wie es aussah, war es von der Gesellschaft übernommen worden. Und obwohl die Fresken, die die Hauptgalerie bildeten, darauf hindeuteten, daß es ein historisches Museum des Fürstentums Neapel sein sollte, stellte sich bei genauem Betrachten der Ausstellungsstücke heraus, daß es hauptsächlich um die „Historie" Neapels gegenüber der Gesellschaft ging.

Es ist natürlich nicht so, daß diese Herangehensweise an die Geschichte absolut unfair war. Falls es nach dem Kurzen Krieg nicht zur Intervention der Gesellschaft gekommen wäre, ist es mehr als nur denkbar, daß Neapel niemals als selbständiger Staat existiert hätte. Es war das beständige, unnachgiebige Drängen der Gesellschaft auf Demontage der Machtzentren (wie Millen Carmody selbst es gekennzeichnet hatte), das zum Entstehen von Neapel und Sizilien und Quebek und Baja California und den anderen Kleinstaaten geführt hatte. Nur die Vereinigten Staaten waren übriggeblieben, und das lag, wie ich glaube, nur daran, daß niemand den Versuch wagen wollte, einen verwundeten Tiger zu operieren. In der gereizten Stimmung, in der sich diese Nation nach dem Kurzen Krieg befand, hätte die Gesellschaft einen Vorschlag zur Abtrennung von irgendeinem der fünfzig Staaten nicht eine Minute überlebt . . .

Wie gesagt, das Museum war ziemlich interessant – für jeden, der Geschmack am Schrecken findet. Es zeigte die Veränderungen des neapolitanischen Lebens während des vergangenen Jahrhunderts. Eine Rekonstruktion zeigte eine typische neapolitanische Wohnung der frühen vierziger Jahre: ein verwahrlostes Loch, vollgestopft mit zehn Menschen und einem amerikanischen GI, ein Vorbote der Expedienten, der DDT ins Bettzeug sprühte. Zum Vergleich gab es eine typische moderne Blauer-Himmel-Zuweisung der B-Kategorie – mit gewissen poetischen Freiheiten: nur die wenigsten B-Wohnungen hatten wirklich Duschen mit Duftwahl oder Autoküchen.

Die Abteilung über Kriegsführung war jedoch die interessanteste. Sie lag weit hinten in einer großen Kammer, die im Fundament verankert war. Sie stellte eine erschreckende Auswahl von Waffen zur Schau, von einem „Tiger“, dem Panzer der Nazis, bis zum Gasgewehr der Expedienten. Alles andere, selbst der Panzer, wurden überragt von einer neun Meter hohen Höllenbombe in einem viergeschossigen Schaukasten. Ich sah sie ein zweites Mal an, irgendwie irritiert durch etwas, das ich noch nicht richtig eingeordnet hatte . . . ein kobaltblaues Schimmern auf dem Metall des Sprengkopfes, mit einer Andeutung des Bösen unter dem lackierten Glanz . . .

Es war Kobalt. Ich beugte mich nach unten, um die Tafel mit der Erläuterung zu lesen. „Dies ist die echte Hülle der Kobaltbombe, die auf Washington geworfen worden wäre“, so las ich, „wenn der Kurze Krieg nur einen Tag länger gedauert hätte. Entsprechenden Berechnungen zufolge wäre bei einer Ladung mit einer Mark-XII-Wasserstoff-Lithium-Bombe genügend radioaktives Kobalt-60 transmutiert worden, um innerhalb von dreißig Tagen alles Leben auf der Erde auszulöschen.“

Ich sah sie noch einmal an und erschauderte.

Oh, sie war jetzt völlig ungefährlich. Solange die Kernverschmelzungsreaktion des Wasserstoffs das gewöhnliche Kobalt nicht in das tödliche Isotop-60 verwandelte, war es einfach nur der Stoff, der zur Legierung von Magneten und zur Herstellung von Kobaltgas verwendet wurde. Es war als Museumsstück sogar noch wertvoller denn als hochreines Metall.

Das war ein Punkt für die Gesellschaft. Diese Gefahr hatte sie beseitigt. Niemand würde jetzt mehr die Möglichkeit haben, sie funktionsfähig zu machen und abzuschicken.

Und wenn die Verschwörung auch über Flugzeuge und Helikopter verfügen mochte, so hatte die Gesellschaft das spaltbare Material doch viel zu streng unter Kontrolle, als daß die Rebellen eine Chance gehabt hätten. Die Superhöllenbombe würde niemals explodieren. Und das war etwas, das vielleicht mehr für das Ansehen und die Glaubwürdigkeit der Gesellschaft bedeutete als alles andere.

Vielleicht hatten in dieser Kontroverse *beide* Seiten recht. Und da gab es natürlich nur eine offensichtliche Schlußfolgerung . . .

Ich wanderte weiter umher und besah mir die Ausstellungsstücke, die Bruchsteine der musealen Frühgeschichte. Den Gladiator aus Pompeji, der von der herabregnenden Schlacke und Asche eingeschlossen und bis zur feinsten Linie seines angespannten Körpers konserviert worden war. Die sorgfältig abgeschlagenen und ausgezeichneten Exponate aus den Lavaströmen der letzten zwei Jahrhunderte. Die ehrfurchtgebietenden Fotografien des ausbrechenden Vesuvs.

Aber irgend etwas an der Bombenhülle störte mich noch immer. Ich wanderte noch einige Zeit herum und kehrte dann zur Hauptausstellung zurück. Die große Hülle zog sich nach oben und unten hin. Eine schmale Treppe führte zum untersten Stockwerk mit dem Fundament. An dieser Treppe hatte ich vorhin etwas bemerkt. Ich zögerte jetzt und versuchte zu erkennen, was es war. Irgend etwas lag dort unten. Ich ging hinunter, um es genauer in Augenschein zu nehmen.

Auf dem Fundament lag ein schwerer Strahlenschutzhandschuh. Eine gebrauchte, von Schmiere verschmutzte Ausführung für grobe Arbeiten. Und als meine Augen nach oben wanderten, konnte ich sehen, daß die Schrauben an den unteren Wartungsluken nur halb angezogen waren.

Strahlenschutzhandschuhe und Bastelei an der Bombenhülle! Zwei Türen befanden sich am Boden des Schachts, in dem die Bombenhülle aufragte, und jede von ihnen war besser, als noch einmal den Gang über die Treppe zu riskieren, auf der mich möglicherweise jemand sehen konnte. Falls sie entdeckten, daß ich irgend etwas herausgefunden hatte . . .

Ich griff nach der näher gelegenen Tür und warf sie auf. Als die Stimme mein Ohr erreichte, wußte ich, daß es ein Fehler gewesen war.

„... nachdem das Hauptbüro von einer Tausend-Megatonnen-Bombe getroffen ist. Dabei muß schnell gehandelt werden. Nun zu dem Zeitplan, den ich soweit fertiggestellt habe ... Verdammt noch mal! Was machen Sie hier, Wills?"

Es war Slovetski, der sich über einen Tisch beugte und mich wild anstarrte. Um den Tisch herum standen Benedetto und vier oder fünf andere, die ich nicht kannte. Sie sahen mich alle an, als sei ich der Antichrist höchstpersönlich und am Ostersonntag aus der Marmorstatue in der St.-Peter-Basilika herausgeplatzt.

Der Funke in Slovetskis Augen war zur lodernden Flamme geworden. Benedetto dell'Angela sagte scharf: „Warte!" Er trat zu mir herüber, mich mit seinem Körper halb vor Slovetski schützend. „Was hat das zu bedeuten?" verlangte er zu wissen.

„Ich dachte, dies sei die Tür zur Halle", stammelte ich.

„Wills, ich sage Ihnen, reden Sie!"

„Also hören Sie", sagte ich, „erwarten Sie von mir, daß ich bei jedem Schritt eine Glocke läute und schreie? Ich wollte Sie nicht stören. Ich gehe sofort ..."

Slovetski sagte mit gepreßter Stimme: „Einen Augenblick." Er drückte auf einen Knopf in der Wand. Wir standen alle schweigend da, die fünf Männer starrten mich an, und ich wünschte mir, ich sei tot.

Von draußen kam das Getrappel von Füßen, und

Rena steckte den Kopf durch die Tür. Sie sah mich an, und ihre Hand fuhr zum Mund. „Tom! Aber . . .“

„Warum haben Sie ihn frei herumlaufen lassen?“ fragte Slovetski im Kommandoton.

Rena sah ihn mit weit geöffneten Augen an. „Aber . . . bitte . . . ich habe Sie doch gefragt. Sie haben vorgeschlagen, daß er sich die Exponate ansieht.“

Benedetto nickte. „Richtig, Slovetski“, sagte er ernst. „Sie gaben ihr den Auftrag, uns zu bedienen, bis unsere . . . Besprechung vorbei ist.“

Die Flamme in Slovetskis Augen loderte hoch. Aber ich war nicht das Ziel seiner Blicke – er gab mir nicht die Ehre, noch einmal in meine Richtung zu sehen. Dann bekam er sich wieder unter Kontrolle. „Bringen Sie ihn weg“, sagte er.

Rena ergriff meine Hand, führte mich hinaus und schloß die Tür hinter uns. Sobald wir draußen waren, vernahm ich das scharfe Gemurmel einer Auseinandersetzung, das aber so abgeschwächt durch die Türe drang, daß ich nichts verstand. Das war aber auch gar nicht nötig, ich wußte, worüber sie sprachen.

Das Thema war klar: *Die einfachste Lösung ist, Wills für immer aus dem Weg zu räumen.* Und wenn Slovetski dies mit feurigen Augen vehement vertrat – wer würde es dann noch wagen, ihm zu widersprechen?

„Ich kann es dir nicht sagen, Tom“, murmelte Rena. „Frag mich nicht, *bitte!*“

„Rena“, sagte ich, „das hier ist kein Spiel! Sie sprachen davon, das Hauptbüro zu bombardieren!“

Sie schüttelte den Kopf. „Tom, Tom. Du mußt irgend etwas falsch verstanden haben.“

„Ich habe es genau gehört!“

„Tom, *bitte*, stell mir keine Fragen mehr“, sagte sie müde.

Ich knallte meine Hand auf den Tisch und fluchte. Es half nichts. Sie sah nicht einmal von den Resten ihrer Mahlzeit auf.

So blieb es den ganzen Nachmittag. Die großen Bosse brüteten im Geheimen. Rena und ich warteten in ihrem Zimmer bis zum Ende der Öffnungszeit des Museums, weil wir danach in die freiere Atmosphäre der Empfangshalle gehen konnten. Und dann warteten wir dort. Störrisch sagte ich: „Seit ich dich kennengelernt habe, Rena, habe ich nichts anderes getan als warten. Dafür bin ich nicht gebaut!“

Keine Antwort.

Mit dem Rest meiner Geduld sagte ich: „Rena, ich habe gehört, wie sie darüber sprachen, das Hauptbüro zu bombardieren, glaubst du, ich kann das vergessen?“

„Nein, Tom.“ Sie sprach langsam und gedrückt.

„Was macht es dann, wenn du mir mehr erzählst? Falls man mir nicht vertrauen kann, weiß ich sowieso schon zuviel. Falls man mir vertrauen kann, was macht es dann?“

„*Bitte*, frag mich nicht mehr!“ Sie weinte wieder.

„Du könntest mir wenigstens sagen, worauf wir warten!“ stieß ich gellend hervor.

Sie drückte ihre Finger gegen die Augen. „Bitte, Tom. Ich weiß nicht viel mehr als du. Slovetski . . . es ist manchmal so. Er wird . . . du würdest es wohl . . . gedankenvoll nennen. Er konzentriert sich so sehr auf eine Sache, verstehst du, daß er alles um sich herum vergißt. Es ist möglich, daß er vergessen hat, daß wir warten. Ich weiß es nicht."

„Ich habe jetzt endgültig genug", knurrte ich. „Geh hin und erinnere ihn!"

„Nein, Tom!" Es lag Furcht in ihrer Stimme, und mir war klar, daß sie mir etwas von dem gesagt hatte, was ich wissen wollte. Wenn es nicht klug war, Slovetski daran zu erinnern, daß ich darauf wartete, er möge mir das Vergnügen machen, war es wahrscheinlich, daß es für mich kein Vergnügen sein würde, wenn er sich erinnerte.

„Aber du mußt etwas wissen, Rena", sagte ich. „Siehst du denn nicht, daß es harmlos ist, wenn du es mir sagst?"

Elend, fast kläglich sagte sie: „Tom, ich weiß sehr wenig. Ich wußte nicht ... nicht mal soviel wie du herausgefunden hast." Ich starrte sie an. Sie nickte. „Ich hatte vielleicht eine Art Vermutung, das ist wahr. Ja, ich habe etwas vermutet. Aber ich habe nicht *wirklich* an eine Bombardierung geglaubt. Das ist nicht das, was wir ursprünglich wollten, nicht das, was Slovetski versprochen hat, als wir anfingen."

„Willst du damit sagen, du hast nicht gewußt, daß Slovetski vorhatte, Gewalt anzuwenden?"

Sie schüttelte den Kopf. „Selbst jetzt glaube ich, daß du dich vielleicht verhört hast, vielleicht irgend etwas mißverstanden ..."

Ich stand auf und lehnte mich zu ihr herüber. „Rena, hör mir bitte genau zu. Es gibt kein Mißverständnis. Sie arbeiten an dieser Hülle! Sag mir, was du weißt!"

Sie schüttelte den Kopf und weinte jetzt ganz offen.

Ich raste. „Das ist doch wirklich albern! Was kann es denn geben, das du mir nicht erzählen willst? Die Versorgungsbasis der Gesellschaft, die Slovetski überfallen will, um an eine Bombe zu gelangen? Die Offiziere, die er bestechen will, damit sie etwas von der Plutoniumquote anderer Nationen abzweigen?“

Sie holte tief Luft. „Nein, das ist es nicht, Tom.“

„Was dann? Du wirst mir doch nicht erzählen wollen, daß er eine komplette unterirdische Produktionsanlage hat . . . daß er sein eigenes Plutonium herstellt!“

Einen Augenblick lang sagte sie kein Wort, sah mich nur an. Dann seufzte sie. „Ich werde es dir sagen, Tom. Nein, er hat keine eigene Anlage. Er braucht keine, verstehst du. Er hat schon eine . . . Bombe.“

In mir verkrampfte sich alles. „Das ist unmöglich.“

Sie schüttelte den Kopf. „Aber die Quoten, Rena“, protestierte ich. „Die Gesellschaft verfolgt den Weg von jedem Milligramm spaltbaren Materials, sobald es den Reaktor verlassen hat! Die Inspektionen! Expedienten mit Geigerzählern sichern und überprüfen jede Stadt der Welt!“

„Nicht hier, Tom. Du erinnerst dich, daß die Sizilianer den Vesuv bombardierten? Der ganze Berg zeigt eine relativ hohe Radioaktivität. Nicht soviel, daß es letzten Endes gefährlich wäre – aber genug, um eine vergrabene Bombe zu tarnen.“ Sie schloß die Augen. „Und . . . also, du hast recht, Tom. Ich kann es dir genausogut sagen. In demselben Krieg, verstehst du, gab es eine Bombe, die nicht explodierte. Entsinnst du dich?“

„Ja, aber . . .“

„Aber sie konnte nicht explodieren, Tom. Es war eine Attrappe. Slovetski ist brillant. Noch bevor die Bombe abhob, hatte er sie schon . . . umgeleitet. Was da aufstieg, war eine hohle Schale. Und das, was zurückblieb – das Herz der Bombe –, liegt zehn Meter unter uns begraben."

Ich starrte sie an. Der Raum schien sich zu drehen. Ich griff nach dem letzten Strohhalm und flüsterte: „Aber . . . das war nur eine A-Bombe, Rena. Slovetski – das habe ich genau gehört – sprach von einer Tausend-Megatonnen-Bombe. Und das bedeutet Wasserstoff, verstehst du? Er hat doch bestimmt keine von denen beiseite geschafft."

Renas Gesicht verzog sich in qualvollem Bedauern. „Ich verstehe diese Sachen nicht alle, du mußt mich in dieser Hinsicht entschuldigen. Was ich weiß, ist folgendes: Es hat geheime Gespräche über die mailändischen Generatoren gegeben, und ich weiß, daß die Gespräche mit schwerem Wasser zu tun hatten. Und ich bin nicht ganz dumm, ich weiß, daß man daraus einen Bestandteil einer Wasserstoffbombe gewinnt. Und es gibt natürlich noch mehr, war es nicht Lithium? Aber das hat er. Du hast es gesehen, nehme ich an. Es befindet sich auf einem Sockel in diesem Gebäude."

Ich setzte mich hart hin. Es war unmöglich – aber es paßte alles zusammen. Wenn man den spaltbaren Kern der Bombe hatte, dazu das Deuterium, ferner die lithiumhaltige Schale, dann war es kein großes Problem mehr, die Teile zusammenzufügen und eine H-Bombe zu bauen.

Ich wollte es nicht glauben – es war zu phantastisch.

Es war furchterregend und entsetzlich und das Schlimmste war etwas, das an der Schwelle des Bewußtseins lauerte. Es hatte mit der Bombe im Museum zu tun . . .

Und dann erinnerte ich mich, natürlich . . .!

„Rena!“ stieß ich nach Atem ringend hervor. Ich konnte fast nicht sprechen, es war zu schrecklich. „Rena . . . hast du dir die Bombe im Museum jemals angesehen? Hast du die Hinweistafel gelesen? Rena, *diese Bombe . . . ist eine Kobaltbombe!*“

11

Von dem Augenblick an, als ich jene schneidenden Worte aus Slovetskis Mund vernommen hatte, war ich von einer Vision besessen gewesen. Eine Höllenbombe auf das Hauptbüro, Amerikas Ostküste aufgerissen, New York ein Loch im Ozean, das von Kingston bis Sandy Hook reichte, gelbrote Flammen, die sich über Connecticut und Pennsylvania ausbreiteten.

Das war vorbei und durch etwas weitaus Schlimmeres ersetzt.

Eine Radiokobaltbombe würde nicht durch einen Strahlungsausbruch in einem eng begrenzten Gebiet töten. Sie würde in der Atmosphäre kolloide Teilchen tödlichen radioaktiven Kobalts 60 zurücklassen. Ein wenig davon konnte man zur Heilung von Krebs verwenden und damit manchmal ein kleines Wunder vollbringen. Die Menge, die von dem Kobaltüberzug – normales, „ungefährliches" Kobalt – der Wasserstoffbombe abgegeben wurde, reichte aus, eine Welt zu morden. Eine einzige Bombe dieser Art konnte alles Leben auf der Erde auslöschen. Es war fast unvorstellbar.

Ich war kein Physiker; ich wußte nicht, welche Bedeutung die Mengen, um die es ging, im einzelnen hatten, wenn die papiernen Kalkulationen Realität wurden und als rasender Sturm über die Menschheit hereinbrachen. Aber ich hatte eine Vorstellung von radioaktivem Staub in jedem Lufthauch, in jeder Ecke eines jeden Landes. Vielleicht würden eine Handvoll Menschen in Kambodscha, Wladiwostok oder Melbourne überleben. Aber eines war für mich völlig klar: Falls diese Bombe hochging, war dies das Ende unserer Zivilisation.

Darüber gab es für mich keinen Zweifel.

Und so, nachdem ich die Gesellschaft an Slovetskis Gruppe verraten hatte, schloß ich den Kreis.

Selbst Judas hatte nur einen verraten.

Vom Observatorium wegzukommen war leicht, denn Rena war so geschockt und verstört, daß sie nichts bemerkte. In der Nähe des Vesuv ein Telephon zu finden, war erheblich schwieriger.

Erst drei Kilometer unterhalb des Berges traf ich auf etwas, das wie eine automatische Blauer-Flügel-Tankstelle aussah. Die elektronischen Taster klickerten verwirrt, als sie nach dem Wagen suchten, den ich nicht hatte, und der Einsteckschlitz für die Policen glühte rot und diensteifrig auf und wartete auf meine Befehle. Ich ignorierte sie. Was ich wollte, befand sich innerhalb des kleinen, unverschlossenen Gebäudes: eine Zelle mit abhörsicherer Sicht-Sprechverbindung. Es war wichtig, daß ich mit Defoe sprach und nur mit ihm. Das Bild auf dem Schirm würde durch Impedanzungsgleichheiten anfangen zu schwanken, falls irgend jemand uneingeladen zuhören sollte.

Ich ließ den Schirm aber abgeschaltet, während ich anrief. Der Telephonautomat der Zentrale antwortete höflich, und ich sagte: „Verbinde mich mit Defoe, Katastrophen-Priorität."

Er war so konstruiert, daß er Prioritätsvorgänge bevorzugt behandelte. Es gab kein Hin und Her und keine Diskussion, obwohl ein beständiges Sirren im Hörer anzeigte, daß der Robot, während er für mich Defoe suchte, die Verbindung zurückprüfte, um herauszufinden, wieso kein Bild auf dem Schirm war.

„Bleiben Sie am Apparat, Sir", sagte er munter, und ich wurde mit Defoes Leitung verbunden – durch eine ferngesteuerte Ringschleife zu dem Hotel, in dem er sich befand, vermutete ich. Ich schaltete das Bild ein.

Aber es war nicht Defoe, der sich am anderen Ende der Leitung befand. Es war Susan Manchester mit dem gleichen uncharakteristischen, eigenartig tüchtigen Gesichtsausdruck, den sie schon in den Gewölben gezeigt hatte.

„Tom Wills", sagte sie knapp und nicht allzu überrascht.

„Richtig", sagte ich, während ich schnell überlegte. Gut, es machte nicht viel aus, ich hätte mir darüber im klaren sein müssen, daß Defoes Sekretärin zumindest zeitweilig seine Anrufe entgegennahm. „Susan, ich kann nicht mit Ihnen sprechen, es muß Defoe selber sein. Ich gebe Ihnen mein Wort, daß es wichtig ist, bitte stellen Sie mich durch."

Sie diskutierte genauso wenig wie der Automat. Im nächsten Augenblick war Defoe auf dem Schirm, und ich dachte nicht mehr an Susan. Sie mußte ihm etwas gesagt haben, denn das große, angenehme Gesicht zeigte keinerlei Überraschung, obwohl die Augen zusammengezogen waren. „Wills!“ schnappte er. „Sie Narr! Wo sind Sie?“

„Mr. Defoe?“ sagte ich. „Ich muß mit Ihnen reden. Es ist äußerst dringend.“

„Kommen Sie her und tun Sie's hier, Wills! Nicht über das Telephon.“

Ich schüttelte den Kopf. „Nein, Sir. Ich kann nicht. Es ist zu . . . nun . . . riskant.“

„Riskant für Sie, meinen Sie!“ In den Worten schwang eisiger, entrüsteter Zorn mit. „Wills, Sie haben mich hintergangen. Noch niemand ist mit so etwas ungestraft davongekommen. Sie nutzen mich aus, setzten auf meine verwandschaftliche Loyalität ihrer toten Frau gegenüber, aber ich sage Ihnen nur eins: Damit kommen Sie nicht durch. Es liegt ein Haftbefehl wegen Mordes gegen Sie vor, Wills! Kommen Sie her und reden Sie mit mir, oder die Polizei wird Sie aufgegriffen haben, bevor der Nachmittag vorüber ist.“

„Ich hatte nicht die Absicht, irgendwelche Loyalitäten auszunutzen“, sagte ich, mich mühsam beherrschend, „aber es ist eine Frage ganz gewöhnlichen Anstands, daß Sie sich anhören sollten . . .“

„Anstand!“ Sein Gesicht wurde eisig. „Sie reden von Anstand! Sie und das Aas, mit dem Sie geschlafen haben! Sie sind eine Schande für die Erinnerung einer anständigen und rechtschaffenden Frau wie Marianna. Ich kann nur sagen, ich bin glücklich – glücklich, hören Sie? –, daß sie tot und damit von Ihnen frei ist.“

„Einen Augenblick, Defoe", sagte ich. „Lassen Sie Marianna hierbei aus dem Spiel. Ich habe nur . . ."

„Unterbrechen Sie mich nicht", unterbrach er. „Mein Gott, es ist unvorstellbar, ein Mann, dem man vertraut hat, entpuppt sich als Judas selbst! Sie Mistkerl, die Gesellschaft hat Sie geschützt von dem Tag an, als Sie geboren wurden – und Sie versuchen sie zu zerstören. Sie armseliger Idiot, Sie sind es nicht wert, mit den Hunden eines anständigen Menschen in derselben Hütte zu hausen!"

Da kam noch mehr, viel mehr. Eine wahre Flut von Beleidigungen und Beschimpfungen, die mich paralysierte, weniger durch das, was er sagte, sondern hauptsächlich dadurch, daß er es sagte. Der zuvorkommende, tüchtige und qualifizierte Defoe wütete gegen mich wie ein italienischer Zuhälter! Ich hätte nicht verwunderter sein können, wenn das Portrait von Millen Carmody auf dem Frontispiz des *Handbuchs* einen schmutzigen Witz geflüstert hätte.

Ich stand da, viel zu aufgeregt, um wütend zu sein, lauschte der Tirade, die sich von dem Bild auf dem Fernsehschirm auf mich ergoß. Es muß drei oder vier Minuten gedauert haben, dann, fast mitten im Wort, warf Defoe einen Blick auf etwas, das außerhalb meines Gesichtsfeldes lag und unterbrach seinen Strom von Beleidigungen. Ich setzte an, um etwas zu sagen, solange ich es konnte, aber er hob schnell die Hand.

Er lächelte freundlich. Sehr ruhig, gerade so, als ob er mich nicht noch einen Moment zuvor verflucht hätte, sagte er: „Es würde mich sehr interessieren zu hören, was Sie mir zu sagen haben."

Ich war völlig verblüfft. Es dauerte eine Sekunde, bis ich wieder klar denken konnte, dann sagte ich giftig: „Wenn Sie nicht die ganze Zeit herumgefaselt hätten, hätten Sie's schon längst gehört."

Die Miniatur auf dem Schirm zuckte höflich mit den Schultern.

„Richtig", räumte er ein. „Aber, Thomas . . . dann hätte ich Sie nicht."

Und er langte nach vorn und schaltete ab.

Hereingelegt! Hereingelegt und gefangen! Ich verfluchte mich selbst für meine Dummheit; während er mich an der Leitung mit seinen andauernden Beleidigungen festhielt, war der Anruf zurückverfolgt worden – es gab keine andere Erklärung. Und ich war darauf hereingefallen!

Ich riß die Tür der Zelle auf und stürzte hinaus. Ich kam vielleicht vier Meter weit. Dann fiel ein Seil über meine Schultern. Seine Schlinge zog sich eng um meine Arme zusammen, und ich wurde, vergeblich mit den Beinen strampelnd, nach oben gezerrt. Ich konnte einen flüchtigen Blick auf die ausgeprägt romanischen Gesichter werfen, die mir von unten her nachstarrten, dann packten mich zwei Männer, die an einer Strickleiter hingen.

Ich wurde durch die Bodenluke eines großen Hubschraubers ohne Markierungen gezerrt. Die Luke schloß sich. Ein Leutnant der Expedienten sah mich an.

Die zwei Männer stolperten hinter mir herein und rollten die Strickleiter ein, als der Hubschrauber sich neigte und seitlich davonzog. Ich ließ mich zusammensinken, als das Seil gelöst wurde; als meine Hände frei waren, wagte ich es.

Ich stürzte mich auf den Leutnant, meine Faust streifte seine Kehle und ließ ihn keuchend zurücktaumeln. Ich griff nach der Hartmantelgeschoßpistole an seiner Hüfte. Mit einer ungeschickten Bewegung versuchte er sie zu ziehen, und wir torkelten kämpfend über den Boden.

Einen kurzen Augenblick lang hatte ich eine echte Chance. Ich war kein Hubschrauberpilot, aber die Pistole war Pilot genug – falls ich an sie herankam.

Aber die Expedienten hinter mir waren keine Amateure. Ich duckte mich, als das verknotete Ende des Seils wild auf mich zuschoß. Dann war einer der anderen Expedienten hinter mir; die Pistole kam frei und flog in hohem Bogen davon. Und das war das Ende meiner Anstrengungen.

Ich wußte, daß es närrisch gewesen war, es überhaupt zu versuchen. Aber es tat mir nicht leid. Sie hatten einfach zuviel Nahkampftraining, als daß ich mit ihnen fertig werden konnte. Aber dieser eine Schlag hatte mir gutgetan.

Einige Augenblicke später stellte sich heraus, daß er es nicht wert gewesen war. Ich wurde auf einen Sitz geschnallt, und der Leutnant gab mit würgender Stimme Befehle. „Paßt auf, daß man nicht zuviel sieht", sagte er. „Probiert es mal wieder über den Nieren . . ."

Es war mir nicht einmal der Gedanke gekommen, heldenhaft zu schweigen. Sie hatten eine Menge Erfahrung mit ihren gepolsterten Knüppeln, und mir schwand zweimal kurz das Bewußtsein, bevor ich endlich in eine tiefe Ohnmacht fiel ...

Als ich wieder zu mir kam, schien mir ein Licht direkt in die Augen.

Ein Arzt packte seine Instrumente weg. „Es wird ihm gleich besser gehen, Mr. Defoe", sagte er, griff seine Tasche, schloß sie und verließ den Lichtkreis.

Ich fühlte mich schrecklich, aber mein Kopf begann sich zu klären. Es gelang mir, meinen Blick zu konzentrieren. Defoe und einige andere Männer waren zugegen – ich erkannte Gogarty, der krank und deprimiert aussah, und ein anderes Gesicht, das ich kannte. Ich brauchte einen Moment, um es unterzubringen – es war mir von den Schulungen im Hauptbüro her vertraut; ein Offizier der Expedienten, der in der Uniform eines Generalleutnants steckte, an seinen Namen konnte ich mich nicht erinnern. Das hieß, daß sich mindestens ein Expedientenkorps in Neapel befand!

„Hallo", sagte ich schwächlich.

Defoe stand über mir und kicherte. „Ich freue mich außerordentlich, Sie zu sehen, Thomas", sagte er. „Kaffee?"

Er half mir die Tasse zu halten, während ich trank. Nachdem ich einige Schlucke heruntergebracht hatte, nahm er die Tasse weg.

„Ich hätte nicht gedacht, daß Sie bei der Verhaftung Widerstand leisten würden", sagte er in väterlichem Ton.

„Ach, Scheiße, Sie hätten mich nicht verhaften lassen müssen! Ich bin aus freien Stücken heruntergekommen!"

„Herunter?" Er zog die Brauen hoch. „Herunter von wo, Thomas?"

„Herunter vom . . ." Ich zögerte und fuhr dann fort: „Also gut, herunter vom Vesuv. Vom Museum, wo ich mich mit den Führern der Untergrundbewegung verborgen hielt. Ist es das, was Sie wissen wollten?"

„Manning!" schnarrte Defoe. Der Generalleutnant salutierte und verließ den Raum. „Das ist das erste, was ich will, ja", sagte Defoe. „Aber ich will viel mehr. Bitte fangen Sie an zu reden, Thomas. Ich werde zuhören."

Ich redete. Nichts konnte mich mehr halten. Selbst mit einem Körper, der durch die freundlichen Aufmerksamkeiten der Expedienten nur noch ein Klumpen aus Schmerzen und Qualen zu sein schien, mußte ich in diesem Fall gemeinsame Sache mit der Gesellschaft machen. An der Kobaltbombe endeten alle Loyalitäten.

Ich ließ nichts Wichtiges aus, nicht einmal Rena. Ich berichtete ihm gerafft, wie ich Benedetto aus der Klinik gebracht hatte, wie wir nach Rom entkommen waren, wie wir zum Vesuv geflohen waren . . . und was ich herausgefunden hatte. Ich machte es kurz und ließ einiges Unwichtige wie zum Beispiel Zorchi aus. Und Defoe saß da, nippte an seinem Kaffee, und seine warmen Augen blinzelten.

Ich war fertig. Er krauste die Lippen, überlegte.

„Albern", sagte er schließlich.

„Albern? Was soll das heißen?"

„Thomas“, sagte er, „Ihre gelegentlichen Affären interessieren mich nicht. Und ich hätte Ihren Fehltritt entschuldigt, da Sie wertvolle Informationen mit zurückbrachten. Das bestreite ich nicht. Aber ich mag es nicht, wenn man mich anlügt, Thomas.“

„Ich habe nicht gelogen!“

„Es gibt keine Möglichkeit, an spaltbares Material heranzukommen“, sagte er scharf. „Das geht nur über die Gesellschaft!“

„O nein!“ Ich schüttelte den Kopf. „Schon mal an einen Blindgänger gedacht, Defoe?“

Zum ersten Mal wirkte er verblüfft. „Blindgänger?“ Er warf Gogarty einen Blick zu.

Der sah krank aus. „Es gibt ... da liegt ein Bericht auf Ihrem Schreibtisch, Mr. Defoe“, sagte er gequält. „Wir ... also, wir hatten Grund anzunehmen, daß die beiden Hälften der kritischen Masse nur soweit zusammengekommen sind, daß sie verschmolzen, anstatt zu explodieren. Wir ...“

„Ich verstehe.“ Defoe sah ihn einen langen Augenblick an. Dann wandte er sich ihn ignorierend wieder mir zu und schob mir den Kaffee herüber. „Also gut, Thomas. Sie haben den Sprengkopf. Wie sieht's mit schwerem Wasser, Treibstoff und so weiter aus?“

Ich berichtete ihm, was ich wußte. Gogarty hörte zu und leckte sich die Lippen. Ich beneidete ihn nicht. Ich sah seine Furcht, seine Angst vor Defoes mit Sicherheit folgendem Zornausbruch. Denn in Defoe glomm – genau wie in Slovetski – dieses tödliche Feuer. Es flammte nur auf, wenn man es ließ ... aber was es berührte, verging und starb.

Ich hatte Defoe nie zuvor so aufs höchste konzentriert, so angespannt aufmerksam erlebt wie jetzt. Es tat mir leid um Gogarty, als Defoe ging, nachdem er mich völlig ausgequetscht hatte. Aber was mich betraf, so war ich froh.

Er blieb keine volle Stunde weg. Gerade genug Zeit für mich, um eine Kategorie-C-Mahlzeit zu mir zu nehmen, die ein stummer Expedient gebracht hatte.

Defoe stieß die Tür auf und sah mich aus weit geöffneten Augen mit starrem Blick an. „Falls Sie mich angelogen haben, Thomas . . .“

„Was ist passiert?“ fragte ich.

„Sie wissen es nicht?“ Er stand bebend vor mir und starrte mich an. „Sie haben die Wahrheit gesagt – oder zumindest einen Teil der Wahrheit. Es *gab* ein Versteck am Vesuv. Aber sie sind vor einer Stunde ausgerückt – während Sie hier Zeit verschwendet haben. War das Ihre Absicht, Thomas? Wußten Sie, daß sie fliehen würden?“

„Defoe“, sagte ich, „ist Ihnen denn nicht klar, daß das nur zu unserem Vorteil ist? Falls sie geflohen sind, konnten sie unmöglich die Bombe mitnehmen. Das bedeutet . . .“

Er schüttelte den Kopf. „Aber genau das haben sie getan, Thomas. Nach der Aussage des Direktors der *Albergo* weiter unten am Berg sind drei riesige Hubschrauber gekommen, haben das Dach einfach heruntergerupft, die Bombe herausgeholt und sind davon geflogen.“

„Wohin?“ fragte ich stupide.

Er bewegte den Kopf. Seine Stimme blieb völlig emotionslos, nur seine Augen zeigten etwas von seinen Gefühlen. Es war, als würde er über das Wetter reden. „Wohin? Das ist eine gute Frage. Ich hoffe, daß wir es herausfinden, Thomas. Wir überprüfen die Radaraufzeichnungen, sie können sich nicht lange verborgen halten. Aber wie sind sie überhaupt weggekommen? Warum haben Sie ihnen die Zeit dazu gegeben?"

Er ließ mich allein zurück. In irgendeiner verdrehten Weise war ich fast froh. Es war ein Teil des Preises, den ich dafür zahlen mußte, daß ich die Fronten gewechselt hatte. Die zerfetzten Reste meiner ausgetauschten Loyalität hingen mir immer noch an und beeinflußten mich weiter. Als ich mich gegen die Gesellschaft gewandt hatte, um Benedetto zu retten, führte ich immer noch mein *Handbuch* mit mir, und ich muß bekennen, daß ich nie die Angewohnheit verloren habe, ein oder zwei Seiten daraus zu lesen, selbst in den Katakomben nicht, als die Dinge wirklich nicht zum besten standen. Und als ich das mörderische Ziel erkannte, auf das Slovetskis Leute zusteuerten, und wieder zu Defoe zurückkehrte, war ich trotzdem froh, daß Benedetto letzten Endes doch entkommen war . . .

Aber nicht sehr weit. Nur einige Stunden später, der Tag brach allerdings bereits an, kam ein ziemlich mitgenommen aussehender Gogarty ins Zimmer. „Verflucht noch mal, Wills!" sagte er gereizt. „Ich wünschte, ich hätte Sie niemals kennengelernt! Kommen Sie mit. Defoe will Sie bei uns haben."

„Mitkommen, wohin?" Ich stand auf, als er mich mit wilden Gesten zur Beeilung nötigte.

„Was glauben Sie, wohin?“ fragte er. „Haben Sie gedacht, Ihre Freunde könnten sich für immer versteckt halten? Wir haben sie festgenagelt, mitsamt Bombe und allem.“

Er zerrte mich förmlich den Gang hinunter, hinaus auf einen Hof. Ich tapste in den hellen Morgen hinaus und blinzelte: im Hof wimmelte es von bewaffneten Expedienten, die in Mannschaftshubschrauber mit den Insignien des Waffenstillstandskorps der Gesellschaft gekommen waren. Gogarty drängte mich in den nächsten Hubschrauber, und die Düsen zischten, als wir abhoben.

„Wohin fliegen wir?“ übertönte ich das Schrillen der Turbinen.

Gogarty spuckte aus und deutete nach unten auf die lange purpurne Küste. „Dahin, wo sich Ihre Kumpane versteckt halten. Pompeji!“

12

Niemand hielt es für nötig, die nächsten Schritte mit mir zu besprechen, aber es war klar, daß diese Operation sorgsam geplant war. Unser Hubschrauber war der zweite in einer langen Reihe von mindestens einem Dutzend, die die Küste entlangsurrten, am Fuß des Vesuv vorbei, über Fischerdörfer und Weingärten hinweg. Ich hatte Pompeji nie zuvor gesehen, aber ich konnte einen Blick auf etwas Glitzerndes werfen, das spitz und scharf aus einer Gruppe von Steingebäuden aufragte. Dann drehten die ersten zehn Hubschrauber ab und setzten zur Landung an, während zwei oder drei zur Deckung in der Luft blieben.

Die Expedienten sprangen aus den Maschinen und bildeten mit feuerbereiten Maschinenpistolen eine Schützenlinie. Gogarty blieb mit zwei Expedienten dicht bei mir. Wir folgten den Truppen, als sie durch ein Kornfeld hasteten, einige frische Ausgrabungen umgingen und in den Hohlweg rannten, der zu der flachen Grube hinabführte, in dem die Ruinen des spätantiken Pompeji lagen. Ich hatte keine Zeit für archäologische Wahrnehmungen, aber ich erinnere mich, daß ich über niedrige Rinnsteine gestolpert bin und daß wir ein Haus durchquerten, dessen gipsverputzte Wände mit verblichenen Fresken verziert waren.

Dann hörten wir das Knattern von Gewehrfeuer, und Gogarty faßte mich am Arm und hielt mich fest. „Das ist Arbeit für Spezialisten“, keuchte er. „Das beste, was wir tun können, ist, uns herauszuhalten.“

Ich spähte um eine Säule und sah auf ein weites, offenes Areal. Dahinter ragten ein römisches Säulengewölbe und die Marmorfront von etwas auf, das einmal irgendein Tempel gewesen war. Auf der offenen Fläche standen die drei gewaltigen Hubschrauber, von denen Defoe gesprochen hatte. Die Flügel des einen rotierten langsam, und er bebte und zitterte, als würde irgend jemand den Versuch machen, mit ihm abzuheben, obwohl er unter Feuer stand. Das Wichtigste aber stand in der Mitte des Areals: die Bombe. Gewaltig und furchterregend ragte ihre giftige Nase in den Himmel. Daneben stand ein Tankwagen, der eine Aufschrift trug, die besagte, daß er schieres Olivenöl enthielt, was zweifellos gelogen war. Hydrazin wohl eher! Schläuche verbanden ihn mit dem unteren Teil der selbstlenkenden Raketenbombe; und ein Knäuel von Männern hastete fieberhaft um sie herum, einige zerrten wie wild an den Beschlägen und Installationen der Bombe, andere erwiderten das Feuer der Expedienten.

Wir hatten den Vorteil der Überraschung, aber er hielt nicht lange vor. Vom Dach des alten Tempels feuerte ein Maschinengewehr in die Flanke der Schützenlinie, die sich sofort auflöste, als die Expedienten in Deckung gingen. Ein Mann fiel schreiend aus dem großen Transporthubschrauber, aber mindestens eine Person mußte sich noch darin befinden, denn er hüpfte, torkelte und röhrte in dem verrücktestem Start, den ich jemals gesehen habe, über die Fläche, bis ihn der Pilot unter Kontrolle bekam. Die Maschine tänzelte über der Schützenlinie hin und her, wurde unter Feuer genommen und erwiderte das Feuer, da trotz allem noch einige Leute darin waren, die sich hinauslehnten und die Expedienten beschossen. Dann wurde der Transporthubschrauber selbst angegriffen, als die Maschinen des Expedientenkorps auf ihn herabstürzten. Die große Maschine fing an zu taumeln und stieg unsicher zu dem nächstgelegenen Expedientenhelikopter auf. Es schien Absicht gewesen zu sein: Wir konnten den schwachen Schein des Mündungsfeuers sehen, als die beiden Hubschrauber aufeinander zu schossen; sie näherten sich einander immer mehr, und mit einem scheußlichen reißenden Geräusch prallten sie aufeinander. Sie waren kaum dreißig Meter über dem Boden, krachten in Sekundenschnelle zusammen, und Flammen und Trümmer spritzten auseinander.

Und Slovetskis Hilfsquellen waren immer noch nicht erschöpft. Ein Röhren ertönte, man hörte das Quietschen von Metall, und ein Einmann-Kobra-Panzer glitt aus einem der Gebäude und kam schnell über das Schlachtfeld auf die Expedienten zu. Gogarty neben mir schluchzte vor Furcht; der kleine Panzer war mit selbstlenkenden Kurzstreckenraketen bewaffnet. Er zermalmte einen kleinen Altar in lauter winzige Steinchen, wendete und kam direkt auf uns zu.

Wir flüchteten. Ich sah nicht einmal, wie der zweite Expedientenhubschrauber sich auf den Panzer stürzte und ihn mit seinen schweren Waffen außer Gefecht setzte. Ich hörte das Feuer, aber es wurde schnell von einem lauteren, dröhnenden Brüllen übertönt.

Gogarty starrte mich aus dem Abflußgraben an, in den er sich geflüchtet hatte. Wir sprangen beide auf und rannten auf das offene Gelände zurück.

Es gab gerade eine Explosion, als wir dort eintrafen – der falsche Tankwagen, der jetzt ungefähr zwanzig Meter von der Bombe entfernt stand, war in einer heftigen Detonation in die Luft geflogen. Aber das nahmen wir kaum wahr, denn aus der Basis der Bombe selbst schossen jetzt purpurrote Flammen. Es kreischte und heulte, und die Farbe der Flammen wandelte sich zu einem blendenden Blau, als die häßliche, gedrungene Form sich schüttelte und auf dem Feuerstrahl zu tanzen begann. Das Brüllen verwandelte sich von einem tiefen, donnernden Baß zu einer schrillen Koloratur und jagte noch weiter hoch, als die Bombe abhob, an Geschwindigkeit gewann und, ohne daß auch nur Zeit zum Blinzeln blieb, verschwunden war . . .

Ich nahm kaum wahr, daß das Gewehrfeuer schnell erstarb. Wir waren nicht die einzigen, die ungläubig in den Himmel starrten, in den das tödliche Gebilde entkommen war; unter den Scharen von Männern, die sich auf beiden Seiten befanden, war kein einziger, der irgendwo anders hinblickte.

Die Bombe war aufgetankt gewesen, wir waren zu spät gekommen. Ihre Diener hatten sie gestartet, vielleicht sogar auf Kosten ihres eigenen Lebens.

Die Kobaltbombe – die einzige Waffe, die die ganze Erde vergiften und die menschliche Rasse auslöschen konnte – war auf dem Weg.

13

Was bleibt einem zu tun, nach dem Ende? Was wird aus den Plänen und Vorhaben, wenn eine blauglühende Rakete den Tod über den Himmel verbreitet und allem Planen ein Ende setzt?

Auf keinem Schlachtfeld ist es jemals so abrupt still geworden, wie auf diesem Platz im alten Pompeji. Nachdem die Rakete mit der Bombe abgehoben hatte, war kein Laut mehr zu hören. Die Männer, die gerade noch aufeinander geschossen hatten, standen mit hängenden Kinnladen da und starrten in den Himmel . . .

Aber das konnte nicht von Dauer sein, denn *ein* Mann war nicht überrascht, *ein* Mann wußte, was geschah, und war darauf vorbereitet.

Eine geduckte Gestalt auf der Tempelruine gestikulierte wild und schrie durch ein Megaphon: „Geben Sie auf, Defoe! Sie haben verloren, verloren!" Es war Slovetski, und neben ihm richtete die Mannschaft eines Maschinengewehrs ihre Waffe auf die nächstgelegene Gruppe von Expedienten.

Einen Moment lang schien das Universum stillzustehen und zu warten. Und dann kam die Antwort, ein Schuß, der als Querschläger kreischend auf eine zerstörte Säule traf und Slovetski nur um Millimeter verfehlte. Er ließ sich außer Sicht fallen, und die Schlacht tobte wieder.

Die Menschen sind seltsame Wesen. Jetzt, nachdem die Ursache des Kampfes bedeutungslos geworden war, wütete er mit doppelter Heftigkeit. Slovetski mochte etwas weniger als hundert Männer gehabt haben und die Expedienten vielleicht einige mehr. Aber was die geballte Gewalt betraf, müssen sie zusammen das Ende des Kurzen Krieges weit übertroffen haben.

Ich war Nichtkombattant, aber die Kugeln surrten nur so um mich herum. Gogarty lag in seinem Regenwasserkanal ziemlich sicher. Ich aber befand mich in exponierterer Stellung und hüpfte, während die Schnellfeuerwaffen überall um mich herum loslegten, in den Schutz einer niedrigen, überdachten Ruine.

Die Wände boten nicht viel Deckung, aber ich hatte wenigstens die Illusion von Sicherheit. Auf jeden Fall war ich außer Sicht.

Ich krümmte mich durch einen Durchbruch in einer Wand in ein weiter innen gelegenes Zimmer. Es war der winzigste Raum, in dem ich jemals gewesen bin: nicht einmal einen Meter achtzig lang und erheblich schmaler, und der größte Teil des Bodens wurde von einer Art Einbaubett aus rohbehauhenem Stein eingenommen. Von Klaustrophobie getrieben, bahnte ich mir meinen Weg durch die andere, ebenfalls zerbrochene Wand.

Der nächste Raum war größer, und es befand sich jemand darin.

Ein Mann lag schwer atmend in einer Ecke. Er erhob sich auf einen Ellbogen, um mich anzusehen. Mit rauher Stimme sagte er: „Thomas!“ und fiel von der Anstrengung erschöpft zurück. Von seinem Hemd tropfte Blut.

Ich eilte an die Seite von Benedetto dell’Angela. Der Lärm des Gefechts draußen wuchs gewaltig an und schwand dann, von kurzen Ausbrüchen unterbrochen, dahin . . .

Vermutlich war es reine Trägheit, die mich weitermachen ließ – selbstverständlich sah ich mit meinem inneren Auge, daß es keinen Grund gab, sich noch weiter anzustrengen. Die Welt war am Ende. Es gab keinen Grund noch einmal zu versuchen, vor den Gummiknüppeln der Expedienten davonzulaufen, und – nachdem ich gesehen hatte, wie der Widerstand zusammengebrochen war und ein Expedientenoffizier auf jenem Tempel aufgetaucht war, von dem aus Slovetski seinen Hohn herabgeschrien hatte – keine Möglichkeit, zu den Revolutionären zurückzukehren. Ohne Slovetski waren sie verloren.

Aber ich machte weiter.

Benedetto half. Er kannte jedes noch so kleine Loch und jeden Eingang in allen Unterschlüpfen seiner Gruppe. Sie hätten bei der Stärke der Gesellschaft ohne hoch entwickelte Fähigkeiten, was das Verstecken und das Anlegen von geheimen Fluchtwegen betraf, nicht überleben können. Und auch hier gab es einen Weg nach draußen. Er verlangte einen riskanten Spurt über offenes Gelände, aber obwohl ich Benedetto tragen mußte, schaffte ich es.

Und dann waren wir in der Kanalisation des alten

Pompeji, jenem uralten Steintunnel, der vor langer Zeit die Abwässer der römischen Stadt in das Mittelmeer geleitet hatte. Für uns beide wurde er erst zum Versteck und dann zum Tunnel in die Freiheit.

Wir warteten dort fast den ganzen Tag, und neben mir murmelte Benedetto fast unhörbar. In lichten Momenten sagte er mir den Namen des Hotels, in das Rena gezogen war, als das Observatorium aufgegeben worden war, aber es schien nur wenige lichte Momente zu geben. Gegen Abend jedoch begann er sich zu erholen.

Wir erreichten die Küste, als die Dämmerung gerade hereinbrach. Dort fanden wir eine Art Fischerboot mit einer romanischen Takelung, das unbewacht zurückgelassen worden war. Der Besitzer war wahrscheinlich nicht weit weg, aber er kam nicht rechtzeitig genug zurück, um uns aufzuhalten.

Benedetto war sehr schwach. Er murmelte irgend etwas vor sich hin, das ich kaum verstand. „Vertan, vertan, vertan", das war der Refrain seiner Klage. Ich wußte nicht, was er für vertan hielt – außer, vielleicht, die Zukunft der Welt.

Im Schutze der Dunkelheit glitten wir an eine der verlassenen Anlegestellen, und ich ließ Benedetto zurück, um ein Telephon zu suchen. Es war riskant – aber was bedeuteten Risiken noch, kurz vor dem Weltuntergang?

Rena wartete im Hotel. Sie nahm sofort ab. Ich glaube nicht, daß der Anruf abgehört wurde – oder daß es von irgendeiner Bedeutung für irgend jemanden gewesen wäre, falls dies doch der Fall war. Ich ging zurück zum Boot, um dort mit Benedetto auf Rena zu warten, die in einem Mietwagen kommen wollte. Wir hatten es nicht gewagt, sie zu ermuntern, ein Taxi zu nehmen . . .

Benedetto saß aufrecht gegen den Mast gelehnt und starrte über das Wasser. Vielleicht habe ich ihn erschreckt, als ich zum Boot zurück kam, denn er drehte sich unbeholfen um und stieß einen schwachen, hilflosen Schrei aus.

Dann erkannte er mich. Er sagte etwas, das ich nicht verstehen konnte, und zeigte gen Westen, wo die Sonne schon lange untergegangen war.

Aber es kam immer noch Licht von dort . . . und das war kein Sonnenuntergang.

Weit hinten am Horizont hing ein schwaches Glimmen. Ich verstand es zuerst nicht, da ich sicher war, daß sich die Bombe auf dem Weg zum Hauptbüro in New York befand; aber es mußte irgend etwas Unvorhergesehenes passiert sein. Dieses Glimmen, das sich so lange nach der Explosion des Tankwagens immer noch mit bläulich glühenden Staubteilchen in der Dunkelheit zeigte, ließ nur einen Schluß zu: Die Bombe war über dem Atlantik hochgegangen.

Es gab keine Fragen mehr. Die tödlichste Waffe, die die Welt kannte, hatte ihre Aufgabe erfüllt!

14

Das Hotel war natürlich kein sicheres Versteck, aber welcher Ort war das schon, wenn das Ende der Welt bevorstand? Rena und ich nahmen Benedetto in die Mitte und gelangten in unser Zimmer, ohne allzuviel Aufmerksamkeit zu erregen. Wir legten ihn aufs Bett und zogen ihm die Jacke vom Körper.

Die Kugel war ihm einige Zentimeter über dem Herzen in die Schulter gedrungen. Der Knochen war zersplittert, aber die Blutung war nur schwach. Rena tat, was sie konnte – viel war es nicht. Zum ersten Mal kamen wir nach einer Zeit, die Jahre her zu sein schien, wieder zum Atemholen.

„Ich werde einen Arzt anrufen", sagte ich.

„Nein, Thomas!" erwiderte Benedetto matt. „Die Gesellschaft!"

„Was spielt das noch für eine Rolle?" protestierte ich. „Wir sind jetzt alle tot. Sie haben doch dafür gesorgt . . ." Ich zögerte und setzte neu an. „Slovetski hat dafür gesorgt. Die Bombe hat einen *Kobaltmantel!"*

Er blinzelte mich seltsam neugierig an. „Slovetski?" wiederholte er. „Sie vermuten, daß Slovetski es war, der das so geplant hat?" Er schüttelte den Kopf – und wimmerte vor Schmerz. Dann flüsterte er: „Thomas, Sie begreifen nicht. Es war *mein* Projekt, nicht Slovetskis. Er hatte vor, das Hauptbüro der Gesellschaft zu zerstören; seine Überlegung war, sie umzubringen und damit das Böse zu beseitigen. Ich überzeugte ihn davon, daß es nicht nötig sei zu töten, wir mußten nur ein Wagnis eingehen . . . spielen."

„Ich . . ." Ich starrte ihn an. „Sie phantasieren!"

„O nein!" Er schüttelte wieder den Kopf und schaffte es, seine Lippen zu einem winzigen Lächeln zu verziehen. „Verstehen Sie es denn nicht, Thomas? Die Superbombe explodiert, die Welt wird von tödlichen Partikeln überzogen, und dann . . . was dann?"

„Wir sterben!"

„Sterben? Nein! Haben Sie die Kliniken vergessen?"

Das warf mich um. Ich hatte nur die verkürzenden Schlagworte meiner allerersten Schulungen über die Bombe wiedergekäut! Im Kurzen Krieg explodiert, hätte sie natürlich den Schlußpunkt hinter die menschliche Geschichte gesetzt! Aber ich war ein Narr gewesen. Die Gewölbe waren gebaut worden, um mit den extremsten Notfällen fertig zu werden, selbst solchen, die fast die gesamte Gattung auslöschten. Sie hatten nicht damit gerechnet, daß jemals eine Kobaltbombe explodieren würde – nur anarchistische Gewalttäter würden so etwas versuchen, und wie sollten die an spaltbares Material kommen? Aber selbst darauf waren sie vorbereitet. Ich hatte den Untergang erwartet. Ich war wieder einmal ein Narr gewesen!

„Die Kliniken", wiederholte Benedetto, als ich ihn anstarrte.

Es war die Antwort. Selbst das radioaktive Gift des Kobalt-60 lebt nicht ewig. Zwölf Jahre, und die Hälfte ist verschwunden, nach fünfundzwanzig Jahren sind es drei Viertel. In fünfzig Jahren würde die noch verbleibende Aktivität bei fünf Prozent oder so liegen, und die Menschheit konnte wieder zum Vorschein kommen.

„Aber warum?“ wollte ich wissen. „Angenommen, die Gesellschaft ist in der Lage, die gesamte Weltbevölkerung unterzubringen? Zugegeben, sie haben Platz genug, und ein Jahr oder fünfzig Jahre machen keinen Unterschied, wenn man auf Eis liegt. Aber was ist der Sinn dabei?“

Er lächelte matt. „Bankrott, Thomas“, flüsterte er. „Begreifen Sie also, daß wir nicht gerade jetzt in die Hände der Gesellschaft fallen sollten? Denn es gibt eine Chance für uns zu überleben . . . und vielleicht sogar den Hauch einer Chance, daß wir siegen werden!“

Es war nicht einmal der Hauch einer Chance – sagte ich mir immer wieder.

Aber wenn die Gesellschaft irgendwo verwundbar war, so war sie es auf finanziellem Gebiet. Benedetto hatte in dieser Hinsicht sehr klug gehandelt. Die Bombardierung des Hauptbüros wäre nicht mehr als eine größere Unannehmlichkeit gewesen. Aber den Lauf der Welt durch eine fünfzigjährige Zwangspause zu unterbrechen, während das radioaktive Kobalt langsam zerfiel – das bedeutete fünfzig Jahre, in denen die Gesellschaft untätig im Winterschlaf ruhte, fünfzig

Jahre, in denen die Policen weiterliefen und fällig wurden. Das war nämlich das Geniale an dem Plan, den Benedetto ausgeheckt hatte. *Die Gesellschaft versicherte gegen alles.* Falls jemand zu hoher Strahlungsbelastung ausgesetzt worden war und in die Suspendierung gelegt werden mußte, so kam er automatisch in den Genuß von „Erwerbsunfähigkeitsbeihilfen", während seine Police ihre eigenen Prämien abdeckte; multipliziert mit vier Milliarden kam eine Summe heraus, die den finanziellen Ruin der Gesellschaft bedeutete.

Das schien ein ziemlich dünner Faden zu sein, um ein Ungeheuer zu erwürgen. Und doch, ich dachte an das Bild von Millen Carmody in meinem *Handbuch*. Er war so etwas wie die Verkörperung von Ehrenhaftigkeit. Wo ein Defoe sich über das Recht hinwegsetzen mochte und für Dokumente und Verträge nur Hohn hatte, würde Carmody durch sein Wort gebunden sein. Die Frage war dann, ob Defoe es wagen würde, sich gegen Carmody zu stellen. Alles andere war vernünftig. Und obwohl die Bombe inzwischen über dem Atlantik explodiert war, würde es Tage dauern, bevor der erste Fallout vom Wind auf das Land getrieben wurde, und diese Tage boten Zeit genug, um mit der Völkerwanderung in die Gewölbe zu beginnen . . .

Warte es ab, sagte ich mir. Warte es ab. Es war eine nur schwache Hoffnung, aber es war eine Hoffnung, und ich hatte gedacht, daß alle Hoffnung gestorben sei.

Wir konnten nicht im Hotel bleiben, und uns blieb nur noch ein Ort, wohin wir gehen konnten. Slovetski gefangen, die Gesellschaft machte Jagd auf unsere

Skalps, die ganze Welt würde bald in völliges Chaos gestürzt werden – wir mußten untertauchen.

Es brauchte seine Zeit. Zorchis Krankenhaus gab mir einen Hinweis; ich folgte der Spur und machte seinen Sekretär ausfindig. Als ich ihn anrief, spuckte er vor mir aus und unterbrach die Verbindung, als ich aber zum zweiten Mal anrief, war er brummend bereit, mir eine andere Nummer zu geben, die ich anrufen konnte. Die neue Nummer war die von Zorchis Anwalt. Der gab sich undurchsichtig und war wenig mitteilsam, schlug aber vor, daß ich ihn in einer Viertelstunde wieder anrufen sollte. Nach einer Viertelstunde war ich wieder am Apparat. „Was blieb in Abteilung einhundert zurück?“ fragte er vorsichtig.

„Eine Injektionsnadel und eine Flasche mit einer Lösung“, erwiderte ich prompt.

„Das stimmt überein“, bestätigte er und gab mir eine weitere Nummer.

Und am anderen Ende dieser Nummer erreichte ich Zorchi.

„Der Mörderlehrling“, höhnte er. „Und er bittet um Hilfe? Wie ist das möglich, Wiehls? Hat mein Anwalt gelogen?“

„Wenn Sie mir nicht helfen wollen, dann sagen Sie's“, erwiderte ich steif.

„Oh . . .“ – er zuckte mit den Schultern – „. . . das habe ich nicht gesagt. Was wollen Sie?“

„Etwas zu essen, einen Arzt und einen Platz, an dem sich drei Personen eine Weile verbergen können.“

Er schob die Lippen vor. „Verstecken wollen Sie sich, so?“ Er runzelte die Stirn. „Das ist eine schwerwiegende Angelegenheit, Wiehls. Warum sollte ich Sie vor dem verstecken, was zweifellos nur Ihre gerechte Strafe ist?“

„Weil“, sagte ich fest, „ich eine Telephonnummer habe, und es läßt sich leicht feststellen, wohin die Leitung führt. Defoe weiß nicht, daß Sie entkommen sind, aber das läßt sich in Ordnung bringen.“

Er lachte verärgert auf. „Oho, der Meuchler stellt sich auch noch als Erpresser heraus, oder wie?“

„Der Teufel soll Sie holen, Zorchi“, sagte ich wütend. „Sie wissen, daß ich nicht will, daß man Sie wieder einsperrt. Ich habe nur klargestellt, daß ich dafür sorgen kann . . . und daß ich es nicht tun werde. Also, was ist? Werden Sie uns helfen oder nicht?“

„Oh, natürlich“, sagte er sanft. „Ich hatte mir nur gewünscht, daß Sie ‚bitte‘ sagen, aber das ist eine List, die ihr ‚Vertreter der Gesellschaft‘ augenscheinlich noch nicht gelernt habt. Glauben Sie mir, Signore, ich komme um vor Sehnsucht nach Ihnen, nach Ihnen und Ihren beiden Freunden, wer auch immer sie sein mögen. Hören Sie mir jetzt gut zu.“ Er gab mir eine Adresse und, als ich ihn hilflos ansah, Erklärungen, wie man hinkam. Dann hängte er auf.

Zorchis Haus lag weit außerhalb der Stadt, an der Straße nach Caserta. Es stand an einer Biegung des Schnellwegs, und ich glaube, ich hätte hundertmal daran vorbeifahren können, ohne je einen Blick hineingeworfen zu haben, so eindeutig sah es nach dem weißgetünchten, großen, aber leicht verfallenen Heim eines einigermaßen wohlhabenden Bauern aus. Es war groß genug, um einen Innenhof zu haben, der teilweise von der Straße verdeckt wurde. Wir fuhren direkt hinein.

Der Sekretär erwartete uns an der Tür – und das war ein Schock.

„Sie müssen Rollschuhe haben“, sagte ich zu ihm.

Er hob die Schultern. „Mein Arbeitgeber ist zu nachsichtig“, sagte er mit eisiger Stimme. „Ich hatte gehofft, ihn noch zu erreichen, bevor er einen Fehler macht. Wie Sie sehen, war es zu spät.“

Wir hoben Benedetto vom Sitz. Er war momentan fast ohne Bewußtsein, und unter der Mittelmeerbräune schimmerte sein Gesicht kalkweiß. Ich schüttelte den Sekretär ab und hielt Benedetto vorsichtig in den Armen, als Rena mir die Tür offenhielt. „Einen Moment“, sagte der Sekretär. „Wie ich vermute, ist der Wagen gestohlen. Sie müssen sich seiner augenblicklich entledigen.“

„Er ist nicht gestohlen“, knurrte ich. „Aber die Leute, denen er gehört, haben natürlich ein Auge darauf, daß ihm nichts geschieht. Werden *Sie* ihn los.“

Er sprudelte irgend etwas hervor und wandte sich um, aber dann sah ich ihn doch in den Wagen steigen. Wir gingen hinein. Zorchi wartete in einem motorisierten Rollstuhl auf uns. Er hatte Beine! Wie es schien, waren sie noch nicht vollständig entwickelt, aber in den wenigen Tagen, seit ich ihn befreit hatte, war *etwas* gewachsen, das, in Decken eingewickelt, nach annähernd normalen Gliedmaßen aussah. In der kurzen Zeit war ihm auch ein dichter Bart gewachsen.

Der Sarkasmus war auf jeden Fall derselbe geblieben.

Ich machte dann den Fehler zu sagen: „Signor Zorchi, würden Sie bitte für diesen Mann einen Arzt rufen?"

Die dicken Lippen unter dem Bart verzogen sich. „*Signore* heißt es jetzt, wie? Nicht mehr der Freak Zorchi, der Fall Zorchi, der Halbmensch? Gott läßt viele Wunder geschehen, Wiehls. Hier sehen Sie das größte ... es hat einen Hund in einen *Signore* verwandelt!"

Ich knirschte mit den Zähnen. „Um Gottes willen, Zorchi, rufen Sie einen Arzt!"

„Das haben Sie bereits am Telephon erwähnt, oder?" fragte er kühl. „Wenn Sie nur einfach weitergegangen wären, anstatt sich aufzuspielen, hätten Sie den Doktor bereits gefunden ..."

Plasma und Antibiotika flossen aus einem halben Dutzend Plastikflaschen in den Körper von Benedetto wie Öl in einen Tanker. Ich konnte sehen, wie die Farbe fast augenblicklich in sein Gesicht zurückkehrte, und die eingesunkenen Augen schienen wieder lebendig zu werden. Der Arzt gab ihm etwas zum Schlafen und erklärte uns, daß Benedetto weitere Belastungen nicht mehr überstehen würde. Aber falls er drei oder vier Wochen ruhig im Bett blieb, sagte der Arzt, während er die Lire zählte, die Zorchis Sekretär ihm hingeblättert hatte, bestünde keine große Gefahr ...

Falls er für drei bis vier Wochen ruhig im Bett blieb! Es würde kaum mehr zehn Tage dauern, bis man mit der Atmosphäre des Planeten den Tod einatmete! In dieser Zeit konnte viel mit Benedetto geschehen, aber ruhig liegenzubleiben gehörte mit Sicherheit nicht dazu.

Und dennoch, wir hatten eine Atempause. Zorchi zog sich in sein eigenes Quartier zurück, nachdem der Arzt gegangen war, und Rena und ich verließen Benedetto, als er eingeschlafen war.

Wir fanden einen Fernsehapparat, schalteten ihn ein und warteten auf einen Hinweis auf die Kobaltbombe. Wir bekamen eine *Canzoni*-Aufnahme herein, von einem Tenor mit quäkender Stimme vorgetragen. Wir schalteten um und sahen eine der üblichen kitschigen Familienserien, komplett mit einer weisen, fetten, alten Mutter und einer schluchzenden Schwiegertochter. Bei den anderen Stationen war es das gleiche. Wir starrten uns ungläubig an. Als schließlich die normale stündliche Nachrichtensendung lief, gab es die erste Andeutung: „Eine Explosion unbekannter Ursache, die über dem Atlantik beobachtet wurde“, sagte der Sprecher, „hat letzte Nacht viele Menschen beunruhigt. Obwohl Art und Ursache der Explosion nicht bekannt sind, geht man vorläufig davon aus, daß keine Gefahr besteht. Allerdings ist es zu einer zeitweiligen Störung der Langstrecken-Funkverbindungen gekommen, und der Luftverkehr bleibt eingestellt, während die Explosion untersucht wird.“

Wir schalteten das Radio ein; es stimmte. Es waren nur die UKW- und Fernsehbänder zu empfangen.

„Das begreife ich nicht – wenn es genug Störungen gibt, um die Langstrecken-Verbindungen völlig zu unterbrechen, sollte sich das doch *irgendwie* auch im Ultrakurzbereich bemerkbar machen.“

„Ich bin mir nicht ganz sicher“, sagte Rena zweifelnd, „aber gibt es da nicht irgend etwas beim Fernsehen, das die Reichweite einschränkt?“

„Äh . . . ich glaube schon, ja. Das hängt irgendwie damit zusammen, daß die Fernsehsendungen alle in den VHF- und UHF-Kanälen ausgestrahlt werden, und deren Wellen haben nur eine kurze Reichweite.“

„Ja, das meine ich“, sagte sie. „Und ist es dann nicht möglich, daß tatsächlich nur die fernen Sender unterbrochen sind, aus Absicht, meine ich?“

Ich schlug mit der Hand auf die Stuhllehne. „Aus Absicht! Die Gesellschaft . . . sie wollen die Angelegenheit auf einen engen Raum begrenzen. Diese Idioten – ist ihnen denn nicht klar, daß dies unmöglich ist? Glaubt Defoe denn, daß er nichts gegen den Weltuntergang zu unternehmen braucht, indem er den Leuten einfach die Informationen vorenthält?“

„Ich weiß es nicht, Tom“, sagte sie.

Ich wußte es auch nicht, aber ich stellte Vermutungen an, genau wie sie. Es war gar keine Frage, daß die Gesellschaft mit ihren unerschöpflichen Reserven und ihren Nervenbahnen, die in jeden Teil der Welt liefen, ganz genau wußte, was für eine Bombe das war und welche Wirkung sie haben würde. Und daß die Tage gezählt waren, bis der Fallout gefährlich wurde. Inzwischen hätte die Welt längst informiert sein müssen, und die ersten Gruppen sollten auch bereits mobilisiert sein und sich in die Gewölbe begeben, um dort auf den Tag zu warten, an dem die Luft wieder sauber sein würde. Falls dies verzögert wurde, so gab es bestimmt keine guten Gründe dafür.

Der einzige Grund war ... Defoe. Aber was, so fragte ich mich mit einem ganz elenden Gefühl, machte Millen Carmody die ganze Zeit? Saß er nur gemütlich da und ließ seelenruhig zu, daß Defoe alle Ideale, für die die Gesellschaft stand, vollständig pervertierte?!

Das konnte ich von Millen Carmody nicht glauben. Es war unmöglich, daß der Mann, der die begeisternden Worte im *Handbuch* geschrieben hatte, sich des Völkermordes schuldig machte.

Rena entschuldigte sich, um nach ihrem Vater zu sehen. Ich schämte mich fast meiner selbst, als ich das abgenutzte Büchlein aus der Tasche holte und Carmodys Vorwort aufschlug. Es war praktisch unmöglich, die immens beruhigenden und Sicherheit versprechenden Worte mit dem in Einklang zu bringen, was ich gesehen hatte; als ich sie las, fühlte ich mich nicht mehr zuversichtlich und getröstet wie früher.

Es schien keine Gefahr zu bestehen, und Rena hielt es drinnen nicht mehr aus. Für Benedetto konnten wir nichts tun, außer zu warten, und das konnten Zorchis Bedienstete genauso gut tun wie wir.

Ich nahm sie am Arm, wir schlenderten in den Garten hinaus und atmeten tief durch. Das war ein Fehler.

In Zorchis klimatisiertem Haus hatte ich vergessen, daß wir uns genau im Zentrum der Hanffelder befanden, deren Duft mich fast um eine Mahlzeit gebracht hatte, als ich mit Hammond hier gewesen war. Es schien schon so lange zurückzuliegen, und ich fragte mich, ob ich jemals herausfinden würde, wer ihn umgebracht hatte.

Aber der Gestank in unseren Nasen war wichtiger. „Vielleicht ist es in dem Walnußwäldchen auf der anderen Seite der Straße nicht so schlimm“, sagte Rena.

Ich zögerte, aber in der warmen italienischen Nacht schien nirgendwo eine Gefahr zu lauern, und so probierten wir es. Der scharfe Duft der Walnußbäume half ein wenig, was jedoch mehr half, war der Umstand, daß die Geruchsnerven eine bestimmte Toleranzgrenze haben; wenn diese überschritten wird, stellen sie einfach ihre Funktion ein. Und so dauerte es gar nicht lange, bis wir den Geruch kaum mehr wahrnahmen, obwohl er genauso stark blieb wie zuvor. Wir setzten uns am Fuße eines großen Baumes hin, und Rena lehnte ihren Kopf gegen meine Schulter. Wir sagten lange kein einziges Wort. Nach dieser Zeit von Gewalt und Tod tat es gut, zu schweigen. Dann hob sie den Kopf und sagte: „Ein seltsamer Mann.“

„Wer, ich?“

„Nein. Oh, oder doch, wenn du so willst, ganz schön seltsam. Aber ich habe an Zorchi gedacht. Ist das wirklich wahr, was du mir über seine problemlos nachwachsenden Arme und Beine gesagt hast?“

„Ich dachte, alle Menschen in Neapel wüßten davon. Ich dachte, er sei ein Nationalheld.“

„Natürlich. Aber man hat mir niemals gesagt, daß die Geschichten, die man sich erzählt, *stimmen*. Wie geht das vor sich, Tom?“

„Das mag der Himmel wissen, ich jedenfalls weiß es nicht. Ich glaube, Zorchi weiß es selbst nicht. Vielleicht hatten seine Eltern mit kernphysikalischen Experimenten oder so zu tun, haben sich dabei radioaktiven

Strahlen ausgesetzt und so eine Mutation hervorgebracht. So etwas ist durchaus möglich, weißt du.“

„Natürlich weiß ich das, Tom.“

„Oder es ist einfach nur so passiert, rein zufällig. Irgend etwas, das er gegessen hat, eine Krankheit, auf die seine Drüsen in besonderer Weise reagiert haben, irgendein Medikament. Wer weiß?“

„Könnten die Wissenschaftler das herausfinden?“

„Na ja . . .“ Ich fing an zu reden, als würde ich unserer alten Argumentation folgen. „Also, ich glaube schon. Reine Grundlagenforschung wird heutzutage allerdings nicht sonderlich unterstützt oder gefördert.“

„Und das sollte anders sein, meinst du?“

„Natürlich sollte es das. Die einzige Hoffnung der Welt ist . . .“ ich verstummte. Durch die Bäume drang ein weit entfernter Schimmer, und ich hatte mich gerade daran erinnert, was es war.

„. . . ist was Tom?“

„Es gibt keine Hoffnung mehr“, sagte ich – mehr zu mir selbst. Sie drängte sich dicht an mich, sie vergrub sich förmlich in meinem Arm.

Vielleicht hatte der Wind sich gedreht, und der Geruch der Hanffelder wurde stärker, vielleicht waren es aber auch nur die bösen Gedanken, die der glühende Himmel hervorgerufen hatte, die meine Stimmung vergifteten. Eben noch glücklich und entspannt und ohne jeden Gedanken an die Bombe, war ich mir jetzt der Dinge, die uns allen bevorstanden, um so bewußter.

„Laß uns zurückgehen, Rena“, sagte ich. Sie fragte nicht, warum. Vielleicht bedrückte sie genau wie mich die Bürde unseres Todesurteils.

Wir kamen gerade noch zu den Abendnachrichten zurecht. Die Inhalte unterschieden sich wenig von den vorhergegangenen Sendungen.

Benedetto schlief immer noch, aber Zorchi gesellte sich zu uns, als wir vor dem Bildschirm saßen. Der Nachrichtensprecher, der seinem Gesicht die gewichtigen, ernsthaften und zugleich zuversichtlichen Züge verliehen hatte, die seinen Berufsstand auf der ganzen Welt auszeichnen, sagte: „Die letzten Nachrichten über die Bombe, die über dem Nordatlantik explodierte, lassen die Gefährdung dieses Gebiets durch das Abregnen geringer Mengen radioaktiven Fallouts möglich erscheinen. Die Gefahrenzonen werden zur Stunde genau erfaßt, und dann in einem Übersichtsplan ausgewiesen. Die Einwohner der betreffenden Sektionen werden entweder evakuiert oder in die Suspendierung versetzt, bis die Gefahr vorüber ist. Blauer-Riegel-Policen gewähren umfassenden Schutz gegen alle Gefahren dieser Explosion. Ich wiederhole, Blauer-Riegel-Policen gewähren umfassenden Schutz gegen alle Gefahren dieser Explosion. Überprüfen Sie Ihre Policen und vergewissern Sie sich über deren Höhe. Wer durch die Blauer-Riegel-Mindestdeckung oder besser abgesichert ist, hat nichts zu befürchten."

Ich schaltete das Gerät aus. „Was wohl die Leute in Shanghei heute zu hören bekommen", sagte ich nachdenklich.

Zorchi hatte am Nachmittag nur kommentarlos zugehört, als ich ihm von der Bombe berichtete, und auch jetzt hörte er kommentarlos zu.

„Tom", sagte Rena, „ich frage mich schon die ganze

Zeit etwas. Du weißt, daß ich . . . ich habe keine Versicherung. Ebenso wenig wie mein Vater, seit unsere Policen annuliert wurden, und wir beide sind nicht die einzigen.“

Ich tätschelte ihre Hand. „Das kriegen wir schon hin“, versprach ich. „Ihr bekommt eure Deckungskarten zurück.“

Sie warf mir einen skeptischen Blick zu und schüttelte dann den Kopf. „Ich rede nicht nur von Vater und mir. Was ist mit all den Unversicherbaren, die es in der ganzen Welt gibt? Die Bombe explodiert, und jedermann mit einer Police reiht sich in den Marsch in die Gewölbe ein – aber was ist mit denen, die keine haben?“

„Für die gibt es bestimmte Vorkehrungen und Bestimmungen“, erklärte ich. „Für einige kann gesorgt werden, indem man sie unter die Abhängigkeitsklauseln ihrer nächsten Verwandten fallen läßt. Für andere gibt es verschiedene Wohlfahrtsvorkehrungen; einige Orte zum Beispiel haben übertragbare Blankopolicen für ihre Unterstützungsempfänger, Häftlinge und so weiter. Und . . . also, ich glaube nicht, daß es überhaupt dazu kommen wird, aber falls irgend jemand auftauchen sollte, der überhaupt keinen Versicherungsschutz hat, würde man sich entsprechend dem Sonder- und Verlustfond um ihn kümmern, den die Gesellschaft für solche Fälle eingerichtet hat. Es wäre nicht gerade luxuriös, aber er würde leben. Du siehst“, fuhr ich fort, und fing an, mich für mein Thema zu erwärmen, „die Art und Weise, in der die Gesellschaft organisiert ist, führt dazu, daß die Bezahlung der Prämien letzten Endes bedeutungslos ist. Aufgabe und Ziel der Gesellschaft sind einzig und allein Hilfe und Dienstleistungen, die Prämien sind nur Mittel zu diesem Zweck. Die Gesellschaft hat kein anderes Interesse als das Wohl der Menschheit, und . . .“

Ich brach ab und fühlte mich wie ein Narr. Zorchi lachte rauh. „Dieses Lachen habe ich vermutlich herausgefordert, Zorchi“, sagte ich ärgerlich. „Was ich gesagt habe, mag vielleicht komisch klingen, aber, bei Gott, Zorchi, das ist das Prinzip, nach dem die Gesellschaft aufgebaut ist. Hier . . .“ – ich nahm das *Handbuch* vom Couchtisch neben mir und warf es ihm zu – „. . . lesen Sie, was Millen Carmody zu sagen hat. Ich will gar nicht versuchen, Sie zu überzeugen. Sie sollen es nur lesen.“

Er fing es sehr geschickt auf und ließ es dann vor sich auf den Boden fallen. „Soviel zu Ihrem Obermeuchler“, bemerkte er freundlich. „Die Worte sind ohne Zweifel süß wie Honig, aber ich bin im Moment nicht sonderlich daran interessiert, sie mir zu Gemüte zu führen.“

Ich zuckte mit den Schultern. Es war schon seltsam, wie ein vernünftiger Mann – ich habe mich immer für einen vernünftigen Mann gehalten – sich selbst zum Narren machen konnte. Es war keine Sünde, daß ich mich durch die Gewohnheit dazu hatte verleiten lassen, die Gesellschaft zu verherrlichen, aber es war gelinde gesagt ziemlich albern von mir, beleidigt zu sein, weil meine Zuhörer mir nicht zustimmten. „Ich nehme auch gar nicht an, daß Sie das sind“, sagte ich in einem Ton, der ziemlich sauer geklungen haben muß.

„Warum sollten Sie auch? Sie hassen die Gesellschaft, und damit hat es sich.“

Er schüttelte milde den Kopf. „Ich? Nein, Wiehls. Glauben Sie mir, ich bin der ergebenste Freund der Gesellschaft. Wie sollte ich ohne sie meinen Dauerhunger befriedigen können?“

Ich grinste ihn höhnisch an. „Wenn Sie ein Freund der Gesellschaft sind, dann ist mein bester Freund ein Bandwurm.“

„Zorchi ist ein Parasit, meinen Sie?“ Seine Augen blitzten wütend auf. „Wiehls, Sie nehmen sich zu viele Freiheiten heraus! Meine Dankbarkeit hat Grenzen. Ich warne Sie! Immer und immer wieder zu bluten und zu sterben – handelt so ein Bandwurm? Ist das etwas, das ich mir ausgesucht habe? Habe ich, bevor meine Mutter mich an das Licht der Welt setzte, darum gebetet, als Monster geboren zu werden? Nein, Wiehls! Wir sind uns ähnlich, ihr Herren von der Gesellschaft und ich . . . wir leben von Blutgeld, wahrhaftig. Aber das Blut, von dem ich lebe, Mann – ist mein eigenes!“

„Zorchi“, sagte ich beschwichtigend, „ich hatte einen harten Tag, ich wollte Sie nicht verletzen oder so.“

„Ha!“

„Nein, wirklich nicht!“

Von einem auf den anderen Moment wurde er ruhig und zuckte mit den Schultern. „Es ist sowieso ohne jede Bedeutung“, sagte er. „Falls ich einen Groll gegen Sie hegen wollte, bedürfte es nicht dieser Äußerungen, denn Gründe hätte ich genug.“ Er seufzte. „Vor vierundzwanzig Stunden sah alles noch so einfach aus, Wiehls. Es ist wahr, ich bin in der Ausübung meiner kleinen Profession in dieser Gegend so weit gegangen, wie das möglich war . . . mit eurer Hilfe natürlich. Aber die ganze Welt lag noch vor mir . . . ich hatte alles für einen Flug zum Pariser Anarch arrangiert, um dort meinen Namen zu ändern, und nach einem Monat vielleicht, mit einer neuen Police, hätte ich einen schweren Unfall gehabt, der mich mit den nötigen Francs für meine Steckenpferde ausgestattet hätte. Wie kommt es nur, daß Sie immer schlechte Nachrichten bringen müssen?"

„Habe ich Ihnen nicht auch einmal einen kleinen Dienst erwiesen?" fragte ich.

„Indem Sie mir aus der Tiefkühlung heraus halfen? O ja, vielleicht. Aber haben Sie nicht zuerst genauso dabei mitgeholfen, mich hineinzustecken? Und daß Sie mir bei meiner Flucht geholfen haben, hat doch wohl hinlänglich Anerkennung gefunden – ich habe bemerkt, daß die junge Dame Sie ansieht wie einen Helden."

„Sie können einen ja total verrückt machen", sagte ich. „Ich glaube, Sie wissen das auch. Ich habe nie irgendwelche Anerkennung dafür verlangt, daß ich Ihnen aus der Klinik geholfen habe. Tatsächlich ist es sogar so, daß ich es nie erwähnt habe. Alle nahmen an, daß ich sie zufällig mitbrachte – niemand hat danach gefragt."

Er brauste auf. „Sie ließen sie dies *annehmen*, Wiehls? Sie ließen Sie annehmen, daß Zorchi eine genauso hilflose Schweinehälfte war wie all die anderen Toten . . . Sie ließen sie vermuten, daß Sie mich mit einer Spritze gestochen haben, damit Sie selbst sehr tapfer aussahen! Ist es nicht so, daß ich mich selbst wiederbelebt habe, Wiehls?"

Ich bemerkte, wie ich wütend wurde. „Natürlich! Aber ich sah keinen Grund, warum ich . . ."

„Warum Sie Anerkennung und Ehre teilen sollten, richtig, Wiehls? Nein, sagen Sie nichts mehr. Für mich ist die Sache abgeschlossen. Aber wie auch immer, ich weise darauf hin, daß es einen Unterschied zwischen der Rettung eines hilflosen Fleischhaufens und der rein zufälligen Hilfestellung gibt, zu der man von einem Zorchi eingeladen wird."

Ich beließ es dabei. Mit diesem Mann konnte man nicht diskutieren, würde es nie können.

Ich verließ den Raum, angeblich, um nach Benedetto zu sehen, in Wirklichkeit aber, um mich ein wenig abzukühlen. Benedetto schien es gut zu gehen, das heißt, die Verbände waren nicht verrutscht, Atmung und Puls waren langsam und regelmäßig. Ich ließ mir Zeit, bis ich in das Zimmer zurückging, in dem Zorchi saß und wartete.

Er hatte die Zeit genutzt, seinen Verstand zu gebrauchen,und sich eines Besseren besonnen. Die Neugierde dieses Mannes war unersättlich, und je mehr er sie leugnete, desto mehr trat sie hervor. Er hatte das *Handbuch* auf den Boden geworfen, als ich es ihm gegeben hatte, aber sobald ich nicht mehr zu sehen war, blätterte er es durch. Es lag geöffnet auf seinen Knien, und er hatte sein Gesicht dicht darüber gebeugt. Schließlich blickte er zu mir auf.

„Wiehls!" Zum ersten Mal lag kein sardonisches Krächzen in seiner Stimme, und sein Gesicht war kalkweiß. „Erlauben Sie mir, mich zu vergewissern, daß ich Sie richtig verstanden habe. Sie sind der Überzeugung, daß dieser intelligente Plan, die Welt mit Gift zu bedecken und sie damit zu verbessern, unter anderem deswegen Erfolg haben wird, weil ein Signore Carmody diesen Defoe seiner Macht berauben wird?"

„Also, nicht genau . . ."

„Aber fast genau? Das heißt, Sie benötigen diesen Millen Carmody für Ihren Plan?"

„Es war nicht *mein* Plan, aber mit dem anderen haben Sie recht."

„Sehr gut". Er reichte mir das *Handbuch* herüber. „Hier ist ein Bild, unter dem Millen Carmody steht. Ist das der Mann?"

Ich sah in die bekannten, warmen Augen auf dem Frontispiz. „Das stimmt. Haben Sie ihn gesehen?"

„Das habe ich allerdings." Der zottige Bart zuckte . . . ich war mir nicht sicher, ob vor Lachen oder Weinen. „Ich sah ihn vor gar nicht langer Zeit, Wiehls. Es war in dem Raum, den sie Abteilung einhundert nennen – erinnern Sie sich? Er war in einem kleinen Beutel, und er schlief sehr tief, als ich erwachte, in dem Fach, das unter meinem lag, Wiehls!"

15

Jetzt also wußte ich endlich, warum Millen Carmody es Defoe gestattet hatte, aus der Gesellschaft ein Gefängnis zu machen, das die ganze Welt umfing. Er konnte es nicht verbieten, weil die Toten nichts verbieten können, und Carmody schlief mit den Toten. Kein Wunder, daß Defoe sich so sehr um den Neapelsektor kümmerte.

Wie lange schon? Wie lange schon war Carmody still aus dem Weg geräumt, während Defoe plante und handelte und irgend jemand irgendwo in einem kleinen Raum „Erklärungen" mit Millen Carmodys Unterschrift herausgab und „Interviews" veröffentlichte, an denen nur eine Person beteiligt war! Es konnte nicht länger als fünf oder sechs Jahre her sein, überlegte ich und rechnete zu der Zeit zurück, als Defoes Name mir als gewöhnlichem Bürger zum ersten Mal auffiel, noch bevor ich seine Cousine geheiratet hatte. Sechs Jahre. Das war der Zeitpunkt des tschechoslowakisch-österreichischen Krieges. Und in dem folgenden Jahr gerieten Hanoi und Zebu aneinander, und im Jahr darauf Auckland und Adelaide.

Was, in Gottes Namen, hatte Defoe vor? Nicht so etwas Simples, wie Carmody aus dem Weg zu räumen, um dann die Gesellschaft auszuplündern. Niemand konnte derartig reich sein wollen! Reichtum in diesen Dimensionen geriet zur Abstraktion.

Er wollte nur eines . . . Macht!

Aber das war jetzt unwichtig – wichtig war einzig und allein, daß ich nun wußte: Carmody war ein Feind Defoes. Er war daher und per Definition ein Verbündeter von Rena und mir, und was wir brauchten, waren Verbündete. Frage: Wie konnten wir Carmody aus Abteilung einhundert herausschaffen?

Wir kamen zu keiner vernünftigen Lösung, obwohl Rena und ich, unterstützt von brummigen Kommentaren Zorchis, darüber diskutierten, bis der Morgen dämmerte. Ein Frontalangriff auf die Klinik war lächerlich. Selbst ein Ablenkungsüberfall, wie ihn Rena benutzt hatte, als sie versuchte, ihren Vater zu befreien – vor gerade erst zehn Tagen! – würde uns kaum durch die dreifach gesicherte Tür von Abteilung einhundert bringen. Selbst unter Aufbietung aller – inzwischen nicht mehr vorhandener – Kräfte von Slovetskis Bewegung wäre es nicht gelungen.

Es war zum Verrücktwerden. Ich hatte die von Rena übernommene Spritze in Abteilung einhundert versteckt, um sie loszuwerden. Zweifellos befand sie sich immer noch dort – vielleicht nur einige Meter von Millen Carmody entfernt. Falls fünfundzwanzig Kubikzentimeter einer wäßrigen, purpurnen Flüssigkeit aus einer kleinen Glasflasche in seine Venen gebracht werden konnten, war das Problem gelöst, denn er konnte die Tür von innen genauso leicht öffnen, wie Zorchi es getan hatte, und bestimmt konnten wir es irgendwie schaffen, ihn herauszuholen, wenn er es erst einmal so weit geschafft hatte.

Aber die ganze Sache war unmöglich, von welcher Seite wir sie auch betrachteten.

Ich war in meinem Stuhl eingeschlafen und wachte aus einem verrückten Alptraum auf, in dem ein Racheengel mit kobaltblauen Augen mich aus dem Himmel verbannte, und ich wollte vor ihm davonlaufen, aber ein kleiner Mann mit einer Spritze aus Eis hatte mich einfrieren lassen. Ich öffnete die Augen und sah auf den Fernseher. Irgend jemand – vermutlich Rena – hatte eine leichte Decke über mich ausgebreitet. Aus dem Gerät schmetterte ein durchdringender Tenor. Zorchi sah sich, anscheinend fasziniert, eine Oper an und kroch fast in den Bildschirm hinein; ich hätte genausogut Tausende von Kilometern entfernt sein können.

Ich lag mit trüben Augen da und betrachtete die winzigen Figuren, die über den Schirm flackerten. Ich vergaß zwar die Dinge nicht, die mich beschäftigten, ich wußte, daß sie vorhanden waren und um was es ging, aber mir fehlte einfach die Kraft, sie zu greifen und mich ihnen zu stellen. In der Oper schien es um eine ägyptische Königin und eine Art Priester zu gehen; mich interessierte es nicht sonderlich, es erschien mir allerdings seltsam, daß Zorchi das Geschehen so eifrig, ja begierig verfolgte. Vielleicht war, alles in allem, doch etwas an seinem weinerlichen Selbstmitleid; vielleicht sah ich wirklich nur ein Monster oder einen Hund in ihm, denn ihn beim Betrachten einer Oper zu sehen, verunsicherte und irritierte mich mindestens ebensosehr, als wenn ich einen Affen beim Flötespielen gesehen hätte.

Ich hörte, wie Lastwagen auf der Autobahn vorbeifuhren. Nach und nach wurde mir bewußt, daß ich eine *Menge* Lastwagen hörte. Ich hatte keine Ahnung, wie stark die Verbindung Neapel-Caserta normalerweise befahren war ... aber dem Geräusch nach schienen sie die Straße Stoßstange an Stoßstange und mit mindestens 110 bis 120 Kilometer pro Stunde entlangzusurren. Ich stand steif auf und ging hinüber zum Fenster.

Ich hatte nicht sehr daneben gelegen. Ein ständiger Strom von Fahrzeugen – nicht nur Lastwagen, sondern auch Busse und Limousinen, alles mögliche, von den neuesten Gyromodellen bis hin zu uralten dieselgetriebenen Treckern und Zugmaschinen – raste in beiden Richtungen vorbei.

Zorchi hatte mich gehört und drehte sich mit einem schwer deutbaren Gesichtsausdruck zu mir um. Ich zeigte zum Fenster. „Was geht da vor?" fragte ich.

„Das Ende der Welt", sagte er ruhig und mit tonloser Stimme. „Es ist jetzt offiziell, es kam über das Fernsehen. Oh, sie verlieren nicht viele Worte darüber, aber es ist da."

Ich ging zum Fernseher und schaltete den Videorecorder ab, denn die Oper war ein Mitschnitt, wie ich jetzt bemerkte. Zorchi sah mich böse an, versuchte aber nicht, mich aufzuhalten, als ich die Kanäle nach einer Nachrichtensendung absuchte.

Ich mußte nicht lange suchen. Auf jedem Kanal war es dasselbe: Die Gesellschaft gab Anweisungen und Instruktionen durch. Jeder Mann, jede Frau und jedes

Kind sollten sich für eine innerhalb von zehn Tagen stattfindende Einweisung in eine Klinik bereithalten ...

Ich versuchte mir die Panik und den Tumult vorzustellen, die sich momentan in der City von Neapel abspielen mußten.

Der Nachrichtensprecher sagte: „Vergessen Sie nicht, wenn die Nummer Ihrer Blauer-Riegel-Grundpolice mit den Buchstaben A, B oder C beginnt – ich wiederhole, wenn sie mit den Buchstaben A, B oder C beginnt –, haben Sie sich bis morgen früh sechs Uhr bei Ihrer örtlichen Erste-Hilfe-Station oder Katastrophenzentrale zu melden. Es besteht keine Gefahr – ich wiederhole, keine Gefahr. Hierbei handelt es sich lediglich um eine reine Vorsichtsmaßnahme, die die Gesellschaft zu Ihrem Schutz getroffen hat.“ Er sah aber ganz und gar nicht so aus, als ob keine Gefahr bestünde. Vielmehr machte er den Eindruck von jemandem, der gerade einen Geist gesehen hat.

Ich schaltete auf einen anderen Kanal. Ein genauso gequält aussehender Sprecher verkündete: „... erklärte eine Gruppe von Wissenschaftlern der Königlichen Universität, daß sich eine gefährliche Konzentration radioaktiver Spaltprodukte in den oberen Atmosphäreschichten befindet. Man hofft, daß die strahlenverseuchte Wolke südwärts treiben und, ohne Schaden anzurichten, über das östliche Mittelmeer abziehen wird. Es bleibt allerdings im Zuge einer reinen Vorsichtsmaßnahme unumgänglich, daß alle sich in diesem Großraum befindlichen Personen geschützt untergebracht werden. Man rechnet damit, daß der Höhepunkt der Gefährdung innerhalb der nächsten vierzehn Tage eintreten wird. Eventuell auftretende Schäden sind, wenn überhaupt, nur örtlich begrenzt und auf den Viehbestand beschränkt. Hierfür werden Sie entsprechend Ihrer Blauer-Riegel-Deckung entschädigt werden. Ich wiederhole, falls es zu örtlich begrenzten Schäden kommt, so werden Sie entschädigt."

Ich schaltete auf einen weiteren Kanal. *Örtlich begrenzter* Schaden! Der Ort war die Erde! Ich probierte alle Kanäle aus, es war überall dasselbe.

Die Gesellschaft hatte sich augenscheinlich dazu entschlossen, die gesamte Menschheit zu belügen. Alle sollten im dunkeln gelassen werden, sollten glauben, daß nur ihre kleine Sektion betroffen war, in der Überzeugung, daß es sich bei dem Aufenthalt in den Gewölben höchstens um einige Wochen oder Monate handeln konnte.

War das Defoes geheimer Plan, fragte ich mich. Wollte er über vier Milliarden Menschen irgendwie davon überzeugen, daß fünfzig Jahre nur ein paar Wochen waren? Das würde nie klappen – der erste Astronom, der wieder in die Sterne guckte, der erste Seemann, der unmögliche Fehler in seinen Gezeitentafeln entdeckte, würde die Lüge aufdecken. Da war es schon wahrscheinlicher, daß er weiter entsprechend seiner grundlegenden Maxime handelte: Die Wahrheit ist an der breiten Masse nur verschwendet.

„Falls mein Gast keine Verwendung mehr für das Gerät hat, wäre ich dankbar, wenn er mir gestatten würde, wieder *Aida* zu hören." Zorchi sah mich ausgesprochen ironisch an.

Ich habe wahrscheinlich irgend etwas geantwortet, aber ich weiß nicht mehr, was ich gesagt habe – vermutlich etwas vom gleichen Kaliber. Zorchis Persönlichkeit überbeanspruchte meine Geduld langsam, aber sicher.

Ich weckte Rena und berichtete ihr von der Evakuierung. Gähnend sagte sie: „Aber natürlich, Tom, was können sie sonst auch machen?" Und dann fing sie an, über das Frühstück zu reden,und machte sich auf den Weg ins Eßzimmer.

Ich ging mit ihr, aber nicht, um zu essen; dort befand sich ein kleiner Fernseher, auf dem ich nach Herzenslust dieselben immer und immer wieder ausgestrahlten Sendungen verfolgen konnte. Es war ein – in gewisser Weise – erregender Anblick. Es ist immer beeindruckend, eine gigantische Maschinerie in voller Aktion zu beobachten, und es gab keine größere Maschinerie als die Gesellschaft.

Die Idee, eine ganze Welt, wenn auch nur stückchenweise, zu suspendieren, war phantastisch und atemberaubend. Aber falls es anfänglich in den Geschäftsstellen der Gesellschaften tatsächlich zu Panikreaktionen gekommen war, so zeigte sich jetzt nichts mehr davon. Die Sprecher machten einen besorgten und leicht verwirrten Eindruck, und im Hintergrund bemerkte man die eifrige und hastige Geschäftigkeit und die alle Kräfte beanspruchende Anspannung, unter der alle standen, aber die Dinge gingen ihren Gang. Die langen Schlangen der Fahrzeuge draußen vor dem Fenster – sie strömten irgendwohin; und jedes von ihnen fuhr in Dienst und Auftrag der Gesellschaft, wie man an dem

Medaillon sehen konnte, das an jedem Kühler befestigt worden war.

Vielleicht bestand der Trick darin, jeder Sektion vorzumachen, sie sei die einzige, die betroffen war. War das klug? Ich wußte es nicht. Er funktionierte, und das ist wahrscheinlich der Prüfstein jeder Klugheit. In Neapel wußte man natürlich, daß irgend etwas in Rom vor sich ging, aber über die Republik von Mailand war man schon im Zweifel. Die Römer hatten selbstverständlich keine Zweifel über Mailand, waren sich aber im unklaren über das Herzogtum von Monaco. Und der sprichwörtliche Mann auf der Straße war sich, falls er überhaupt darüber nachdachte, bestimmt sicher, daß soweit entfernt liegende Länder wie Amerika oder China völlig ungefährdet waren.

Es wird wohl klug gewesen sein, denn es kam offenbar zu keiner Panik. Der Trick ermöglichte es, den Schrecken einer weltweiten Katastrophe gegen einen nur lokal begrenzten Unfall auszutauschen, der sich in der Qualität nicht sehr von einem Erdbeben oder einer Überschwemmung unterschied. Und außerdem war da immer noch der Sack mit Gold, der am Ende einer jeden Katastrophe wartete: Blauer Riegel würde mit freigiebiger Hand für jeden Schaden zahlen.

Ausgenommen dieses Mal, Blauer Riegel würde nicht bezahlen können, überhaupt nicht.

Gegen Mittag war Benedetto aus dem Bett.

Es war eigentlich nicht richtig, aber er war bei Bewußtsein, und wir konnten ihn nicht halten, ohne ihn anzuketten.

Er sah sich das Programm an und hörte zu, als Rena und ich ihn auf den neuesten Stand brachten. Genau wie ich war er erschüttert und zugleich hoffnungsvoll, als er erfuhr, daß Millen Carmody in den Gewölben lag – hoffnungsvoll, weil wir damit endlich eine Handhabe hatten, mit der wir das Problem in den Griff bekommen konnten; falls wir an Carmody herankamen, konnten wir vielleicht Defoes usurpierte Macht brechen. Ohne ihn würde Defoe ganz einfach die Jahre, während die Welt schlief, dazu nutzen, eine weltweite Diktatur aufzubauen.

Wir brachten den alten Mann dazu, sich hinzulegen, und verließen ihn. Aber nicht für lange. Es war noch keine Stunde vergangen, als er sich in das Zimmer schleppte, in dem wir saßen und auf den Bildschirm starrten. Er wischte Renas einsetzenden Protest mit einer Handbewegung beiseite. „Laß es gut sein, Tochter", sagte er. „Schimpf nicht mit mir, ich habe eine Aufgabe zu erfüllen."

„Vati, du *mußt* im Bett bleiben", sagte Rena besorgt. „Der Arzt hat gesagt . . ."

„Der Arzt", sagte Benedetto nachdrücklich und unpersönlich, „ist ein Dummkopf. Soll ich uns hier sterben lassen? Bin ich nur ein alter Narr, oder bin ich Benedetto dell'Angela, der zusammen mit Slovetski zwanzigtausend Mann geführt hat?"

„Bitte!" sagte Rena. „Du bist krank!"

„Genug." Benedetto schwankte, aber er stand aufrecht. „Ich habe telefoniert und eine Menge erfahren. Die Bewegung . . ." – er lehnte sich gegen die Wand, um sich zu stützen – „wurde nicht von dummen Jungen geplant und aufgebaut. Wir waren uns klar darüber, daß sehr schlechte Zeiten auf uns zukommen konnten; wir brechen nicht zusammen, weil die Gesellschaft ein paar von uns aus dem Verkehr gezogen hat. Ich kenne diverse Nummern, die ich im Notfall anrufen kann, und das habe ich getan. Und ich habe in Erfahrung gebracht ..." – er machte eine dramatische Pause – „... daß es wirklich Neuigkeiten gibt. Slovetski ist entkommen!"

„Das gibt es nicht", sagte ich. „Defoe würde ihn nicht laufen lassen!"

„Vielleicht hat ihn Slovetski nicht um Erlaubnis gefragt", antwortete Benedetto gravitätisch. „Auf jeden Fall ist er frei und nicht weit von hier. Und er ist die Antwort, die wir gesucht haben, verstehen Sie?"

„Wie?" wollte ich wissen. „Was kann er tun, das wir nicht können?"

Benedetto lächelte nachsichtig, aber schmerzverzerrt. Seine Wunde mußte ihm höllische Qualen bereiten; sie hatte gerade genug Zeit gehabt, um nicht mehr zu bluten. „Überlassen Sie das Slovetski, Thomas", sagte er. „Das ist sein Metier, nicht Ihres. Ich werde jetzt zu ihm gehen."

Nun, ich tat, was ich konnte, aber Benedetto war ein unbeugsamer alter Mann mit einem eisernen Willen. Ich verbot ihm zu gehen, und er lachte mich aus. Ich bat ihn zu bleiben, und er dankte mir – und weigerte sich. Schließlich überließ ich ihn Rena und Zorchi.

Zorchi gab fast sofort auf. „Eine majestätische Persönlichkeit!" sagte er bewundernd, als er seinen kleinen elektrischen Rollstuhl in das Zimmer steuerte, in dem ich wartete. „Man kann nicht mit ihm diskutieren."

Und Rena gab nach einiger Zeit ebenfalls auf. Aber natürlich nicht so einfach. Sie weinte, als sie wieder zu mir zurückkehrte. Es war ihr nicht gelungen, ihn dazu zu bringen, sie oder jemand anders mitgehen zu lassen, er sagte, es sei einzig und allein sein Job. Sie wußte nicht einmal, wohin er gehen würde. Er hatte gesagt, es sei ihm in einer so kritischen Situation nicht erlaubt zu sagen, wo Slovetski sich aufhalte.

Zorchi hüstelte. „Was das betrifft", sagte er, „so habe ich mir die Freiheit genommen, einen meiner Mitarbeiter dahingehend zu instruieren, sich bereitzuhalten. Wenn der Signore unterwegs ist, um Slovetski zu treffen, so wird mein Mann ihm folgen . . ."

Also warteten wir, während die Fernsehansager von Mal zu Mal grimmiger blickten und ihre Anweisungen immer drängender und befehlender wurden.

Ich hörte nur halb hin. Ein Teil meiner Gedanken weilten bei Benedetto, der in einem Krankenhaus sein sollte, anstatt in einer gefährlichen Mission herumzuwandern. Ein anderer Teil beschäftigte sich immer noch mit dem Schauspiel, daß sich vor unseren Augen abspielte.

Es ging nicht einfach nur darum, menschliche Leben zu retten. Es war mindestens genauso wichtig, in fünfzig Jahren die wiedererweckten Männer und Frauen mit Nahrung, Werkzeugen, Maschinen, Unterkünften und all den anderen Dingen, die sie brauchten, zu versorgen.

Fabriken und Transportmittel wurden, so hieß es in den Nachrichten, stillgelegt und versiegelt, um die Zeit, die vergehen würde, zu überstehen . . . „Wochen“, hieß es in den Nachrichten. Aber warum war es nötig, Werkzeuge für einige Wochen mit einem Ölfilm zu versiegeln? Stündlich kamen Instruktionen durch den Äther, was in jedem Haushalt zu schützen sei und wie man dabei vorzugehen habe. Es war möglich, daß Ausstattung und Rüstzeug der Welt sogar in fünfzig Jahren nicht ernsthaft Schaden nehmen würde . . . falls es gelang, die Pläne, die über die Nachrichtennetze verbreitet wurden, durchzuführen.

Bei der Landwirtschaft war es jedoch etwas anderes. Die Konservierung von Saatgut war reine Routine, aber ich fragte mich unwillkürlich, wie diese ebenen italienischen Felder nach einer fünfzigjährigen Vernachlässigung aussehen würden. Würde das radioaktive Kobalt selbst das Unkraut wegsterilisieren? Ich konnte es mir eigentlich nicht vorstellen. Falls nicht – würde die italienische Halbinsel dann wieder einmal von jenen dichten Wäldern bedeckt sein, durch die einst Cäsar marschiert war und aus deren Deckung heraus Spartakus mit seinen geflüchteten Sklaven gegen die Senatoren kämpfte?

Und wie viele Millionen würden sterben, während das Angesicht der Erde von den Wäldern befreit wurde, um erneut für das Getreide und die anderen Nutzpflanzen Platz zu machen?

Das Problem konnte durch synthetische Nahrung oder solche aus dem Meer gelöst werden . . . die Gesellschaft mochte hier einen Weg finden. Was aber war mit den kilometertief herabreichenden Bergwerken, wenn die Pumpen abgestellt wurden und das Grundwasser eindrang? Was war mit den Eisenbahnschienen ... man konnte vielleicht die Maschinen einfetten, aber wie wollte man Milliarden von Schienenkilometern vor dem Regen von fünfzig Jahren schützen?

So saß ich da, sah fern und wartete. Rena war zu nervös, um ruhig sitzen zu bleiben. Zorchi wurde von irgendwelchen geheimnisvollen Beschäftigungen in Anspruch genommen. Ich saß da und starrte auf das Bild der Kathodenröhre.

Bis sich die Tür hinter mir öffnete und ich mich umwandte.

Dort stand Rena. Ihr Gesicht war starr und kalkweiß. Sie klammerte sich genauso an die Tür wie einige Stunden zuvor ihr Vater; ich glaube, sie sah kränker und schwächlicher aus als er.

„Liebling!" Sie stand da und starrte mich an, ohne einen Ton zu sagen. „Was ist los?" fragte ich besorgt.

Die bleichen Lippen öffneten sich, aber es dauerte einen Moment, bevor sie Worte bilden konnte. „Mein Vater", sagte sie, „er hatte es fast geschafft. Er war dahin gelangt, wo er Slovetski treffen sollte, aber die Expedienten waren vor ihm da. Sie haben ihn mitten auf der Straße erschossen. Und jetzt sind sie auf dem Weg hierher."

16

Es war schnell und brutal vor sich gegangen. Irgendwie war Benedetto verraten worden; die Expedienten hatten gewußt, daß er kam, hatten gewußt, woher er kam. Und das war das Ende unserer Freiheit.

Sie stürzten sich in mehreren Wellen auf uns, mindestens hundert waren es, die einen Mann, eine Frau und einen Krüppel gefangennehmen wollten – Zorchis Diener hatten uns im Stich gelassen, sie waren in die Hanffelder getaucht, wie Schaben in einen Müllhaufen. Zorchi hatte eine kleine Pistole, eine Baretta. Er feuerte sie einmal ab, verwundete einen Mann, und dann war er sie los.

Der Rest war kurz und unschön.

Sie banden und knebelten uns, und wir wurden – zusammengeschnürt wie Ochsen für den Spieß – zur Klinik geflogen. Ich konnte einen flüchtigen Blick auf die durcheinanderquirlenden Massen außerhalb der langen, niedrigen Mauern werfen, als die Maschine landete. Alles was ich dann noch sah, war das Dach des Hubschrauberhangars.

Sie brachten uns in einen winzigen Raum, in dem Defoe an einem Schreibtisch saß. Er lächelte. „Hallo, Thomas", sagte er, und mit den Augen begutachtete er den Bluterguß auf meiner Wange. Dann wandte er sich nachdenklich Rena zu. „So also sieht Ihre Wahl aus, Thomas?“ Er studierte Rena kühl. „Nicht gerade mein Typ. Trotzdem, falls Sie so etwas mögen, hätten sie einen ganzen Harem davon haben können, wenn Sie bei mir mitgemacht hätten.“

Zusammengeschnürt wie ich war, versuchte ich, auf ihn loszugehen, aber schon nach dem ersten Schritt traf mich etwas in den Rücken, und ich spürte einen furchtbaren Schmerz, der von den Nieren ausgehend meinen ganzen Körper überzog. Ohne die Mine zu verziehen, sah Defoe zu, wie ich nach Atem rang.

„Meine Männer sind sehr wachsam, Thomas. Versuchen Sie das bitte nicht wieder. Einmal ist es ja ganz amüsant, aber eine Wiederholung würde mich nur ärgern.“ Er seufzte. „Ich scheine mich in Ihnen getäuscht zu haben, Thomas. Ich habe Sie überschätzt, vielleicht weil ich jemanden brauchte, der mir half. Vor langer Zeit habe ich mal gedacht, daß sich unter Ihrer Konditionierung ein Verstand verbirgt. Manning ist eine Maschine, gut, um Befehle auszuführen. Lawton ist loyal – das hat er bewiesen –, aber nicht intelligent. Und wenn ich zwischen Loyalität und Intelligenz wählen soll, dann entscheide ich mich für das letztere. Für Loyalität kann ich selber sorgen.“ Er neigte den Kopf nüchtern in Richtung der Expedienten.

Zorchi spuckte aus. „Töten Sie uns, Schlächter“, verlangte er. „Es reicht, wenn ich sterbe, ohne ihr närrisches Geschwätz anhören zu müssen.“

Defoe betrachtete ihn. „Sie interessieren mich, Signore. Eine Überraschung, Sie wiederbelebt und zusammen mit Wills anzutreffen. Bevor wir fertig miteinander sind, müssen Sie mir einiges darüber erzählen."

„Ich sah, wie sich Zorchis Bart sträubte und er eben den Mund öffnen wollte, aber eine eiskalte, berechnende Überlegung, die sich in rasender Schnelle in meinem Kopf abspulte, ließ mich eingreifen. „Um dell'Angela als Begleitperson herauszubekommen, brauchte ich eine Rollbahre mit einem Patienten für ihn. Zorchi hatte Geld, und ich *hoffte* auf seine Dankbarkeit, wenn ich ihn später wiederbelebte."

„Lawton!" Defoe schnitt eine Grimasse, schien die Geschichte aber zu akzeptieren. Plötzlich lächelte er mich an. „Zu jenem Zeitpunkt setzte ich noch meine Hoffnungen auf Sie. Die Flucht war gut gemacht – einfach und direkt. Nicht gerade elegant, aber ein guter Einstieg. Sie hätten mein Assistent sein können, Thomas. Ich dachte an so etwas, als ich von den Äußerungen hörte, die Sie nach Mariannas Tod von sich gaben . . . ich dachte, sie seien dabei, aufzuwachen."

Ich leckte mir die Lippen. „Und als Sie mich aus dem Gefängnis geholt und sich um mich gekümmert hatten, stellten Sie sicher, daß das Expedientenkorps die Information bekam, ich sei möglicherweise unzuverlässig. Dann sorgten Sie genauso dafür, daß die Information auch den Untergrund erreichte, damit man sich mit mir in Verbindung setzte und ich dann für Sie spionieren konnte. Sie brauchten einen ahnungslos-unschuldigen Lockvogel!"

Das Lächeln wurde jetzt strahlend. „Natürlich – so lange, bis Sie beweisen konnten, was mit Ihnen los ist. Und wegen Ihrer Äußerungen wurden sie natürlich ins

Gefängnis gesteckt, weil ich es genauso wollte. Wirklich schade, daß all meine Bemühungen Ihretwegen umsonst waren, Thomas. Ich fürchte, Sie haben nicht das Zeug für einen Spion."

Es kostete mich alle Kraft, aber es gelang mir zurückzulächeln. „Auf welcher Seite, Defoe? Wie viele Spione wissen, daß Sie Millen Carmody in Abteilung . . ."

Das hatte gesessen. Aber mir blieb keine Zeit, mich daran zu erfreuen. Er machte eine knappe, schnelle Geste, und die Expedienten setzten sich in Bewegung. Und diesmal schlugen sie mich wirklich böse zusammen.

Als ich wieder zu mir kam, befand ich mich in einem anderen Raum. Zorchi und Rena waren auch da, Defoe allerdings nicht. Es war das Präparationszimmer, voll von Instrumenten und medizinischem Gerät.

Am anderen Ende des Zimmers flackerte und plärrte unbeachtet eine Fernüberwachungsanlage. Ich konnte einen flüchtigen Blick auf Männer, Frauen und Kinder werfen, die in langen, ordentlichen Reihen dastanden, sich ruhig durch die medizinischen Untersuchungen schlängelten und in der Klinik und ihren örtlichen Zweigstellen nach der Schlafdroge anstanden. Die Szenen waren alle aus Neapel; aber sie müssen sich – mit lokalen Abweichungen – auf dem gesamten Globus so abgespielt haben.

Dr. Lawton erschien. „Entkleiden Sie sich!" kommandierte er kühl.

Ich glaube, dies war der erniedrigendste Augenblick von allen. Es war natürlich eine medizinische Formalität. Ich wußte – und wer konnte es besser wissen? –, daß die Suspendierten in ihren Regalen nackt sein mußten. Aber die absolute Unpersönlichkeit der Prozedur war abscheulich. Widerwillig fing ich an, mich auszuziehen, und Rena tat dasselbe, schweigend und in sich zurückgezogen, während Zorchi zischend und spuckend wütende Drohungen hervorsprudelte. Mein ganzer Körper war eine Masse rötlichen, geschundenen Fleisches; in wenigen Stunden würde sich das Rot, dort, wo die Expedienten mich mit ihren Gummiknüppeln besonders liebkost hatten, in Lila und Schwarz verwandeln.

Oder bekam ein Suspendierter keine blauen Flecken? Vielleicht nicht, aber das war ein schwacher Trost.

Lawton sah selbstzufrieden aus. Er hatte zweifellos das Privileg für sich in Anspruch genommen, uns höchstpersönlich einzuschläfern. Das konnte ich ihm nicht einmal verübeln, ich hätte ihm mit größter Freude denselben Dienst erwiesen.

Nun, ich wollte zu Millen Carmody, und Defoe entsprach meinem Wunsch. Vielleicht würden wir in Abteilung einhundert sogar in Nachbarregalen liegen. Nach dem, was ich Defoe gesagt hatte, sollten uns diese besonders reservierten Plätze eigentlich zustehen.

Lawton tauchte mit der Hochdruckspritze auf, und ein, zwei Expedienten ergriffen meinen Arm. „Ich möchte Ihnen noch einen Gedanken mit auf den Weg geben, vielleicht wird er Ihnen etwas Trost spenden.“ Sein Grinsen sagte mir, daß das mit Sicherheit nicht der Fall sein würde. „Nur Defoe und ich können Abteilung einhundert öffnen“, erinnerte er mich, „und ich glaube nicht, daß einer von uns beiden das tun wird. Ich vermute, daß Sie lange Zeit dort bleiben werden.“ Er ließ probehalber einen schwachen Nebel aus der Spritze schießen und nickte befriedigt. Dann fuhr er fort: „Die Suspendierung hat eine ziemlich lange Wirkung – mindestens mehrere hundert Jahre. Aber es ist nicht für die Ewigkeit. Mit der Zeit fangen die Enzyme des Körpers selbst an, diesen zu zersetzen.“

Gedankenvoll schob er die Lippen vor. „Ich weiß nicht, ob das schlafende Gehirn Schmerz spürt oder nicht. Aber Sie werden es wissen, Wills. Falls es dazu in der Lage ist, werden Sie's erfahren, Sie werden erfahren, wie es ist, sich in seinen eigenen Säften aufzulösen . . .“

„Gute Nacht“, hauchte er lächelnd und beugte sich über meinen Arm.

Die Injektion aus der Spritze fühlte sich kalt an, schmerzte aber kein bißchen. Es war, als ob ich mit Eis berührt worden sei und das Gefühl blieb und breitete sich aus.

Kaum noch bei Bewußtsein, nahm ich wahr, daß ich auf einen der fahrbaren Tische gelegt wurde, und erkannte dann gerade noch, daß man Rena auf einen der gegenüberliegenden legte.

Das Licht wurde gelb, flackerte und ging aus.

Ich glaubte, Renas Stimme zu hören . . .

Dann hörte ich nichts mehr, sah nichts mehr und fühlte nichts mehr, mal abgesehen von der durchdringenden Kälte.

Und dann war auch die Kälte nicht mehr da.

17

Meine Nerven vibrierten wie unter Tausenden von brennenden Nadeln. Mir war kalt . . . so kalt wie nie zuvor. Und darüber erklang verschwommen die drängende Stimme von Luigi Zorchi.

„Wiehls! Wiehls!“

Zuerst war es nur eine Belästigung. Dann, plötzlich, kehrte das Bewußtsein voll zurück und brachte einen gewissen Triumph mit sich. Es hatte funktioniert! Dadurch, daß ich Defoe gereizt und Zorchis Fähigkeit, sich selbst wiederzubeleben, verschwiegen hatte, war es mir gelungen, uns alle in Abteilung 100 bringen zu lassen, in der das kostbare Injektionsbesteck mit der Flüssigkeit versteckt war. Nachdem ich in der letzten Zeit nur noch wie eine Kugel in einem Flipper hin und her gestoßen worden war, reichte bereits dieser kleine Erfolg aus, mich plötzlich und völlig zu Bewußtsein zu bringen.

Mein Herz mühte sich wie ein rostiger Frachter auf hoher See. Meine Lunge verlangte gequält nach Luft und brannte, wenn sie welche bekam. Aber es gelang mir, die Augen zu öffnen; ich erkannte Zorchi, der sich über mich gebeugt hatte. Hinter ihm sah ich die blauleuchtenden Sterilisationslampen, die Tür, die sich von innen öffnen ließ, und die aufgereihten Suspendierten der Abteilung einhundert.

„Es ist Zeit! Jetzt wachen Sie aber endlich auf und bewegen Sie sich!“ quengelte Zorchi. „Der Körper eines Zorchi ist von Gift nicht zu besiegen, er stößt es ab. Aber dann muß ich wegen dieser kleinen, schwachen Beine auf Sie warten! Kommen Sie, Wiehls, keine Müdigkeit vorschützen! Wir haben noch viel zu tun, bevor wir diesem Ort des Grauens entkommen können!“

Ich setzte mich schwerfällig auf, aber die Drogen schienen neutralisiert zu sein. Ich lag im untersten Regal, und es gelang mir, die Füße auf den Boden zu setzen und aufzustehen. „Danke, Zorchi“, sagte ich und versuchte, nicht auf seinen nackten häßlichen Körper und die Dinger, die noch nicht ganz seine Beine waren, zu sehen.

„Den Dank habe ich auch verdient“, antwortete er. „Ich bin ein bescheidener Mann und erwarte kein Lob, aber ich habe viel getan. Das kann ich nicht leugnen. Es erforderte Größe und Edelmut, durch diese Abteilung zu kriechen, um Sie zu finden. Auf meinen Händen, Wiehls, und diesen Babyknien bin ich gekrochen. Die Verwunderung überwältigte mich fast, eine so heldenhafte ... Aber ich schweifte ab. Wiehls, verschwenden Sie keine Zeit mit Reden. Wir müssen die anderen, die ich nicht erreichen konnte, wiederbeleben. Und dann lassen sie uns um Gottes Willen gehen und etwas zu essen finden.“

Obwohl ich noch ziemlich schwach war, schaffte ich es irgendwie, Zorchi zu folgen, und die Säcke, in denen

Rena und Carmody steckten, herunterzuzerren. Und während wir darauf warteten, daß sie das Bewußtsein wiedererlangten, wurde mir klar, wie klein unsere Chance zu entkommen diesmal war, nackt und ohne Kenntnis der Zustände, in die wir uns begeben wollten. Und mir wurde auch klar, was geschehen würde, falls Lawton oder Defoe sich entschieden, in Abteilung einhundert nach dem Rechten zu sehen!

Einige wenige Sekunden lang, als Rena erwachte und mich erkannte und während ich erklärte, wie ich alles geplant hatte, war es jedes Risiko wert.

Dann endlich fing Carmody an, sich zu rühren. Wahrscheinlich sahen wir tatsächlich wie blaue Teufel in einer blauen Hölle aus, und sein Mienenspiel war entsprechend.

Meiner Vorstellung von dem großen Millen Carmody war er nicht sehr ähnlich. Sein Gesicht war wie das auf dem Photo – aber es war ein älteres Gesicht, das in dem häßlichen Licht hager wirkte. Das Alter lastete schwer auf ihm, und er war bestimmt nie von besonders stattlicher Gestalt gewesen. Jetzt war er ein spitzbäuchiger alter Mann mit dürren Beinen und einem leichten Zittern in den Händen.

Aber sein Verstand hatte noch kein Fett angesetzt, als er versuchte, unsere Erklärungen zu verarbeiten, und unsere Fragen beantwortete. Er war nach Neapel gekommen und hatte seinen persönlichen Arzt, Dr. Lawton, mitgebracht. Das letzte, woran er sich erinnerte, war, daß Lawton ihm eine Spritze gegen eine Magenverstimmung gegeben hatte. Es muß ein böses Erwachen für ihn gewesen sein, sich so wiederzufinden und zu erfahren, was man mit der Welt angestellt hatte. Aber er verkraftete es und versuchte sich mit gezielten Fragen an die Wahrheit heranzutasten. Schließlich lehnte er sich zurück und nickte böse. „Defoe!“ sagte er bitter. „Und was machen wir jetzt, Mr. Wills?“ Das erschütterte mich. Unbewußt hatte ich erwartet, daß er sofort die Führung übernehmen würde, aber auch Zorchi und Rena richteten ihre Blicke auf mich. Nun, es gab nicht viele Möglichkeiten. Wir konnten nicht hierbleiben und eine Entdeckung riskieren. Wir konnten uns auch nicht irgendwo in der Klinik verstecken, denn falls Defoe unser Verschwinden bemerken sollte, waren wir dort nicht sicher. „Wir beten“, entschied ich. „Und falls Gebete helfen, finden wir vielleicht einen Ausweg.“

„Vielleicht kann ich helfen“, bot Carmody sich an. Er verzog schmerzlich das Gesicht. „Ich kenne die gesamte Anlage und die Kombinationen der Türen für befugtes Personal. Wäre es eine Hilfe, wenn wir die Garage erreichten?“

Ich wußte es nicht, und die Garage war einen knappen Kilometer vom Haupteingang entfernt. Falls es uns gelang, einen Wagen zu stehlen, würden wir es vielleicht schaffen. Wir mußten es probieren.

Als wir die Tür öffneten, hörte man, daß immer noch irgendwelche Aktivitäten stattfanden, aber der Abschnitt, in dem wir uns befanden, schien bereits voll belegt zu sein, und die Unterbringung der Suspendierten hatte sich woandershin verlagert. Wir schlossen die Tür wieder und folgten Carmody durch die schier endlosen Gänge. Zorchi stützte sich, mühsam und unter

Qualen humpelnd, auf Rena und mich. Wir hätten ihn tragen sollen, aber das lehnte er entschieden ab. Wir gingen weiter und weiter zurück, während der Anblick von Carmodys nacktem Hintern, der vor mir dahinwackelte, meine Ehrfurcht vor ihm immer kleiner werden ließ.

An einer Tür, die mir kaum aufgefallen wäre, hielt er an und tippte mit den Fingern eine Art Muster auf ihre Oberfläche. Die Tür öffnete sich und gab den Blick auf eine Treppe frei, die, sich um einen Fahrstuhlschacht windend, zwei Decks in die Tiefe führte. An ihrem Fuß verlief ein langer Gang, der die unterirdische Verbindung zur Garage sein mußte. Gegenüber dem Aufzug befand sich eine andere Tür, die Carmody mit seinem Kode öffnete. Sie führte zu einem Lager, das mit allem gefüllt war, was ein Expedient möglicherweise gebrauchen konnte.

Er nahm einen der schweren grauen Strahlenschutzanzüge aus einem Gestell und fing an, ihn anzuziehen. Es waren häßliche Dinger, aber sie waren besser als nichts. Wahrscheinlich würde jeder, der uns darin sah, annehmen, daß wir in offiziellem Auftrag unterwegs waren.

Zorchi schüttelte unsere Hilfe ab und schaffte es irgendwie, selbst in den Anzug zu steigen. Dann grunzte er und fing an, Schnellfeuergewehre und gefüllte Magazine von der Wand zu nehmen. „Jetzt, Wiehls, sind wir gerüstet. Jetzt sollen sie nur kommen. Zorchi ist bereit!“

„Und wieder bin ich nur das Ungeheuer, der Freak, der Fall, der natürlich nichts von dem beherrscht, was menschliche Wesen können – wie, Wiehls?" Er fluchte heftig, und da war etwas in seiner Stimme, das sie plötzlich rauh werden ließ. „Niemals Zorchi, der Mann ... Zorchi, der Mensch! Es gibt Sizilianer, die Ihnen etwas anderes erzählen könnten; sie würden Ihnen von ihren abgeschossenen Flugzeugen berichten, falls sie ihre toten Münder öffnen könnten!"

„Er war der beste Jagdflieger Neapels", warf Rena leise ein.

Jetzt war es an mir, zu fluchen. Er hatte recht; ich hatte ihn niemals als Menschen gesehen, sondern nur als etwas, das verlorene Glieder wieder nachwachsen lassen konnte. „Es tut mir leid, Luigi!"

„Schon gut." Er seufzte und zuckte mit den Schultern. „Kommt, nehmt euch Waffen und Munition und laßt uns von hier verschwinden. Selbst die Nase eines Zorchis kann den Geruch von Mördern nur eine gewisse Zeit ertragen!"

Wir gingen den Verbindungsgang hinunter, und es schien Stunden zu dauern, als wir uns so, mehr taumelnd als laufend, vorwärts bewegten, und wir erwarteten jede Sekunde, einer Gruppe von Expedienten oder anderen Beauftragten der Gesellschaft in die Arme zu laufen. Aber offensichtlich wurde der Gang während des Alarmfalls nicht allzu häufig benutzt. Endlich erreichten wir eine Treppe, die wir hinaufliefen, da wir fürchteten, durch die Benutzung des Aufzugs Aufmerksamkeit zu erregen. Oben angelangt, runzelte Carmody die Stirn, als er dic Seitengänge und die Türen studierte.

„Hier, nehme ich an", entschied er. „Dahinter

könnte ein immer noch selten benutzter Teil der Garage liegen." Er streckte den Arm nach der Tür aus.

„Warten Sie", sagte ich und hielt ihn auf. „Können wir irgendwie wieder zurückkommen, wenn wir erst einmal draußen sind?"

„Das können wir mit dem Kode bewerkstelligen – mit dem Zentralkode, den die Leitungsgremien der Gesellschaft benutzen. Ansonsten sind diese Türen praktisch bombensicher!" Er drückte die Kode-Kombination und öffnete die Tür einen Spalt.

Draußen stand, wie ich sehen konnte, ein kleiner Teil des Fuhrparks der Gesellschaft. Man hörte die Geräusche von Lastwagen, aber es fuhr keiner in der Nähe vorbei. An ein paar Wagen arbeiteten einige Männer, allerdings ziemlich weit entfernt. Es schien, als sei das Glück auf unserer Seite. Ich wies auf den nächstliegenden Patrouillenwagen, ein kleines, bis auf den Fahrersitz geschlossenes Fahrzeug. „Dieser dort, falls er Treibstoff hat. Wir müssen so tun, als seien wir dazu berechtigt, und das Beste hoffen. Zorchi, können Sie es so weit schaffen?"

„Ich werde dahinschreiten wie ein geborener Meuchelmörder", versicherte er mir. Aber sein Angebot ließ plötzlich in dicken Tropfen Schweiß auf seiner Stirn erscheinen; trotzdem sah man ihm nichts von den Qualen an, die er erduldet haben mußte, als er uns folgte und zusammen mit Rena und Carmody in den Wagen stieg.

Laut Tankanzeige war der Tank noch zur Hälfte gefüllt, und niemand schien etwas zu bemerken. Ich ließ den Motor an und beobachtete die Männer, die in der Nähe arbeiteten. Sie blickten flüchtig zu uns hoch und machten sich wieder an ihre Arbeit. Zwischen uns und dem Ausgang war der Weg frei. Einige wenige andere Fahrzeuge fuhren hinein oder hinaus. Ich hielt darauf zu, meine Nackenhaare schienen zu prickeln und sich aufzurichten. Wir erreichten die Ausfahrt, fuhren hindurch und reihten uns bald in den Strom der Fahrzeuge ein, der auf dem Weg zu weiteren Suspendierungsfällen aus der Klinik kam und in großem Bogen an ihr vorbeifloß.

Die Glastüren des Eingangs waren entfernt worden und wurden gerade von einigen Arbeitern durch gewaltige Exemplare aus Stahl ersetzt, obwohl in einem beständigen Strom Menschen in die Klinik humpelten oder hineingetragen wurden. Mir fiel auf, daß die meisten von ihnen schäbig gekleidet oder alt waren. D-Kategorieler. Die letzten, die man noch akzeptierte und einließ. Wir mußten mehr Zeit in den Gewölben zugebracht haben als ich gedacht hatte – die Stunde Null rückte näher.

Außerhalb des Klinikgeländes war ganz Anzio ein einziger riesiger Parkplatz, der sich über mehrere Kilometer zu erstrecken schien, und die wenigen Gebäude, die man nicht versiegelt hatte, waren offensichtlich Kategorie-D-Behausungen, zu armselig, um sich darum zu kümmern. Ich suchte mir meinen Weg durch den Wirrwarr der anderen Wagen und schaffte es schließlich, auf eine weniger befahrene Straße zu gelangen. Dann drückte ich das Gaspedal so weit herab, wie es, ohne unnötige Aufmerksamkeit zu erregen, möglich war, bis ich einen Platz fand, an dem ich den Motor abstellen konnte, ohne daß von anderen Wagen aus etwas bemerkt werden konnte.

„Wohin jetzt?“ fragte ich. Zu Zorchi konnten wir nicht zurück, da jede Nachforschung der Expedienten dort beginnen würde. Möglicherweise würde man uns nie vermissen, aber wir konnten es nicht riskieren. Falls nötig, konnten wir uns eine der versiegelten Villen aussuchen und uns dort verbergen, aber ich hoffte auf einen besseren Vorschlag.

Zorchi sah mich hilflos an, und Rena hob die Schultern. „Falls wir Slovetski finden könnten . . .“ schlug sie zweifelnd vor.

Ich schüttelte den Kopf. Während uns die Expedienten zu Defoe brachten, hatte ich die Möglichkeit gehabt, ein wenig darüber nachzudenken, und das Ergebnis gefiel mir nicht. Der Führer der Revolution war offensichtlich von Defoe gefangen worden. Nach dem, was Benedetto dell'Angela gesagt hatte, war er wieder entkommen. Trotzdem hatte Defoe nicht versucht, uns über ihn auszuquetschen. Und als Benedetto sich mit ihm treffen wollte, hatten sich die Expedienten sofort auf ihn gestürzt. Dies alles ergab ein häßliches Bild. Ich hatte kein Verlangen danach, diesen Mann zu sehen.

„Mein Haus“, sagte Carmody schließlich. „Ich hatte überall auf der Welt Quartiere, die mit allem Notwendigen ausgestattet für mich bereitgehalten wurden. Wenn Defoe verbreitet hat, daß ich mich zurückgezogen habe, muß er sie mit Sicherheit so intakt halten, wie ich es getan hätte. Augenblick, ich muß mich erst orientieren. Diese Straße hinauf.“

Quartiere überall auf der Welt, mit Lebensmitteln, die verschwendet wurden, und Dienern, die ihren Herrn vielleicht nie zu Gesicht bekamen! Und mich hatte man glauben lassen, daß die Aufsichtsräte einen beschaulichen und einfachen Lebenswandel führten! Carmodys tönerne Füße zerbröckelten bis hinauf zum Nabel!

Die Villa lag, von Bäumen umgeben, auf einem niedrigen Hügel, der den Blick auf einen künstlichen See erlaubte. Sie war versiegelt, aber das Kombinationsschloß öffnete sich auf Carmodys Berührung hin. Gemachte Betten warteten, gefüllte Gefriertruhen versetzten Zorchi in Ekstase, und sogar eine komplette Sammlung der Zeitschrift der Gesellschaft befand sich dort. Carmody stürzte sich mit dem Ausdruck eines Mannes, der seiner verlorenen Vergangenheit nachjagt, auf letztere. Er hatte viel nachzuholen.

Mich aber interessierte das Fernsehgerät. Es wurde immer noch ein Programm, das aus Aufzeichnungen bestand, ausgestrahlt. Ein Aufruf nach dem anderen forderte dazu auf, den Anordnungen Folge zu leisten und mit den Behörden und den Beauftragten der Gesellschaft zusammenzuarbeiten; ich bemerkte, daß die Formulierungen sich jetzt in ihrem Tonfall allerdings an die unteren Schichten richteten. Das Ticken des Geigerzählers tönte als ständige Hintergrundmusik, und hin und wieder blendete man ein Bild der Nadel ein, die sich immer weiter auf die Gefahrenzone zubewegte.

Zorchi gesellte sich Rena und mir zu, an seinem Bart klebten Brot- und Fleischkrümel. Er stieß ein verächtliches Schnauben aus, als er das Bild des Geigerzählers sah. „Im Nebenzimmer steht ein richtiger Strahlungsmesser, und der zeigt erheblich höhere Werte an", sagte er. „Es ist interessant, aber für mich völlig bedeutungslos. Ärzte, denen ich vertrauen kann, haben mir gesagt, daß Defoes Behauptung nicht stimmt; mein Körper widersteht den Zerstörungen radioaktiver Strahlung ... und vielleicht sogar dem Altern. Aber bei Ihnen und der jungen Dame ...

Als er meinen Gesichtsausdruck sah, schwieg er. Bevor ich aber irgend etwas sagen konnte, wurde die Bandaufzeichnung unterbrochen, und ein Ansager meldete sich. „Einer gerade eingegangenen Bekanntmachung der Regierung von Neapel zufolge, hat diese einstimmig ein Moratorium beschlossen. Alle Verträge, Obligationen, Verpflichtungen und so weiter unterliegen während des Notstands einem allgemeinen Aufschub. Dem folgte die Gesellschaft mit einer Erklärung, daß sie das Moratorium auf alle gegen sie begangenen Verbrechen ausdehnt. Während des Notstands werden die Kliniken jedermann ohne Ansehen seiner Person zur Verfügung stehen, wie Direktor Defoe heute erklärte".

„Eine Falle", vermutete Rena. „Auf jeden Fall hätten wir keine Chance. Aber das andere, Tom, bedeutet das ..."

„Es bedeutet, daß dein Vater sich geirrt hat", antwortete ich. „Denn genau von jetzt an – und wahrscheinlich geschieht in den anderen Ländern gerade jetzt genau dasselbe – ist die Gesellschaft jeder Verpflichtung enthoben".

Es spielte natürlich ohnehin keine Rolle mehr.

Benedetto war zwar davon ausgegangen, daß die Menschen die Gesellschaft insgeheim genauso haßten wie er. Ihm war allerdings nicht klar gewesen, daß die Menschen, die eben vor der schrecklichen Gefahr des Strahlentodes errettet worden waren, sich nicht gegen die Hand wenden würden, die genau dies vollbracht hatte. Und verdammt, die Gesellschaft rettete sie wirklich, und zwar nachdem ihre Gegner die Vernichtung der gesamten menschlichen Rasse riskiert hatten. Aber das war unwichtig, denn Defoe würde höchstwahrscheinlich sowieso dafür sorgen, daß die Suspendierten nur in solchen Kontingenten wiederbelebt wurden, die es ihm erlaubten, die absolute Macht in den Händen zu behalten; die Gefahr eines Bankrotts allerdings bestand für ihn nicht.

Carmody hatte sich jetzt ebenfalls zu uns gesellt und zugehört. Offensichtlich hatte das Ticken des Geigerzählers seine Aufmerksamkeit erregt. Er stellte uns ein paar Fragen, bis er sich über Benedettos Vorstellungen im klaren war, und schüttelte den Kopf. „Das würde nicht funktionieren", sagte er. „Selbst wenn ich die Kontrolle noch in den Händen halten würde, könnte ich so etwas nicht erlauben. Wozu sollte es auch gut sein? Kann man mit Geldauszahlungen die Nahrung für eine wiederbelebte Welt herbeischaffen, Miß dell' Angela? Wäre es wirklich eine Ruhmestat, die einzige Kraft, die in der Lage ist, die Erde wieder aufzubauen, in den Bankrott zu treiben? Übrigens – auch angesichts dessen, was ich nachgelesen habe, sehe ich keine Hoffnung für uns. Wir können nichts tun."

„Aber falls Sie die anderen Aufsichtsräte gegen Defoe einnehmen können“, behauptete sie, „würden Sie zumindest *seine* Art von Welt verhindern!“

Er schüttelte den Kopf. „Wie? Er hat alle Nachrichtenverbindungen in der Hand. Selbst wenn es mir möglich wäre, ins Hauptbüro zu fliegen, wären die meisten derjenigen, denen ich vertrauen kann – und es gibt offensichtlich nur noch wenige, die Defoe nicht in den „Ruhestand“ versetzen konnte – irgendwo verstreut und für mich unerreichbar. Vor einer Woche hätte es vielleicht noch eine Chance gegeben. Jetzt ist es unmöglich. Unmöglich.“

Er schüttelte den Kopf und ging langsam zurück in die Bibliothek. Ich fühlte, daß er wünschte, wir hätten ihn in der Ruhe und Sicherheit der Gewölbe gelassen.

„Kopf hoch“, sagte ich zu Rena. „Carmody ist ein alter Mann, zu alt, um an direktes und unmittelbares Handeln zu denken, auch dann nicht, wenn es nötig ist. Die Welt gehört Defoe noch lange nicht!“

Später aber, als ich die Bücher, die ich suchte, in der Bibliothek gefunden hatte und in die weinüberwucherte Laube des Ziergartens hinausging, war ich lange nicht so zuversichtlich, wie ich mich ihr gegenüber gezeigt hatte.

Denken war keine angenehme und leichte Arbeit – nach den vielen Jahren, in denen ich es anderen überlassen hatte. Jetzt mußte ich es selbst erledigen. Andernfalls gab es nur noch eine andere Alternative: für uns alle ein Mittel für einen schnellen Tod zu finden, bevor die Strahlung zu intensiv wurde. Und damit konnte ich mich noch nicht abfinden.

Rena war etwas gelungen, an das Marianna nicht im Traum gedacht hätte – sie hatte mich in die Verantwortung gestellt. Ob ich wollte oder nicht, ich mußte sie übernehmen. Carmody war ein alter Mann, ein Mann, der nicht in der Lage gewesen war, Defoe daran zu hindern, die Macht zu übernehmen. Und Zorchi – nun, Zorchi war eben Zorchi.

In dieser Nacht stieg die Strahlungsanzeige plötzlich stark an, die Nadel wanderte in den roten Bereich. Vielleicht handelte es sich nur um einen lokalen Anstieg, aber dieser Umstand machte mir das Nachdenken nicht gerade leichter.

Es war beim Frühstück am nächsten Morgen, als ich die Sache endlich bei Carmody zur Sprache brachte. „Mit welchen Umständen genau müssen wir rechnen, wenn sie die Kliniken geschlossen haben? Wie viele läßt man wach? Und wie steht es um die Sicherheitsvorkehrungen?"

„Warum . . ." Er runzelte die Stirn und versuchte meine Idee zu erfassen. Dann zuckte er die Schultern. „Zu viele, und die Sicherungen sind zu stark, Tom. Wir haben in mehreren Planungssitzungen Maßnahmen für entsprechende Vorfälle ausgearbeitet. Unsere Massenpsychologen haben uns eindringlich darauf hingewiesen, daß es aus den verschiedensten Gründen immer einige geben wird, die zu spät kommen und dann in ihrer Verzweiflung versuchen werden, mit Gewalt einzudringen. Asoziale, Herumtreiber, Aussteiger, Plünderer, Zauderer, Fanatiker und so weiter. Daher werden für eine gewisse Zeit mindestens zwanzig Wachen in Alarmbereitschaft bleiben. Und das reicht, um eine Klinik zu verteidigen. An jedem Eingang gibt es natürlich Schnellfeuerkanonen, und die Kliniken sind im wahrsten Sinne des Wortes bombensicher."

„Zwanzig, wie? Und was ist mit Defoe und Lawton? Werden sie schlafen?" Es schien logisch, daß sie nicht die vollen fünfzig Jahre wach bleiben konnten. Es brachte nichts ein, eine Welt zu gewinnen und dann zu alt zu sein, um sie zu benutzen.

„Anfänglich nicht. Es ist noch eine Menge abschließender administrativer Arbeit zu leisten. Es gibt da eine Kammer, die mit einer Luftfilteranlage gegen Radioaktivität und entsprechenden anderen Versorgungseinrichtungen so ausgerüstet ist, daß in ihr um die hundert Personen leben können; sie ist über Kabel mit den anderen Kliniken verbunden. Dort werden sie sich aufhalten. Später, nehme ich an, werden sie sich in Schichten ablösen, bei denen immer nur ein paar Leute wach bleiben. Auf diese Weise dürften sie ein wenig altern, aber nicht allzuviel."

Er runzelte wieder die Stirn und nickte dann langsam. „Es wäre zu machen, falls wir irgendeine Möglichkeit hätten, sechs Monate in Sicherheit zu warten. Wieder hineinzukommen ist kein Problem für mich."

„Wir werden es machen", sagte ich ihm, „und erheblich früher. Sind Sie bereit, etwas zu riskieren?"

„Habe ich irgendeine Wahl?" Er hob wieder die Schultern. „Glauben Sie denn, die Vorstellung, daß ein Mann wie Defoe sein Leben lang die Gesellschaft und die Erde beherrschen wird, macht mich nicht krank? Tom, meine Familie hat die Gesellschaft gegründet und aufgebaut. Ich habe die Pflicht, sie wieder auf den richtigen Weg zu bringen. Wenn es irgendeine Chance gibt, Defoe daran zu hindern, Herrscher der Welt zu werden, muß ich sie wahrnehmen. Tom, wenn Sie mich in die Lage versetzen, die anständigen und ehrlichen Aufsichtsräte der Gesellschaft wieder zusammenzubringen, können wir die Gesellschaft wieder so aufbauen wie sie war ..."

„Warum? Damit dies alles noch einmal passiert?"

Er sah Rena schockiert an. Ihre Frage hatte ihn sichtlich erschüttert. „Aber ... ich kann es Ihnen nicht verübeln, daß Sie verbittert sind, Miss dell'Angela. Aber wenn Defoe beseitigt ist ..."

„Die Gesellschaft hat Defoe erst möglich gemacht. Ja, sie hat ihn und Slovetski unvermeidbar gemacht", erklärte ich ihm gerade heraus. „Das ist ihr eines, großes Verbrechen. Wann immer man die Massen völlig der Macht beraubt, konzentriert sie sich in immer und immer weniger Händen. Die Beispiele aus der Geschichte, über die ich letzte Nacht gelesen habe, beweisen das. Carmody, was wissen Sie über Ihre eigene Gesellschaft? Oder über die Welt? Was ist mit dem naturwissenschaftlichen Fortschritt geschehen, seit die Gesellschaft die Macht auf sich konzentriert hat?"

„Wieso ... wir haben ihn ein bißchen ... abgebremst. Das mußte sein. Wir konnten nichts riskieren ..."

„Genau. Sie konnten keine Forschung riskieren, die die Lebenserwartung verlängern würde – zu viele Pensionäre. Sie konnten es nicht riskieren, zum Mars zu fliegen – unvorhersehbare Gefahren. Sie mußten die Welt so formen, daß sie in die statistischen Diagramme paßte. Ich habe miterlebt, wie einer der ersten Suspendierten wiederbelebt wurde. Er erwartete Dinge, die wir schon vor fünfzig Jahren vollbracht haben könnten . . . und nie vollbringen werden, wenn wir so weitermachen wie bisher. Wie viele Menschen arbeiten sich heute aus ihrer Kategorie in die nächste empor? Und warum haben wir überhaupt noch so starre Kategorien, was besonders für die unteren gilt? Ich habe ihre eigenen, fast fünfzig Jahre zurückliegenden Reden gelesen. Ich habe sie hier, zusammen mit einigen Tabellen. Möchten Sie sie sehen?"

Still nahm er die Papiere entgegen und fing an, sie durchzugehen; seine Erschütterung machte einer widerwilligen Erkenntnis Platz. Vielleicht hätte er sich ohne den Schock, den sein Erwachen ihm bereitet hatte, lachend darüber hinweggesetzt, aber man konnte über nichts mehr einfach hinweggehen, während sich draußen die Hölle zusammenbraute. Schließlich blickte er auf.

„Tom, ich gebe zu, es ist oft vorgekommen, daß ich mir Gedanken und Sorgen gemacht habe. Unzählige Male habe ich in Erwägung gezogen, die Forschungsprogramme wieder anlaufen zu lassen. Ich war mir bewußt, daß die Abhängigkeit von der Gesellschaft viel zu groß wurde. Aber wir können sie nicht einfach auf die Müllhalde werfen. Sie hat die großen Kriege beseitigt, als diese ein Vernichtungspotential aktivieren konnten, das ausreichte, die ganze Welt zu vernichten. Sie hat aufgezeigt, daß niemand hungern muß – daß kaum jemand auf das Lebensnotwendige verzichten oder wegen mangelnder Fürsorge sterben muß."

„Man kann ihre unkontrollierte Macht verwerfen

und zunichte machen." Ich wußte, daß ich keine fertigen Antworten hatte. All das war langsam in mir gewachsen, seit ich herausgefunden hatte, daß Benedetto ein politischer Gefangener war. Aber selbst ein ganzes Leben würde nicht reichen, um es zu Ende zu denken, auch mit den Büchern nicht, die ich gefunden hatte.

Aber ich mußte es versuchen. „Im frühen Mittelalter waren Moral und Politik eng miteinander verknüpft, Carmody. Die Kirche war die beherrschende Kraft. Und das war nicht gut – es erwies sich schließlich als nötig, Kirche und Staat zu trennen. Vielleicht läßt sich dasselbe auf Politik und Wirtschaft anwenden. Die Gesellschaft hat gezeigt, was wirtschaftlich machbar ist. Die Kirche hat als große moralische Kraft ohne materielle Gewalt überlebt. Jetzt wollen wir mal sehen, ob wir das nicht ins richtige Verhältnis setzen können.

Es gibt da ein Vorbild. Die Vereinigten Staaten waren – in ihrem alten Regierungssystem – auf der Idee des Gleichgewichts der Kräfte aufgebaut: ein vom Volk gewählter Kongreß, der die gesetzgeberischen Aufgaben wahrnahm, ein ebenfalls gewählter Präsident, der die Verwaltung und die Exekutivgewalt übernahm und eine im wesentlichen unabhängige Justiz. Im Weltmaßstab, der heute möglich ist, da die Gesellschaft die Welt tatsächlich vereinigt hat, kann dasselbe mit einer zusätzlichen Einrichtung wie der Gesellschaft aufgebaut werden, die dann Wirtschaft und Produktion kontrolliert."

„Es wird wohl keinen ehrlichen und aufrechten Menschen geben, der noch nicht an so etwas gedacht hat", sagte Carmody langsam. Ein leichtes Seufzen kam über seine Lippen. „Ich erinnere mich noch gut, daß ich meinem Vater genau das gleiche predigte, als ich vom College kam. Sie haben recht. Aber sind sie wirklich in der Lage, eine so perfekte Regierungsform zu errichten? Kann ich es? Sagen Sie mir, wie, Tom, und ich gebe Ihnen Ihre Chance, falls ich in die Lage komme, dies zu tun."

Zorchi lachte zynisch auf, aber Carmody hatte genau das gesagt, was ich erhofft hatte.

„Also gut", sagte ich zu ihm. „Wir können so etwas natürlich nicht vollbringen. Kein einzelner Mensch ist in der Lage, auf ewig zu herrschen oder eine gerechte Ordnung zu errichten. Oh, ich hatte auch bis vor ein paar Tagen noch meine Wunschträume über das, was ich tun würde, falls ich die Möglichkeit dazu hätte. Aber die Menschen haben schon früher aufgezeigt, wie man neue Systeme konstruiert und errichtet, und ihre Sache gut gemacht. Nehmen Sie zum Beispiel die Verfassung der Vereinigten Staaten, die von hervorragenden politischen Denkern konstruiert wurde und zweihundert Jahre überdauerte. Und sie hatten bei weitem nicht unsere Möglichkeiten. Zum ersten Mal in der Geschichte muß die Welt warten. Nehmen Sie die größten Geister, die Sie bekommen können, Carmody. Geben Sie ihnen fünfundzwanzig Jahre, um es auszuarbeiten. Sie können eine Antwort finden. Und dann, wenn die Welt erwacht ist, können sie damit beginnen, völlig neu anzufangen, ohne irgendeine alte Ordnung zu stürzen. Ist das die Antwort, die sie suchen?"

„Im wesentlichen". In seinen alten Augen leuchtete plötzlich ein hoffnungsfroher Funke. „Ja, der Schlaf macht eine solche Chance möglich. Aber wie wollen sie an die Experten herankommen und sie zusammenbringen?"

Ich zeigte auf Zorchi. „Hermes, der Götterbote. Er als Pilot kann an jeden Platz der Welt gelangen. Und er kann sich draußen bewegen, ohne die Strahlung fürchten zu müssen."

„So?" Zorchi stieß wieder sein Schnauben aus. „So, jetzt bin ich also Ihr Bote, Wiehls? O ja, Zorchi, der Freak . . . Zorchi, das Ungeheuer! Glauben Sie wirklich, daß ich mir diese Mühe machen würde, Wiehls?"

Ich grinste ihn an. „Sie haben mir gesagt, daß Sie auch ein Mann seien. Das macht Sie zu einem Teil der menschlichen Rasse. Ich nehme Sie beim Wort."

„So?" wiederholte er mit steinernem Gesicht. „Hätte so ein Bote nicht viel Macht, Wiehls? Nehmen Sie mal an, ich würde es vorziehen, Zorchi, der Herrscher zu sein . . ."

„Nicht solange Zorchi, der Mann, auch Zorchi, der Freak,ist", erwiderte ich. „Kommen Sie, sehen Sie sich doch mal genau an."

Und plötzlich lächelte er, seine Lippen zogen sich von den Zähnen zurück. „Wiehls, zum ersten Mal sind Sie höflich. Und deswegen und weil ich ein Mann *bin*, werde ich Zorchi, der Bote sein. Aber sollten wir nicht erst einen Aktionsplan ausarbeiten? Oder herrschen wir zuerst und erobern anschließend?"

„Zuerst warten wir ab", erklärte ich ihm.

Von der Wand kam das beständige Ticken des Geigerzählers, und die Nadel stieg weiter in den roten Bereich.

18

Am zweiten Tag schalteten sich die Fernsehsender mit der knappen Schlußmeldung ab, daß jeder, der sich nicht bis Mittag in der Klinik befand, für immer draußen bleiben müsse. Der Apparat schaltete sich aus und hinterließ nur das Glucksen und Piepen unseres eigenen Geigerzählers. Ich schaltete ihn zweimal ab und auch beide Male wieder ein.

Am dritten Tag hatte die Zivilisation ihr Ende gefunden, obwohl die Annehmlichkeiten der Villa weiter großartig und reibungslos funktionierten. Nur die Nadel des Geigerzählers sagte uns, daß es nichts Großartiges oder Reibungsloses mehr gab; sie stieg höher, als es nach den Voraussagen anzunehmen gewesen wäre. Angesichts dieser Tatsache war es unglaubhaft, daß sich auch nur noch wenige Menschen außerhalb der Klinik aufhalten würden, obwohl ich genau darauf setzte.

Wir warteten weitere vierundzwanzig Stunden und zwangen uns dazu, in der Villa zu sitzen und unsere Pläne zu diskutieren, während unsere überreizten Nerven geradezu nach Taten dürsteten. Wir konnten nur von einer Schätzung ausgehen. Falls wir zu früh ankamen, würden mehr Personen wach sein, als wir bewältigen konnten, kamen wir hingegen zu spät, wären wir zu Strahlungsopfern geworden, die gerade noch dazu taugten, sich in die Gewölbe zu begeben.

Es war eine Erleichterung, als wir dann endlich unsere Waffen im Wagen verstauten. Wir trugen die Schutzanzüge in der Hoffnung, daß sie helfen würden, und Zorchi hatte die letzten beiden Tage damit verbracht, Kissen und Gurte zu konstruieren, die seine sich entwickelnden Beine polstern und stützen sollten.

Die Welt war tot. Wagen waren mitten auf der Straße abgestellt worden und machten das Fahren schwierig. Außer uns bewegte sich nichts. Die Städte und Villen waren menschenleer, einige hatte man mit Brettern vernagelt, andere einfach aufgegeben und verlassen. Wir hätten die letzten Menschen der Erde sein können, und wir empfanden es auch so, als wir uns auf Anzio zubewegten. So sah es nicht nur hier oder in Neapel aus . . . die Welt, die ganze Welt bot jetzt diesen Anblick.

Dann hob Rena den Arm. Vor uns lief ein Junge neben einem Hund, dessen linkes Hinterbein verbunden und geschient war. Ich wollte langsamer werden, zwang mich dann aber, weiterzufahren. Als wir an ihm vorbeikamen, sah ich, daß der Junge etwa vierzehn Jahre alt war. Tränen hatten Spuren in sein schmutziges Gesicht gezeichnet. Er schüttelte eine Faust gegen uns und stapfte mühsam weiter.

„Falls wir siegen, werden wir ein Tor für ihn offenhalten“, sagte Rena. „Für ihn und seinen Hund! Wenn nicht, spielt es keine Rolle, wie lange er braucht. Du konntest nicht halten, Tom.“

Dadurch fühlte ich mich auch nicht besser. Aber jetzt brach die Dämmerung herein, und ich fuhr langsamer. Wir warteten, bis es dunkel wurde, und parkten dann leise in der Nähe der Garage. Vor dem Haupteingang brannte ein kleiner Kreis von Lagerfeuern und in ihrem Licht sah man einige sich hin und her bewegende Gestalten. Sie waren irgendwie verrückt, natürlich, aber vielleicht nicht so verrückt wie andere, die jetzt wohl durch die Städte streiften und Dinge plünderten, die sie nie gebrauchen konnten, oder versuchten, ihre Ängste in Orgien zu vergessen. Es schien unglaublich, daß sich noch irgend jemand draußen befand, aber die Psychologen hatten augenscheinlich recht behalten. Diese Menschen hier waren offensichtlich entschlossen, auf eine irrwitzige Chance zu warten, auf das Wunder, das ihnen die aussichtslose, noch irrwitzigere Chance gab, den Versuch zu unternehmen, die großen Tore niederzukämpfen. Vielleicht war irgendwo auf der Welt einer dieser Gruppen Erfolg beschieden, aber nicht hier. Als wir beobachtend dastanden, hörten wir das Knattern von Schnellfeuergewehren vom Haupteingang. Die Posten waren wach und auf der Hut und gaben keinem der armen Teufel die geringste Chance, auch nur in ihre Nähe zu kommen.

In der Garage der Gewölbe waren keine Wachen. Wir hatten uns intensiv auf die Möglichkeit vorbereitet, daß jemand hinter dem Privateingang stationiert sein konnte. Da Carmody immer noch als lebend geführt wurde, hätte ein gewöhnlicher Expedient, der ihn erkannte, uns vermutlich erst einmal eingelassen und dann versucht, Meldung zu machen – und uns damit die Zeit gegeben, mit ihm fertig zu werden. Aber wir hatten Glück. Die Tür öffnete sich auf Carmodys streng geheimen Kode hin.

Der unterirdische Gang war verlassen, und diesmal führte Carmody uns durch eine andere Verbindung zu einer Treppe, die sich ins Unendliche zu erstrecken schien.

Zorchi stöhnte auf, fing sich dann aber. „Sie führt in die große Empfangshalle", erklärte Carmody.

Wegen der Menschen draußen befanden sich wahrscheinlich auch die meisten der wach gebliebenen Expedienten dort. Aber wir mußten es wagen. Als wir oben ankamen, hielten wir an und schöpften Atem, während sich Zorchi lautlos auf dem Boden zusammenkrümmte.

Dann riß Rena die Tür auf, Zorchi steckte sein Gewehr durch, und ich rannte auf die Kontrollen des Haupteinganges zu, darum betend, daß meine Erinnerung mich nicht getäuscht hatte. Ich hatte sie fast erreicht, als die beiden Posten, die daneben standen, sich umdrehten.

Sie schrien, während mein Gewehr bereits Kugeln verspritzte. Aus dieser Entfernung konnte ich nicht daneben schießen. Hinter mir hörte ich Zorchi schießen, und auch der zweite Posten sank, sich den Leib haltend, zu Boden. Ich griff nach den Kontrollen, während weitere Schreie ertönten; ich hörte, wie die Expedienten auf mich zurannten.

Ich hatte keine Zeit, mich umzusehen. Die Türen öffneten sich mit quälender Langsamkeit, Carmody kam an meine Seite und warf eine Handgranate aus dem Lagerraum auf die elektrischen Kontrollen der Schnellfeuerkanone. Ich schlängelte mich zwischen den aufrollenden Türflügeln hindurch und stieß einen Schrei aus. „Wir haben die Gewölbe besetzt!“ rief ich. „Aber wir benötigen Hilfe. Jeder, der sich anschließt, ist gerettet!“

Ich konnte nicht warten und beobachten, was geschah, aber ich hörte einen heiseren, fast tierhaften Antwortschrei und das Geräusch hastig bewegter Füße.

Durch Carmodys Handgranate waren die Türkontrollen zerstört worden. Aber die anderen Wachen hatten uns fast erreicht. Ich sah zwei weitere auf dem Boden liegen. Zorchi hatte gut gezielt. Dann ertasteten Carmodys Finger eine andere der Privattüren, die hier von der gewöhnlichen Wandbekleidung nicht zu unterscheiden waren. Rena und Carmody waren schon hindurch, und ich zerrte Zorchi hinter mir her, als gerade eine Kugel über seinen Kopf surrte. Hinter uns hörte ich die wilden, entnervenden Schreie der rasend hereindrängenden Menschen.

Sie waren unsere einzige Hoffnung. Sie mußten sich um die Wachen kümmern, die wahrscheinlich den Schock über einen Angriff von *innen* noch nicht überwunden hatten. Wir machten uns auf den Weg zu den Sonderquartieren, in denen Defoe sich befinden mußte, hoffend, daß sich dort nur wenige Expedienten aufhielten.

Der Weg, den Carmody uns geöffnet hatte, war allerdings nutzlos für uns. Er verband nur die Büros der Ärzte, die hier die Aufsicht führten, miteinander.

Wir kamen in einem Büro heraus, von dem aus wir die Halle beobachten konnten, und warteten dort auf eine Gelegenheit, wieder in sie zurückzukehren. Die Eindringlinge waren jetzt voll aktiv geworden. Ein paar hatten irgendwelche Pistolen, aber in diesem verzweifelten Angriff waren die Knüppel in den Händen der anderen genauso tödlich; die Menschen, die sich bereits tot geglaubt hatten, kümmerte ein eventuelles Risiko nicht. Eine Gruppe von ungefähr zwanzig Expedienten versuchte, eine wild entschlossene Streitmacht zurückzuhalten, deren Zahl sie mindestens um das Doppelte übertraf.

Dann schien die Halle frei zu sein, und wir stürzten uns hinein. Es wurden ein oder zwei hastige Schüsse auf uns abgegeben, aber wir waren außer Reichweite.

Plötzlich klangen überall Gongs auf. Irgendein Expedient hatte sich schließlich an das Warnsystem erinnert. Carmody fluchte und versuchte schneller vorwärts zu kommen.

Der Weg zu dem kleinen Sondergewölbe der Führungskräfte führte durch den Verwaltungstrakt und dann mehrere Stockwerke nach unten und endete in einem kurzen Durchgang. Carmody hatte ihn mir oft genug beschrieben. Aber er kannte ihn aus direkter Erfahrung, und das war besser als jede Beschreibung. Er hatte mir auch die Kode-Kombination beigebracht, aber als wir die Tür erreichten, überließ ich sie seinen erfahreneren Fingern.

Der Aufzug war nicht oben. Wir konnten nicht warten und fingen an, die Treppe hinunterzulaufen, die sich um ihn herumwand. Bei Carmody zeigte sich jetzt sein Alter, und er fiel zurück. Rena und ich liefen Seite an Seite, und Zorchi hielt mühsam mit uns Schritt. Er hatte sein Gewehr weggeworfen und sich einer der Maschinenpistolen einer getöteten Wache bemächtigt; er umklammerte sie fest und hielt sich nur mit einer Hand am Geländer fest.

Ein Lichtreflex auf einem Gewehrlauf rettete uns. Eine Gruppe von Eliteexpedienten hatte sich in der dunklen Öffnung des Durchgangs am Fuß der Treppe verborgen und wartete darauf, daß wir um deren letzte Biegung kamen. Aber ich sah einen kurzen metallischen Widerschein und riß meine Waffe hoch. Im selben Augenblick war Zorchi schon neben mir, und seine Maschinenpistole feuerte zusammen mit meinem Gewehr los. „Auf die Wand zielen! Querschläger!" schrie er mir zu.

Die im Hinterhalt lauernden Expedienten hatten zu sehr auf das Überraschungsmoment gesetzt. Sie waren nicht darauf gefaßt, daß wir den Spieß umdrehen würden, und schon gar nicht auf Zorchis Trick, den wir jetzt anwandten. Wir konnten von hier aus nicht direkt feuern, aber die von der Wand abprallenden Geschosse wirkten fast genausogut. Wir hörten die Schreie getroffener Männer und den wilden Aufruhr, den die anderen in ihrem plötzlichen Erschrecken veranstalteten.

Jetzt feuerten sie auch ein paar Schüsse auf uns ab, aber die Wand, die sie schützte – oder es vielmehr sollte –, machte ihnen ein vernünftiges Zielen unmöglich.

Zorchi ließ sich plötzlich fallen und schlug einige Stufen tiefer mit einem dumpfen Geräusch mit der

Schulter auf. Ich glaubte, er sei getroffen und stöhnte erstickt auf. Dann sah ich, daß die Maschinenpistole direkt in den Durchgang zeigte. Ihre Mündung spuckte vielfachen Tod. Als wir ihn erreichten, waren unsere Gegner tot oder lagen im Sterben. Es waren nur sieben oder acht gewesen.

Zorchi stapfte über die Körper hinweg in den Durchgang und schrie irgend etwas. Ich sprang hinter ihm her, kniff die Augen halb zusammen und versuchte zu erkennen, was er gesehen hatte. Dann fiel mein Blick auf eine Tür am Ende des Gangs, die sich langsam und geräuschlos schloß. Es war eine schwere, massive Platte, etwa mit einer Tresortür in einer Bank vergleichbar.

Zorchi tat einen letzten Sprung, der ihn gequält aufschreien ließ, als er auf seinen schwachen Beinen landete, aber der Lauf seiner Pistole fuhr in den noch offenen Schlitz, die Tür preßte sich dagegen, irgend etwas knirschte, und dann bewegte sie sich nicht mehr. Zorchi berührte kurz den Abzug.

Eine Sekunde lang war es absolut still. Dann drang Defoes Stimme durch den schmalen Schlitz: „Sie haben gewonnen. Dr. Lawton und ich sind allein und unbewaffnet. Wir kommen heraus."

Die Tür begann sich wieder zu öffnen, leicht ruckartig diesmal. Ich beobachtete sie, erwartete einen Trick, aber nichts geschah.

Der erste Raum innerhalb des Gewölbes war offensichtlich für die Wachen bestimmt. Man sah die Kontrollen der Luftreinigungsanlagen und der anderen Geräte, die diesem Ort völlige Sicherheit gewährten, selbst wenn der Rest der Welt sich in eine radioaktive Hölle verwandelte. Lawton war an den Kontrollpulten zusammengesunken, sein Kopf ruhte auf den Armen. Aber als er uns erblickte, stand er benommen auf und starrte uns erschüttert und verstört an.

Defoes Augen weiteten sich ein wenig, aber er stand ruhig da, und sein finsteres, freudloses Lächeln blieb ungerührt. „Ich gratuliere, Thomas“, sagte er. „Ich habe denselben Fehler noch einmal begangen . . . nämlich die Opposition unterschätzt. Ich habe nicht mit Wundern gerechnet. Hallo, Millen, es hat etwas seltsam Phantastisches, Sie hier zu treffen.“

„Durchsucht die Räume“, ordnete ich an.

Carmody ging von Rena gefolgt, an den beiden vorbei. Eine Minute später hörte ich einen triumphierenden Schrei. Sie kamen mit einem sich vor Unterwürfigkeit krümmenden Mann zurück, der nicht mehr viel Ähnlichkeit mit dem freundlichen und jovialen Sam Gogarty besaß, der mich mit gutem Essen und auch mit Rena bekannt gemacht hatte. Seine Augen ruhten auf Carmody, seine Haut schimmerte grauweiß, und er brabbelte etwas Unverständliches.

Carmody grinste ihn an. „Sie bringen da etwas durcheinander, Gogarty. Tom Wills ist der Leiter dieses Unternehmens.“ Er wandte sich einem der kleineren Büros zu. „Wenn ich mich richtig erinnere, sollte sich dort eine Sendeanlage befinden. Ich werde mich gleich davon überzeugen, daß sie funktioniert. Wenn ja, werden einige der Aufsichtsräte eine Überraschung erleben, sofern sie nicht schon in der Suspendierung liegen.“

Gogarty sah ihm nach und ließ sich dann langsam auf einen Stuhl sinken, schüttelte den Kopf und sah zu mir auf. Seine Lippen verzogen sich in bitterer Resignation. „Sie würden es nicht verstehen, Tom. Mein ganzes Leben lang habe ich nur immer für irgend etwas geschuftet. Ich war C-Arbeiter in einem Bergwerk und habe D-Nahrung gegessen und mir nichts gegönnt, damit ich mir eine B-Arbeit kaufen konnte. Dann kam Kategorie A. Es gelingt nur den wenigsten, aber ich habe es durchgestanden. Dreißig Jahre habe ich wie ein Hund gelebt und mich mit Arbeiten und Lernen fast umgebracht. Ich hatte nicht einmal eine richtige Frau, bis ich auf Susan traf, und sie ging zu Defoe. Aber ich wollte, daß die jungen Menschen es einfacher haben, ich wollte, daß jeder ein gutes Leben führen sollte. Niemand sollte es schlecht haben und leiden. Wir alle ziehen an einem Strang und vergessen die schlimmen Zeiten, habe ich gedacht. Dann mußten Sie kommen und alles kaputtmachen ..."

Ich fühlte mich krank. Wahrscheinlich sprach er die Wahrheit, und einige wenige konnten es tatsächlich schaffen. Aber wenn die Menschen sich unter der Herrschaft der Gesellschaft zu so etwas gezwungen sahen, um vielleicht irgendwann einmal ein einigermaßen erträgliches Leben führen zu können, war schon das allein für unseren Kampf Rechtfertigung genug. „Es wird schon alles wieder werden, Sam", sagte ich zu ihm. „Sie gehen jetzt zu den anderen und schlafen. Und wenn Sie aufwachen, werden Sie vielleicht wieder schuften müssen, aber dieses Mal, um eine Welt aufzubauen, nicht um sie zugrunde zu richten."

Defoe lachte sardonisch. „Sehr schön, Tom. Und vermutlich glauben Sie, was Sie sagen. Aber was bringt die Zukunft für mich?"

„Suspendierung, bis das neue Gesellschaftssystem aufgebaut ist und über ihren Fall entschieden werden kann. Momentan neige ich dazu, für permanente Suspendierung zu stimmen."

Sein Gesicht verlor etwas von dem belustigten Ausdruck. Dann zuckte er mit den Schultern. „Na schön, damit hätte ich vermutlich rechnen müssen. Aber wie wäre es, wenn Sie jetzt meine Neugier befriedigen? *Wie* genau haben Sie die Sache mit der Abteilung einhundert gedreht?"

„Was ist mit Slovetski passiert?" fragte ich zurück. Ich war mir meiner Vermutungen über Benedettos Tod natürlich nicht sicher, aber ich konnte es nicht riskieren, daß der Mann irgendwo frei herumlief oder sich sogar irgendwo hier in der Nähe verbarg, bis unsere Wachsamkeit nachließ.

Er schüttelte den Kopf. „Ich weiß die Antwort, aber ich warte auf ein besseres Angebot."

„Sam?" fragte ich.

Gogarty nickte langsam. „Also gut, Tom. Ich glaube, Sie sind jetzt der Chef hier. Und vielleicht bin ich sogar froh darüber. Ich habe Sie eigentlich immer gemocht. Ich werde Ihnen sagen, was mit Slovetski passiert ist."

Defoe knurrte wütend und hob halb den rechten Arm, sah mein hochruckendes Gewehr und ließ ihn sinken. „Sie haben wieder gewonnen, Thomas. Ihr großer internationaler Revolutionär hat ausgezeichnet mit uns zusammengearbeitet, nachdem wir ihn gefangen hatten. Wir haben es so arrangiert, daß er alle Anrufe, die an sein supergeheimes Versteck gingen, hier entgegennehmen konnte. Dadurch sind uns alle seine Mitverschwörer ins Netz gegangen – einschließlich Ihres Vaters, Miss dell'Angela!"

Mit einem kraftlosen Keuchen sank sie zusammen, richtete aber sich sogleich wieder auf. Aufgebracht und wütend sagte sie: „Nikolas war kein Verräter. Sie lügen!"

„Warum sollte ich lügen?" fragte er. „Beim richtigen Gebrauch bestimmter Drogen kann jeder zum Verräter werden. Und Dr. Lawton ist ein Experte, was Drogen angeht."

„Wo ist Slovetski?" fragte ich.

Er zuckte die Achseln. „Wie soll ich das wissen? Er wollte eine radioaktive Welt, also gab ich ihm Gelegenheit, sie zu genießen. Wir haben ihn nach draußen gebracht, kurz bevor wir die Tore endgültig schlossen."

Gogarty nickte bestätigend. Ich überlegte. Vielleicht hatte er sogar zu den Männern gehört, die draußen gewartet hatten. Aber das war momentan belanglos. Ohne seine Organisation und in einer Welt, in der das Leben außerhalb der Kliniken unmöglich war, hatte Slovetskis Macht ein Ende gefunden.

Ich wandte mich Zorchi zu. „Die Menschen, die wir eindringen ließen, werden bestimmt langsam verrückt. Wie wär's, wenn Sie Lawton dazu bringen, ein paar der Ärzte, denen Sie vertrauen, wiederzubeleben, während Rena die Anlage für die Lautsprecherdurchsagen sucht und den Leuten versichert, daß sie alle in der großen Empfangshalle behandelt werden?"

Zorchi stieß Lawton mit dem Lauf seiner Maschinenpistole an und zwang ihn, sich zur Kartei zu begeben, der man die Ruheplätze der Ärzte entnehmen konnte. Während Gogarty unsicher aufstand, kam Rena von der Durchsage zurück, aber ich schüttelte den Kopf. Zorchi war auch ohne vollwertige Beine durchaus in der Lage, mit einem Mann wie Lawton fertig zu werden, und ich konnte Gogarty noch nicht trauen. „Sie können mir bei Defoe zur Hand gehen, Sam", schlug ich vor. „Wir schnüren ihn am besten erst einmal ein."

Gogarty nickte, stieß dann plötzlich einen erschreckten Schrei aus und wich zusammengeduckt unsicher ein paar Schritte zurück.

In dem kurzen Augenblick, als Rena und ich Zorchi und Lawton nachgeblickt hatten, war es Defoe gelungen, eine irgendwo versteckte Automatik herauszureißen, mit der er uns jetzt in Schach hielt; ein angespanntes Lächeln ließ ihn die Lippen hochziehen, man sah seine Zähne. „Unterschätzen Sie niemals einen Gegner, Thomas", sagte er. „Und glauben Sie niemals, was er sagt. Sie hätten mich durchsuchen sollen, wissen Sie."

Die Pistole war genau auf Rena gerichtet, und er wartete, als würde er mit einer Bewegung von mir rechnen. Alles, was ich tun konnte, war, dort zu stehen und mich wütend und unglücklich selbst zu verfluchen. Ich hatte an alles mögliche gedacht . . . nur nicht an das Offensichtliche.

Defoe ging rückwärts zur Tür, schlüpfte hindurch und drückte sie langsam zu, bis nur noch ein schmaler Schlitz offenblieb. „Meine besten Grüße an Millen“, rief er und lachte gedämpft.

Ich sprang zur Tür, aber seine Schritte trugen ihn bereits in den Durchgang. Die Tür öffnete sich jetzt langsam wieder, aber ich wußte, es war zu spät. Endlich war sie offen . . . und zu meiner Verblüffung stand Defoe gut drei Meter vor mir und rührte sich nicht von der Stelle.

Am anderen Ende des kurzen Ganges stand eine abgerissene, blutige, leicht schwankende Gestalt, die ein Gewehr in der Hand hielt. Es dauerte einen Augenblick, bis ich sie als Nikolas Slovetski erkannte. Er bewegte sich langsam auf Defoe zu. Jetzt erst zuckte Defoe zurück und tastete wie verrückt nach seiner Pistole, die er in die Tasche gesteckt haben mußte.

Slovetski krächzte irgend etwas und warf sich auf Defoe, während er sein Gewehr mit einer Bewegung beiseite schleuderte, und damit erkennen ließ, daß es leergeschoßen war. Eine Kugel aus Defoes Automatik traf ihn mitten im Sprung in die Schulter – aber sie konnte ihn nicht mehr aufhalten. Er krachte direkt auf Defoe und hob ein Messer, als der andere zu Boden ging. Es verfehlte sein Ziel knapp und traf klirrend auf den harten Boden. Meine Erstarrung fiel von mir ab; ich stieß das Messer, das Slovetski aus der Hand gefallen war, zur Seite und entriß Defoe die Pistole. Slovetski lag auf ihm, ohne sich zu rühren, und ich rollte den schmächtigen Mann mit einem Ruck beiseite.

Defoe hatte das Bewußtsein verloren, als sein Kopf

auf dem Boden aufgeprallt war. Gogarty war hinter mir hergekommen und begann, ihn zu fesseln.

Defoe öffnete langsam die Augen, blinzelte und versuchte zu grinsen, als er auf die Fesseln starrte. „Sollen wir ruhig und ohne Aufsehen mitkommen, Nikolas?" fragte er, als Gogarty ihn hochriß und in das Sondergewölbe zurückbrachte.

Aber sein Sarkasmus war an Slovetski verschwendet. Der Mann mußte schon im Sterben gewesen sein, als er sich stolpernd und tastend den Weg zu dem Ort gesucht hatte, an dem er Defoe wußte. Und die Kugel in der Schulter hatte ihm nur den Rest gegeben. Rena beugte sich über ihn und schluchzte leise.

Erstaunlicherweise kämpfte er sich noch einmal aus seiner Bewußtlosigkeit hoch und starrte zu ihr auf. „Rena", sagte er schwach. „Benedetto! Ich habe ihn geliebt. Ich . . ." Dann rollte sein Kopf kraftlos zur Seite, und er blickte mich an. „Letzten Endes habe ich ja gelebt, um in einer Revolution zu sterben, Thomas. Schmutziges Geschäft . . . Revolution. Im Lauf der Menschheitsgeschichte wird . . ."

Er starb, bevor er den Satz beenden konnte. Ich ging Lawton suchen, um sicherzustellen, daß Defoe auf der Stelle suspendiert wurde. Er würde der letzte politische Suspendierte sein, falls ich Einfluß darauf haben sollte, aber es würde mir ein gewisses Vergnügen bereiten, Lawton beim Erfüllen seiner Aufgabe zu beobachten.

19

Die Tore der großen Empfangshalle waren wieder geschlossen, aber nicht mehr verriegelt worden. Einer der beiden Ärzte, denen Zorchi vertraut hatte, wartete jetzt dort auf die Nachzügler, die aufgrund unserer Rundfunk- und Fernsehdurchsage langsam eintrafen. Wir konnten natürlich nicht alle erreichen, aber für einige gab es jetzt doch noch Rettung. Die Menschen, die zusammen mit uns gekämpft hatten, wurden inzwischen behandelt und suspendiert. Sogar der Junge und sein Hund erreichten uns noch und wurden ebenfalls in den langen Schlaf versetzt.

Carmody saß im Hauptraum des Gewölbes für die leitenden Angestellten und wartete auf Rena und mich. Durch den Mangel an Schlaf wirkte er hohläugig, sah aber trotzdem irgendwie jünger aus als jemals zuvor in der Zeit nach der Wiedererweckung.

Er stand auf und brachte ein müdes Lächeln zustande. „Die erste Arbeit ist getan, Tom“, sagte er. „Es war nicht allzu schwierig, nachdem sie erfahren hatten, daß Defoe in der Suspendierung ist; viele von ihnen hatten Angst vor ihm, glaube ich. Bisher habe ich mich nur mit denjenigen in Verbindung gesetzt, denen ich vertrauen kann, aber es ist ein Anfang. Die Übertragung ihrer Vollmachten auf Sie als amtierenden stellvertretenden Vorsitzenden des Aufsichtsrates habe ich auf Band mitgeschnitten. Ich glaube, Ihre Bereitschaft, während der Suspendierungsphase jede Hoffnung auf eine eigene Behandlung aufzugeben, hat sie am meisten beeindruckt. Und daß wir Zorchi haben, war auch eine Hilfe . . . ein Mann wie er ist augenblicklich mehr wert als eine Armee. Ich werde Sie morgen vorstellen."

Er stapfte auf die Schlafquartiere zu.

Nun, jetzt hatte ich die Chance, die ich wollte. Und ich hatte sein Versprechen, so lange auf die Suspendierung zu verzichten, bis alles richtig lief. Ich hatte die Zeit, einen kleinen Mitarbeiterstab aufzubauen, und die Möglichkeit, mit dem Aufspüren der Männer zu beginnen, die die Studiengruppe zur Lösung der anstehenden Probleme bilden sollten; mehr konnte ich nicht verlangen.

Zorchi grinste mich an. „Kaiser Wiehls", spottete er.

Ich lächelte zurück. „Wenn Sie das jemals nicht mehr im Spaß sagen können, Luigi, möchte ich, daß Sie es mit einer Kugel durch meinen Kopf tun. Ich habe genug Fälle korrumpierter Macht gesehen."

Er sah mich einen Augenblick lang eindringlich an. Dann nickte er. „Falls dieser Tag kommt, Wiehls, wird meine Kugel bereit sein. Aber jetzt muß selbst ich schlafen." Dann warf er Rena einen Blick zu und sagte: „Ich habe Anweisung erteilt, einen Priester wecken zu lassen."

„Sie werden der Trauzeuge sein?" fragte ich.

Diesmal konnte nicht einmal sein Bart seine Belustigung verbergen. „Euer Zeuge will ich gern sein“, sagte er, „aber zeugen müßt ihr schon allein.“ Damit ließ er uns allein.

Ich starrte das Gewölbe an, das für die nächsten fünfundzwanzig oder fünfzig Jahre mein Zuhause sein sollte – so lange, bis ich ein alter Mann und der Rest der Welt bereit war, geweckt zu werden. „Wirklich kein schöner Ort, um die Flitterwochen zu verbringen“, sagte ich zu Rena.

Sie lehnte sich an mich. „Aber vielleicht ein guter Ort, um Kinder aufzuziehen“, antwortete sie. „Ein Ort, an dem man ihnen beibringen kann, daß ihre Kinder in einer besseren, in einer guten Welt leben werden, Tom.“

Ich drehte sie zu mir. So sollte man an die Zukunft denken, was auch immer geschehen mochte. Eine Welt, in der die Vorzüge der Gesellschaft genutzt werden konnten, würde eine *bessere* Welt sein.

Es würde wahrscheinlich keine vollkommene Welt sein; selbst die beste Regierungsform, die die besten Experten entwickeln konnten, würde keine dauerhafte Lösung bieten.

Aber sie konnte den Menschen die Möglichkeit geben, sich eine noch bessere Welt zu erkämpfen.

Ich frage mich, wie die nächste Revolution wohl aussehen wird . . .

Nachwort

Was es zur Entstehungsgeschichte des Romans *Der Wohlfahrtskonzern (Preferred Risk)* zu bemerken gibt, überlasse ich nachstehend gern kompetenteren Verfassern, nämlich den Romanautoren selbst, die anläßlich der Neuherausgabe dieses Titels in Amerika in alten Erinnerungen kramten.

Soviel immerhin zur deutschen Ausgabe: Das vorliegende Taschenbuch ist zwar die erste vollständige, das heißt ungekürzte Veröffentlichung dieses Romans in deutscher Sprache, nicht aber die erste Übersetzung überhaupt. *Preferred Risk* erschien 1958 unter dem gleichen Pseudonym wie die amerikanische Erstausgabe, nämlich unter „Edson McCann", als *Das große Wagnis* in der kurzlebigen Heftreihe *Der Weltraumfahrer*. Sammler (aber wohl auch nur sie) werden sich daran erinnern. Ein Makel übrigens, der keiner ist, denn vor dem Aufblühen des deutschen Taschenbuchmarktes für Science-fiction blieb es kaum einem großen Klassiker der Science-fiction erspart, in meistens stark gekürzter Form eine Heftveröffentlichung zu erleben.

Nun jedoch zu Frederik Pohls und Lester del Reys Erinnerungen an jene Zeit (etwa 1954), als dieser Roman in Gemeinschaftsarbeit entstand.

Frederik Pohl

„Ich möchte Ihnen etwas über den Unterschied zwischen Hugh Hefner*) und mir erzählen. Es gibt da natürlich nicht nur einen, aber der, von dem ich spreche, hat mit den Fragen zu tun, die man uns über unsere zwischenmenschlichen Beziehungen stellt. Wenn Hefner bei einer Talk-Show interviewt wird oder sich nach einer Vorlesung der Diskussion stellt, kommt immer wieder die gleiche Frage. Sie wird auf die unterschiedlichste Weise gestellt, manchmal indirekt und verklausuliert, manchmal nicht. Aber es läuft immer auf dasselbe hinaus: „Hef, treibst du es *wirklich* mit all diesen Mädchen?"

Aus verschiedenen Gründen stellt man mir selten genau dieselbe Frage. Aber es gibt eine Frage, die ich immer zu hören bekomme, und sie wird gewöhnlich von genau demselben lüsternen Leuchten in den Augen und demselben „Wir-sind-doch-schließlich-alle-Männer-von-Welt"-Blinzeln begleitet. Die Frage lautet: „Wie funktioniert die Zusammenarbeit an einem Roman denn nun wirklich?"

Wie die meisten geschlechtlichen Akte, die zwischen zwei übereinstimmenden Erwachsenen im Privaten

*) Herausgeber des *Playboy* in Amerika.

stattfinden, so löst auch die Zusammenarbeit auf literarischem Gebiet bei vielen ansonsten ganz vernünftig denkenden Menschen den Reflex des Schlüssellochguckens aus.

Ich verstehe diese Neugier. Ich glaube, daß es Zeit ist, die Schleier falscher Bescheidenheit zu lüften, aus der Eremitenklause hervorzukommen und alles zu enthüllen. Hier also ist sie nun, die gnadenlose Vivisektion literarischer Zusammenarbeit – unter besonderer Berücksichtigung der Zusammenarbeit mit Lester del Rey.

Lester del Rey zählt zu meinen besten und ältesten Freunden. Lester ist allerdings empfindlich. Nicht, daß er irgendwie unfreundlich, gehässig oder nachtragend wäre. Aber wenn Lester denkt, daß er recht hat, schätzt er Kritik nicht gerade. (Ich kann mich nicht erinnern, wann Lester sich einmal nicht sicher war, recht zu haben.) Was mich betrifft, so ist das bei mir ganz anders. Ich bin weder rechthaberisch noch arrogant, aber Lester denkt, daß ich es bin.

So streiten wir uns oft über viele Punkte, und einer dieser Punkte, zu dem wir die unterschiedlichsten Meinungen hatten, betraf die Methode unserer Arbeit.

Lester ist ein geradliniger Mensch. Er kann Seite eins des Romans nicht zu Papier bringen, bevor er nicht weiß, was auf Seite dreihundert passiert. Ich habe einen ganz anderen Arbeitsstil, ich stelle mir während des Schreibens vor, wie es weitergehen soll, manchmal überspringe ich ein Dutzend Kapitel und schreibe erst die Szene, in der der Protagonist aus dem Schlamassel herauskommt, ehe ich die geschrieben habe, in der er hineingeraten ist. Wenn Lester nach seinem System fertig ist, dann ist er fertig. In meinem ist die Fertigstellung des ersten Entwurfs nur ein Zwischenspiel in einer fast endlosen Erzählung, weil nämlich hier die harte Arbeit des Klärens, des Kürzens und des Redigierens beginnt. Mein erster Entwurf hat zur beendeten Arbeit dasselbe Verhältnis wie eine Wagenladung Gemüse im Supermarkt zum festlichen Weihnachtsessen. Ich bin gern bereit zu glauben, das Lesters Methode in gewisser Weise effektiver ist als meine, aber ich komme nicht mit ihr zurecht.

Wie also können (werden Sie nun fragen) zwei Menschen mit derartig unterschiedlichen Arbeitsweisen *Preferred Risk* zusammen schreiben, ohne dabei ernsthafte Schwierigkeiten zu bekommen? Antwort: Wir konnten es nicht. Wir hatten sie.

Einige Jahre bevor Lester übers Wochenende nach Red Bank kam, um diese Novelle zu schreiben (und dann siebzehn Jahre dablieb), hatte ich für eine Zeitschrift einen Artikel mit dem Titel *‚Geld: Seele der Welt'* geschrieben. Darin führte ich aus, daß wir Menschen, ganz egal, was wir über unser Leben und unsere Wertvorstellungen glauben mögen, uns so verhalten, als könnten all diese Werte in Begriffen wie Dollars und Cents gemessen werden. Ich erklärte auch, daß es müßig sei, darüber zu streiten, ob dies nun positiv oder negativ sei, denn allem Anschein nach verhielten sich die Dinge so und nicht anders. Dieses Argument hatte zahlreiche Verzweigungen. Eine davon war, daß als Konsequenz daraus ein klar erkennbarer Weg vorhanden ist, auf dem sich fast alle vorstellbaren sozialen Wohltaten erreichen lassen. Alles, was dazu erforderlich ist, ist, daß jemand einen Weg findet, daraus Geld zu machen. Versicherungen waren ein möglicher Weg. Wenn wir alle dagegen versichert sind, von Haien gefressen zu werden, dann wird es sich für die Versicherungsgesellschaften lohnen, einen Teil der von uns bezahlten Prämien dafür zu verwenden, zumindest diejenigen Haie zu fangen, die sich möglicherweise in der Nähe von Badestränden befinden.

Das war mein grundlegender Beitrag zu *Preferred Risk*, neben einigen Aufzeichnungen über Charaktere und den Rahmen. Lester gab seine eigenen Ideen dazu – sie waren auch sehr gut –, und nach kurzer Diskussion entwickelten wir ein Thema, eine Handlung, einige vielversprechende Höhepunkte, eine Reihe von Charakteren und einen Titel. Wir glaubten, damit alle notwendigen Rohstoffe für die Produktion einer SF-Novelle beisammen zu haben und meinten, wir hätten das Ganze jetzt nur noch zu schreiben.

Dann fing das System an, zusammenzubrechen.

Ich habe bisher mit mindestens einem Dutzend anderer Autoren an diesem oder jenem Projekt zusammengearbeitet, darunter ein Ehepaar, das ich niemals kennengelernt habe, und mindestens einer, dessen Namen ich nicht einmal kenne.*) Mit *Preferred Risk* war

*) Dieses spezielle Buch hieß *The God of Channel One*. Es war keine Science-fiction, sondern handelte vom Fernsehen. Mein Partner war angeblich ein leitender Angestellter aus der Chefetage, der soviel auspacken wollte, daß es ihn bei einer Enttarnung seine Karriere kosten würde – vielleicht sogar sein Leben. Wie sich herausstellte, hätte er sich nicht zu beunruhigen brauchen. Das Erscheinen des Buches verursachte keine Explosion, sehr wenig Aufregung und wurde kaum gekauft.

das etwas anderes. Bei fast jeder Seite hatten wir entgegengesetzte Ansichten.

Das ist bitte nicht so zu verstehen, daß nun alles schlecht gewesen sei. Tatsächlich freuten meine Frau und ich uns sehr über das Zusammensein mit Lester und Evelyn del Rey. Die McCarthy-Hearings wurden damals vom Fernsehen übertragen, und die Tagesarbeit hörte auf, wenn wir uns alle um den alten Fernseher mit dem Sieben-Zoll-Bildschirm versammelten, der schon so kaputt war, daß er sich nach zehn Minuten überhitzte und die Rasterlinien anfingen zu schwimmen. Die einzige Möglichkeit, ihn weiter zu benutzen, bestand darin, einen Topf mit Eiswürfeln hinaufzustellen und einen Lüfter zur Kühlung auf die Röhren zu richten. Wir verbrachten täglich sechs bis sieben Stunden damit, das Ungeheuer von Wisconsin im Kampf gegen den Rechtsanwalt Joe Welch aus New England röhren und toben zu sehen. Endlose Canastapartien zu dritt kosteten uns weitere vier bis fünf Stunden. Den Rest des Tages verbrachten wir dann mit Essen, Schlafen und Ausruhen von unseren Anstrengungen.

Nichtsdestotrotz . . . langsam, mühsam, Wort für Wort, fand *Preferred Risk* Platz auf dem Papier. Als wir genug Seiten beisammen hatten, fuhr ich damit nach New York zu Horace Gold und legte es ihm vor. Er war damals der Herausgeber von *Galaxy*, das gerade eine Art Romanwettbewerb veranstaltete. Nachdem er unsere Arbeit gelesen hatte, rief er an und sagte uns, daß der Roman ihm gefiel. „Wie wär's denn dann damit, ihn in Fortsetzungen zu bringen?" schlug ich vor.

„Mehr noch", entschied er. „Ihr habt gerade den Wettbewerb gewonnen. Aber ihr müßt den Roman unter einem neuen Pseudonym veröffentlichen."

„Nein, das machen wir nicht", widersprach ich. „Ich habe die Regeln gelesen. Darin steht nichts davon, daß man ein neuer Autor oder so etwas sein muß. Warum sollen wir vorgeben, jemand anderer zu sein, wenn die Regeln es nicht verlangen?"

„Weil *ich* es verlange", erklärte er.

Und so berichtete ich Lester die ganze Geschichte. Der zuckte mit den Schultern und bemerkte nur, daß es vielleicht in einer besseren Welt gelingen könne, alle Herausgeber verschwinden zu lassen. Wir suchten fair und demokratisch einen Namen aus – ich den Vornamen, Lester den Nachnamen, und so wurde „Edson McCann" geboren. Armer Kerl, er hatte ein sehr kurzes Leben – ein Buch, und vorbei. Ich wünschte, ich könnte sagen, daß es ein glückliches Leben gewesen ist.

Und eigentlich war es das auch irgendwie, wenn man es genau betrachtet. Sicher, Lester und ich kämpften um jedes Kapitel, manchmal um jedes Wort. Sicher, es gab Augenblicke, in denen in mir Mordgedanken aufkeimten. (Ich habe keinen Grund anzunehmen, daß Lester auch so dachte, denn schließlich hatte er bei weitem nicht soviel Grund dazu wie ich.) Aber Lester ist ein fähiger und ernsthafter Handwerker, und bei der Arbeit mit ihm lernte ich mehr, als dies bei Kooperationen mit den meisten anderen Partnern der Fall war.

Und dann . . . man weiß nie, wie stark eine Freundschaft ist, solange sie nicht auf die Probe gestellt wird. Glauben Sie mir, Freunde, wir stellten sie auf eine höllische Probe. Für jeden von uns beiden bedeutet die Sache nahezu ein Jahr seines Lebens (nur schien es ein Jahrhundert zu dauern) . . . und ich hoffe, das Resultat wird Ihnen gefallen!“

Lester del Rey

„*Preferred Risk* war zu keiner Zeit als Roman geplant. Rückblickend möchte ich gern glauben, daß ich niemals so dumm war, mich darauf einzulassen, über 60 000 Wörter mit einem anderen Autoren gemeinsam zu verfassen. Aber als Frederik Pohl mich im Frühjahr 1954 anrief, schlug er mir lediglich vor, daß wir uns wegen einer Novelle für H. L. Golds Magazin *Galaxy* zusammensetzen sollten. Mit der Seligkeit des Unwissenden sagte ich zu.

Warum auch nicht? Fred hatte eine vage Idee für ungefähr 20 000 Wörter, die nicht schlecht klang, und wir hatten bereits bei einer Geschichte ähnlicher Länge für Golds Magazin *Beyond* zusammengearbeitet. Bei diesem Umfang sollte es eigentlich möglich sein, daß Fred und ich trotz sehr unterschiedlicher Arbeitsmethoden miteinander auskommen würden. Außerdem machte mir und meiner Frau das Zusammensein mit Fred und seiner Frau in ihrem großen, alten Haus mit dem Blick über die Bäume und den Fluß hinweg Spaß.

Die Arbeit an der Novelle ließ sich nicht schlecht an. Nachdem wir die Charaktere und die Situation diskutiert hatten, zogen wir uns in Freds Büro zurück – das den dritten Stock seines Hauses vollständig einnimmt.

Irgendwie schrieben wir abwechselnd Kapitel, und es gelang mir jedesmal, den Plot zu ändern, wenn er meine Vorstellungen in seinem Kapitel ruiniert hatte, wohingegen es ihm gelang, nach meinem Kapitel wiederum eine neue Richtung einzuschlagen. Es war wahrscheinlich keine großartige Geschichte, aber sie war nach einigen Tagen fertig. Fred fuhr nach New York, um sie Gold zu zeigen und den dringend benötigten Scheck zu kassieren.

Kein Scheck. Statt dessen kam er mit Golds Vorschlag zurück, aus der Novelle einen Roman zu machen.

Gold hatte einen Wettbewerb laufen, der bereits vor längerer Zeit ausgeschrieben worden war, und das endgültige Abgabedatum war längst überschritten, ohne daß ein Manuskript eingegangen wäre, das Gold als Gewinner benennen mochte. Es hatten sich nur wenige Schriftsteller beteiligt, obwohl der Preis für die damalige Zeit recht nett war und von *Galaxy* zusammen mit Dell und Simon & Schuster aufgebracht wurde. Das ist der übliche Ärger bei solchen Wettbewerben: Die Autoren glauben, daß sie nur geringe Gewinnchancen haben und daß die Zeit bis zum Kassieren nach Ablauf des Wettbewerbs reichlich lang ist – warum also sich um den Wettbewerb kümmern, wo Schecks sicherer zu erwarten sind, wenn man seinen Roman woanders vorlegt?

Jetzt allerdings hatte Gold versprochen, daß *Preferred Risk* den Wettbewerb gewinnen würde, falls das Manuskript in Romanlänge vorläge, und daß das Geld bald kommen würde. Der einzige Haken dabei war, daß der Wettbewerb eigentlich neue Schriftsteller anziehen sollte, und darum möchten wir doch bitte so freundlich sein, zusammen mit dem Roman ein neues Pseudonym mit passender Biographie abzuliefern.

Nun, Fred und ich waren in jenen Tagen wie gewöhnlich knapp bei Kasse und hatten bereits mit dem Geld für die Novelle gerechnet. Aber auf der Basis, daß wir den garantierten Sieger schrieben und er den Roman für uns beide vertreten durfte, versprach mein Agent uns den nötigen Vorschuß. Außerdem hatten wir ja bereits 20 000 Wörter. Weitere 40 000 zu schaffen schien nicht allzu schwierig zu sein.

(Ich glaube, wir wußten es beide eigentlich besser. Eine Novelle in einen Roman umzuwandeln ist nicht nur einfach eine Sache von mehr Wörtern, die man hinzufügt. Es ist oft schwieriger, als einen Roman mit einer ganz neuen Grundidee anzufangen. Aber damals wollten wir uns selbst etwas vormachen.)

Wie auch immer, wir stimmten jedenfalls dem Vorhaben zu und konferierten lange darüber, was zu tun sei. Wir stimmten nur darin überein, einen ursprünglich unbedeutenden Charakter namens Zorchi so weit zu entwickeln, daß er eine wichtige Rolle spielen sollte. Über sehr viel mehr einigten wir uns nicht.

Keine zwei anderen Autoren können unterschiedlichere Arbeitsmethoden haben als Fred und ich. Ich muß normalerweise jede Szene bis zur letzten kennen, ehe ich mit dem Schreiben beginne. Fred zieht es vor, zu schreiben und zu sehen, was dabei geschieht, und selbst wenn er tatsächlich einen Handlungsfaden im Hinterkopf haben sollte, so würde er wahrscheinlich, nur um die Sache für sich selbst spannend zu machen, eine Szene hineinbringen, die den vorgesehenen Handlungsablauf unmöglich macht. Wir hatten damals auch unterschiedliche Auffassungen darüber, wie unsere Hauptfigur gezeichnet werden sollte. Ich wollte eine haben, die mit der Geschichte wächst und die Initiative ergreift, Fred zog eine Figur vor, die passiv durch die Ereignisse hin und her geschoben wird.

Bestenfalls konnte sich unsere Arbeit etwa folgendermaßen gestalten: Fred würde ein Kapitel schreiben, ich würde es lesen und vermutlich die ganze Geschichte wegen des Endes, das mir vorschwebte, umändern und dann das nächste schreiben; Fred würde sich an irgendeiner unbedeutenden Kleinigkeit darin festklammern und sie dazu benutzen, die Geschichte total umzudrehen; ich würde die Handlung wieder neu festlegen und ein Kapitel schreiben, er würde eines schreiben und eine Eingebung haben, die alle meine Pläne hintertrieb . . . und so weiter. Und wenn das so klingt, als ob nur ich die Probleme gehabt hätte, so ist das falsch, denn meine Versuche, die Geschichte in einen Plan zu zwängen, ärgerten ihn ebenso sehr wie mich seine Versuche, diesen Plan zu ruinieren. Wir fanden es erträglich, bei der ziemlich einfachen Entwicklung einer Novelle zusammenzuarbeiten. Bei einem Roman wuchsen die Probleme im Quadrat.

Dann griff das Schicksal ein. Die McCarthy-Hearings wurden durch das Fernsehen übertragen. Fred und ich – und auch unsere Ehefrauen – waren uns völlig darin einig, den Senator aus Wisconsin als die Verkörperung des Erzfeindes anzusehen, und nichts hätte uns von unserem täglichen Beisammensein vor dem flackernden Bildschirm seines Geräts abhalten können.

Nach einem harten Tag, den Kopf voll von dem Geschrei bei den Hearings, pflegte einer von uns ins dritte Stockwerk zu hasten und nachzusehen, welche Katastrophe der andere mit der Geschichte angerichtet hatte. Wenn das Seufzen und Murren dann verklungen war, pflegte das Abendessen fertig zu sein. Und nach dem Abendbrot folgte dann gewöhnlich eine Zeit der Apathie, während der Magen es mit dem Essen aufnahm. Und danach ...

Nun, fast jede Nacht gab es Canastaspiele zwischen Fred, seiner Frau und mir, die fast den Charakter von blutigen Messerstechereien annahmen. Ob dies dazu führte, unsere Aggressionen auf ungefährliche Art ab- oder eher aufzubauen, weiß ich nicht. Offensichtlich war jedoch, daß jedesmal Revanche fällig war, wenn einer von uns eine Runde verloren hatte. Die Rivalitäten dauerten gewöhnlich bis zwei, vier oder sechs Uhr morgens, ehe wir schließlich alle unsere Betten aufsuchten.

Spät vormittags schafften wir es schließlich, die Treppen herunterzutaumeln und die Kaffeekanne anzusteuern, die in Freds Haus immer voll war. Unter viel Gestöhne machte einer von uns dann doch die Augen richtig auf und fand auch den Fernseher und drehte den Apparat für die Hearings an. So verging wieder ein Tag.

Ich habe gerade die Anzahl der Kapitel in dem fertigen Buch nachgezählt und festgestellt, daß es nur neunzehn sind. In meiner Erinnerung hatte sich die Vorstellung festgesetzt, daß es fünfunddreißig Kapitel oder sogar noch mehr gewesen sein müßten.

Irgendwie jedoch wurden wir trotzdem fertig. Es gelang uns sogar, ein Pseudonym zu fabrizieren – Edson McCann, was als EMCC abgekürzt werden kann, was wiederum $E = mc^2$ ergibt –, zusätzlich lieferten wir die erdachte Biographie eines Physikers, dessen Arbeit so geheim war, daß seine wirkliche Identität nicht enthüllt werden durfte. Der Roman war zur Vorlage bei Gold bereit.

In dieser Nacht kochte dann alles in einer kalten Art und Weise über. Nach unserem Canastaritual waren Fred und ich zu erschöpft, um vom Tisch aufstehen zu können. Wir waren allerdings nicht so ausgelaugt, als daß wir nicht Kommentare über den Roman abgeben konnten. Wir saßen da und ließen stundenlang die Mißhelligkeiten heraus, die wir monatelang zurückgehalten hatten. Ich glaube nicht, daß wir dabei irgendwann die Stimme erhoben haben. Es war alles nur kalt, ruhig und – schrecklich bitter. Und als auch das vorüber war, haben wir nie wieder so richtig darüber gesprochen.

Kein Wunder, daß der Roman den Wettbewerb gewann!

Die Nachwirkungen der ganzen Geschichte waren allerdings doch ein wenig überraschend. Als das Buch fertig war, wurde meiner Frau und mir klar, daß wir die Pohls nicht mehr verlassen wollten. Statt dessen und mit ihrer Hilfe und Ermutigung kauften wir ein Haus, knapp einen Kilometer die Straße hoch. Und in den folgenden siebzehn Jahren verging kaum ein Tag, an dem nicht einer von uns einen von ihnen gesehen hätte. Wir teilten unsere Freuden und Leiden, und es war sehr, sehr schön. Während der Schrecken der Zusammenarbeit war Fred Pohl mein bester Freund geworden – und ist es seitdem auch immer geblieben.

Und zu meiner weiteren Überraschung muß ich nach all diesen Jahren feststellen, daß mir das Buch, das wir zusammen produziert haben, sogar gefällt."

Soweit die beiden Autoren. Sie, der Leser, müssen selbst entscheiden, ob die Zusammenarbeit der beiden nicht nur mühsam, sondern auch fruchtbar war. Was mich betrifft, so glaube ich dies schon. Der Roman gefällt mir auch heute noch mit seinem Schwung und seinem gewissen naiven Charme so gut wie damals, als ich ihn zum erstenmal las. Daß die Autoren nicht nur zusammen, sondern auch gegeneinander arbeiteten, machten dem Übersetzer und mir einigen Kummer, denn es gab einige Widersprüche (logischer Art) auszuräumen, nur Kleinigkeiten, aber doch störend. Wir hoffen, daß nun alles stimmig ist.

Der Roman läßt einige Fragen offen, das ist nicht zu übersehen. (Zum Teil allerdings war das Bewußtsein für diese Fragen vor einem Vierteljahrhundert noch nicht im heutigen Maß vorhanden.) So fällt auf, wie vergleichsweise sorglos die Frage der Folgen einer über dem Atlantik explodierenden Riesen-Kobaltbombe behandelt wird, daß überhaupt eine solche Bombe als Mittel der Befreiung von der diktatorischen Herrschaft der „Gesellschaft" akzeptiert wird. Was ist mit den Tieren und Pflanzen, die der Strahlung ausgesetzt bleiben? Würde wirklich als einziges Resultat ein dichter Wald zurückbleiben, den man fünfzig Jahre später nur wieder abzuholzen braucht? Keine Mutationen? Keine irreparablen Schäden an Umwelt und Klima? Mir scheint, daß sich hier die Autoren nicht in vollem Umfang der Konsequenzen einer solchen künstlich hervorgerufenen Katastrophe bewußt waren (was sich auch daran ablesen läßt, daß sie zwar erwähnen, wie gefährlich der Aufenthalt im strahlenverseuchten Gebiet ist, die Protagonisten aber unbeeinträchtigt aus alldem hervorgehen und sogar über Nachwuchs reden). Vielleicht aber ist auch dies dem Gegeneinander der beiden Autoren zuzuschreiben. Und gewiß ist hier auch der Grund dafür zu suchen, daß die ökonomische Theorie, wonach der Versicherungskonzern durch die Bombenexplosion in den Bankrott getrieben werden soll (was dann ja scheitert), von Anfang an kaum überzeugend klingt. Und zwiespältig ist sicherlich auch ein Charakter wie der Revolutionsführer Slovetski, der – wohl je nachdem, welcher Autor gerade die Tasten der Schreibmaschine bediente – mal fanatisch blickender Massenmörder ist (die Bombe soll ja eigentlich Nordamerika treffen), mal durch nichts aufzuhaltender Idealist.

Aber ich glaube, diese Schwächen kann man dem Roman nachsehen, bietet er doch ansonsten rundum Spannung, Imagination und Lesevergnügen.

Hans Joachim Alpers